嶧山谣

翟鹏延 著

陕西新华出版

太白文艺出版社·西安

图书在版编目（CIP）数据

溪山谣 / 翟鹏延著. -- 西安 ： 太白文艺出版社，2024.4

ISBN 978-7-5513-2509-7

Ⅰ．①溪… Ⅱ．①翟… Ⅲ．①长篇小说－中国－当代 Ⅳ．①I247.5

中国国家版本馆CIP数据核字(2023)第243914号

溪山谣

XISHAN YAO

作　　者	翟鹏延
责任编辑	蔡晶晶　张婧晗
封面设计	白云朵
版式设计	建明文化
出版发行	太白文艺出版社
经　　销	新华书店
印　　刷	西安市建明工贸有限责任公司
开　　本	787mm×1092mm　1/16
字　　数	288千字
印　　张	19.75
版　　次	2024年4月第1版
印　　次	2024年4月第1次印刷
书　　号	ISBN 978-7-5513-2509-7
定　　价	68.00元

目 录

第一章　这都是误会

一

巍峨青山，峻险丛峰，鸟鸣于幽山林涧之中，清泉流淌于苔岩之上，空中弥漫着自然的气息。这里，就是位于群山峻岭之中的溪山，一座名气不算太大的山，距离省城也仅有五六个小时的车程，时间不长不短刚刚好，也就吸引了无数想要来这里探险的省城的"驴友"。

此时，正值夏季，清晨的阳光从满是绿荫的树缝间射了进来，透过晶莹剔透的露珠，折射出五彩斑斓的绚丽。

"小敏，这里真的好美，不虚此行！"几个冒失的"驴友"叽叽喳喳地说着。一路走来，这声音就像是一条小船划破了平静的水面一样，瞬间激起了无数道波痕。

所有人的目光都落到了那个穿着运动衣的女孩身上。女孩的个头很高，足有一米七五，身材匀称，尤其是那一双大长腿，非常惹眼。马尾辫，鸭舌帽，白皙而又精致的五官，再配上一副淡紫色边框的眼镜，既知性艳丽，又散发着青春活力。

听到了同伴的称赞之后，女孩笑了起来，这一笑，满是阳光。

孟小敏，刚刚从省师范大学毕业。

　　孟小敏的工作已经找好，她本人也非常满意，是省城重点高中的行政老师，工作压力不大，还有大把的自由时间让自己来挥霍，比如完成自己的梦想、尝试自己的兴趣等。

　　"那是当然了。听朋友介绍说，由于这里的山形陡峭，几乎没有一条像样的进山路。山险路陡，让这溪山的名气就弱了许多，好多人都不知道这里，可惜这美不胜收的风景了。大家要注意脚下，别掉下去了，山里信号弱，车又上不来，出了事儿就麻烦了。"孟小敏的笑容中夹杂着得意。

　　一个男生笑呵呵地打量着孟小敏的身材，意有所指地说道："有道理，无限风光在险峰嘛，确实是赏心悦目。"说完更是和其他几个男生相视一笑。

　　孟小敏哪里听不出来男生的调侃，她也不恼，只是狠狠地剜了那个男生一眼，没好气地说道："小心你女朋友吃醋！"

　　"爱美之心人皆有之，晓蓉她不会的。"说着，男生直接搂住了旁边的一个女孩，一口就印了上去。

　　女孩就是男生的女朋友，当着这么多人的面秀恩爱，面皮薄的她有些挂不住了，直接就轻轻地推了一下自己的男友。

　　咔嚓！

　　男生没料到女孩的动作，下意识地后退了几步，突然间身形一矮，脚下就传来了这清脆的响声。

　　不好！孟小敏俏脸微变，突发的事故离她最近，来不及细想，她下意识地伸出了手，直接拽住了男生的胳膊。毕竟自己是个女生，力量还是比不过男生，这一拉一拽之下，孟小敏也跟着跌落了下去。

　　匆忙中抓住了坡边树枝的男生想要反扣住孟小敏的手，但是孟小敏整个身子下坠的速度很快，男生抓了个空。

　　孟小敏吓得花容失色，耳边的风呼呼的，她能够感觉到自己的身体在飞速地顺着坡往下滑着，从身上传来火辣辣的疼痛感，仿佛在经受着无数条鞭子抽打一般。孟小敏被吓坏了，自己就要这样死了吗？

砰！

下坠的势头终于停了下来，自己好像撞到了一团软软的东西上面，不会是什么老虎之类的山林野兽吧？

没来得及细想，孟小敏就晕了过去，多半是吓得。

而此时，正蹲在山脚下采药的周楠突然间被一块"滚石"给击中，一下子被撞出去好几米远。周楠感觉眼前一黑，差点儿晕厥过去。

这一撞，周楠感觉自己昨夜吃过的饭都快要被撞出来了，腰间传来如被折断一般的剧痛。周楠扶着腰跟跟跄跄地站起来，怒气冲冲地走回来，他想要看看自己到底被啥玩意儿给撞了！

这一看，周楠整个人傻掉了。天上掉下个……林妹妹？

当然不是，周楠赶紧过去把手指伸在了女孩的鼻子前面，气息平稳绵长，还算幸运，没有生命危险。

只不过因为从山上滚下来，女孩满身土和灰，身上有多处擦伤和划痕，看起来无比狼狈，就好像是刚刚从土里面刨出来的一个泥娃娃一样。

失意女青年轻生跳崖？

这个念头在周楠的脑海中立刻跳了出来。啧啧，可惜了！周楠心里暗呼一声"可惜"，年纪轻轻就一心想要寻死，而且死志还如此坚决！

也是，无论是跳楼还是跳河，还有生还的机会，但是跳崖可就不一样了，还选在荒无人烟的溪山来跳，分明就是绝对不想活了。

救不救？

这是周楠此时此刻萌生出来的第二个念头。有句话说得好：你无法叫醒一个装睡的人，也救不回一个一心求死的人。就算自己救了她，她要是还想寻死怎么办？

当然，出于人道主义，周楠还是不忍心把这个女孩抛在这荒郊野岭之上。救，必须救！人是一定要救的，哪怕她以后再要寻短见，自己最起码在良心上是过得去的。

　　拿定主意，周楠就开始检查起了女孩的伤势。多处的擦伤一目了然，主要是怕有骨伤，从那么高的坡上滚下来，就算她真的是个"肉球"，也绝对不可能没事的。

　　嘤！

　　周楠从耻骨摸到肋骨，又从肋骨摸到胫骨，就在周楠摸到右腿胫骨的时候，孟小敏突然间一声惊呼惨叫了起来。

　　右腿剧烈的疼痛让孟小敏瞬间就清醒了，看到自己身边蹲着的周楠正把手放在自己的腿上，孟小敏心下一阵恼怒。眼前的一切让她误认为是周楠想要对自己动手动脚，不禁恼怒不已，她随手从身边抄起一块石头直接朝着周楠的头砸了过去。

　　"对不起，我……"

　　周楠还没来得及做出解释，脑门便被孟小敏这一石头块给砸中了，鲜血顿时顺着伤口流了出来。周楠用手摸了摸，一看红红的，气恼地说道："你有病吧？我就是给你看看伤……"

　　话没说完，周楠眼睛一翻，直接软软地扑倒在了孟小敏的身上。孟小敏又急又气，想要把这家伙挪开，奈何这家伙身子死沉死沉的，而自己的腿又使不上劲儿，只能眼睁睁、气哼哼看着这家伙"占"着自己的便宜。

　　孟小敏有种搬起石头砸自己的脚的感觉。

二

　　周楠做了一个非常奇特的梦，自己好像被一枚从天而降的美女给砸中了，自己好心给女孩检查伤处，结果又被砸了。他心想自己是不是今天出门没翻皇历，怎么这么奇葩而又不可思议的事情会发生在自己身上呢？就算是那个"肉球"一心想要求死，也不能伤及无辜吧？临死时还要拉个垫背的？自己从来都没有做过昧良心的事情，怎么着就能遭"天谴"呢？不应该呀！

周楠越想头越痛，他感觉自己就算是想破了头也想不出来这到底是为什么。周楠用手一摸，还真的有血，难道刚才的一切是真的？

对于刚才的那个噩梦，周楠不想睁开眼，只不过自己的脸颊真实地感觉到了两团棉花糖一样的柔软，就像是天鹅绒一般细腻丝滑，鼻间还时不时地涌进来一股清淡的幽香。周楠忍不住用脸颊蹭了蹭，然后又用力地吸着鼻子，确实是很舒服。

"你浑蛋！"一道羞愤的娇斥传来，周楠这才意识到刚才发生的一切不是梦。

睁开眼，周楠看到了怒气冲冲的孟小敏，就算周楠反应再迟钝，他也明白自己这一次好像是在劫难逃了。

"美女，你误会了！"周楠赶紧说道。

"误会？"

孟小敏目光冷冷地盯着周楠，气急败坏地说道："你刚才那一通乱摸，难道当我没看见啊？真当我瞎啊？别以为这里是荒山野岭，你就无所顾忌了，你要是再敢碰我一下，我马上就报警！"

孟小敏掏出手机，在周楠的面前晃了晃，然后警惕地对着周楠说道。

"这里没信号的。"看到孟小敏如同一只受到了惊吓的小松鼠一般，还在自己面前扮凶狠装镇定，周楠还是忍不住地好意提醒了她一下。

孟小敏看着手机上那微弱到可怜的信号，没想到自己刚想占据主动，一下子就被这个家伙给看穿了。她气哼哼地说道："说，你是谁？你怎么会在深山里？你有什么居心？"

"美女，你脑子没病吧？你，从山上滚下来，砸我腰上了，我好心救你，你不领情也就算了，现在还说我对你别有居心？"周楠被这女人给气得不轻，手指伸出来，从山上直接划到了山脚下自己所站的位置，很不客气地说道。

好心施救还被冤枉，周楠觉得自己比窦娥还冤！

当然，周楠也不是个忍气吞声吃闷亏的主儿，他略有些嫌弃地打量着孟小敏："就你这副土地婆婆的模样，安全得很，一般正常的男人不会对你有企图的。既然被你误会，那我这就走。哦，对了，忘了和你说了，你这样子只怕是到晚上也走不出这山的。这山上可是有虎和狼的，天黑之后，饿虎饿狼这么一扑食，啧啧啧，你就是人家嘴里的美味佳肴喽！"

周楠手舞足蹈地比画着，眼里满是戏谑的神色，恐吓着孟小敏。

孟小敏是个不折不扣的美女，就算是在学校，也是校花一朵，没想到今天居然被这个其貌不扬的山野村夫给鄙视了，不禁气不打一处来。不过她在听到了周楠的威胁之后彻底心虚了。这家伙说得没错，眼下自己是走不了路了，还真的就只能指望眼前这个人。

"喂，你别走！"孟小敏随手捡起一块小土块就朝着那个出言不逊的家伙扔了过去。

啪嗒！

土块砸在周楠的身上，弄得周楠衣服上都是土。周楠既不气也不恼，停下脚步扭回头，一副看笑话的样子说道："怎么了？"

"你还是不是个男人？有没有同情心啊！"孟小敏看到周楠那得意的笑容刚想要发作，转而又想到了自己的现状，还是决定先忍下这口恶气，"对不起，我错了！"

周楠皱了皱眉头："哎呀，刚才风大，耳朵有些听不清，你说什么？"

"我说，我错了！"孟小敏恨得牙根儿直痒痒，可惜现在自己是人在屋檐下，不得不低这个头啊！

"早这样合作不就结了嘛！"周楠拍了拍身上的土，来到孟小敏的身边，娴熟地将这个女孩的腿先用树枝固定起来，以避免再次移位。

孟小敏看着周楠的手法，忍不住问道："看来你很有瘸腿的经验啊！"

周楠听到这话之后直接对着孟小敏翻了一个白眼，这女人还真的是嘴上不吃亏，啥才有瘸腿的经验呢？狗才有瘸腿的经验呢。这女人在拐着弯儿地骂自己呢！"是啊，我们溪山这里的猪都是放养的，也难免滑一脚骨折了，我就经常给我们村里的那些老母猪们接骨，渐渐地就可以算得上是熟能生巧了！"

小肚鸡肠的家伙！孟小敏知道这家伙是在回击自己。虽然是她先挑起了冷嘲热讽的战端，但是面前这个臭家伙可是一点儿都不吃亏啊，自己刚暗讽他是狗，他就直接回击暗喻自己是猪，孟小敏第一次在嘴皮子上落了下风。

周楠蹲在孟小敏的面前，笑得一脸虚伪："对不起啊！"

"对不起啥？"孟小敏还没有反应过来，她就感觉自己好像一个麻袋一样被周楠给扛了起来。一阵眩晕之后，孟小敏稳稳地落在了周楠的背上。

"你能不能提前说一声？"还有些惊魂未定的孟小敏吱哩哇啦地在周楠的后背上咆哮了起来。

周楠轻轻地托了托孟小敏，孟小敏的脸上立刻泛起了两抹霞红，她上大学期间可是品学兼优的好学生，别说是谈恋爱了，和异性从来就没有近距离接触过，现在情势所迫，孟小敏的心里还是涌起了一丝丝怪异的感觉。

"对了，我叫周楠。你运气好碰到了我，我就住在前面的溪山村，你暂时是不会被虎狼给吃掉了。"

"哼！"

孟小敏觉得自己倒霉透顶了。

三

溪山村，位于溪山脚下的一个毫不起眼的小村子，村子四周环山，峭壁如屏，砂岩如朱，溪流汇集成一条小河，从山上飞流而下，涛声如雷，虽是夏末时节，但依然能够看到寒气上逼，云雾缥缈，蔚为壮观。山脚下的村子，高山阡陌纵横、梯田高叠、田畦青翠、溪流潺潺、古桥飞架，形成了一幅高山流水的田园秀丽风光。溪山村，可以说是美术学院的学生写生的最佳取景地。

孟小敏看到溪山村的第一眼，就喜欢上了这里。作为资深的"驴友"，这里的一景一物，孟小敏都非常喜欢和向往。

险峻的溪山将这山村与外界相隔，虽隔出了这一方人间胜景，却也隔绝了与外界的交通，通往村外的唯一一条像模像样的公路，在那陡峭的山崖半腰间，是一条未加修整的挂壁公路。路面坑坑洼洼，洞顶垂石嶙峋，侧窗开得龇牙咧嘴，透过这些侧窗，一辆农用三轮车慢慢悠悠地从洞中钻过，时隐时现，配合着犬牙交错的危石险崖，给这条挂壁公路画足了荒凉悲壮的色彩。

"这里……就是你们村？能够生活在这里实在是太幸福了！"孟小敏忍不住地感叹了起来。

周楠无奈地陪着干笑了两声，幸福？从何谈起？溪山村是个贫困村，溪山，养活了他们，却也让他们只能勉强地活着。山隔断了他们富裕生活的希望，真要说起来，这崇山峻岭，让他们既爱又恨。

不过，很快地，周楠的注意力被其他的事情给吸引了。

村子很小，平日里大家可聊的素材那可是少得可怜的，周楠一心想着要救人，至于其他的方面他考虑得倒是少了，比如说自己此时正背着一个漂亮女娃之类的。

想象力是很可怕的，因为它会让人联想、遐想甚至是臆想。尤其是那些上了年岁的婆子们，看到两人这么亲昵的举动，忍不住地掩嘴偷笑，窃窃私语。

"哟，小山（周楠的小名）把俏媳妇给背回来了？"有个婶子忍不住地嚷嚷了起来，还夹杂着其他人的哄笑声。

周楠苦笑了起来。乡里人很纯朴，自己救人心切，却是忽略了众口铄金。

"媳妇这么俊，小山可得看紧喽，啥子时候能吃上你的喜酒啊？你小子平时看起来憨憨的，肚子里的花花肠子还真不少，啧啧啧，还是吃过墨水的大学生厉害啊！"

"二狗家的,这醋味儿不小啊,就知道你心里面酸着呢,你家那二丫头恐怕是没戏了,这小姑娘可比你家姑娘好看多了,和电视里的大明星似的,俏着呢!"

"说什么呢!我家二丫头长得也不差好不好?配小山绰绰有余了。"

......

周楠顾不得听这些乱七八糟的话,背着孟小敏一溜烟儿地跑回了自己家,留下的只有那些老婆子们嘻嘻哈哈的笑声。

到家后,周楠长长地松了一口气。村子里的婶子们对自己太过热情了,直到现在自己耳边还留有那"咯咯咯"的笑声,怎么甩都甩不掉。

不对,不是自己幻听了,而是自己的耳边真有"咯咯咯"的笑声。周楠这才想起,自己还背着一个"病人"呢!孟小敏咯咯咯的笑声止都止不住,笑得前仰后合、花枝乱颤的,丝毫不在意此时此刻自己的形象。

"你们这村子里的人,实在是太有意思了!"孟小敏笑得忍不住捏拳捶起了周楠的肩头,倒弄得周楠很没面子。而且孟小敏笑的动作太大了,周楠的后背像是被不停地按摩一般,现在这节气还不冷,隔着几层薄布,很容易让血气方刚的人心猿意马。

"别笑了,这有什么好笑的!"周楠的脸有些滚烫,羞赧怒道,他现在可是得把这"烫手的山芋"给扔掉。周楠把孟小敏放到家里头自己房间的床上。当然了,周楠虽然心中有气、有怨、有恼,但还是小心翼翼地尽量不碰到孟小敏的伤处。

人是一种很奇特的物种,既感性又理性,有人见一眼就倾心,一见就钟情,相守百年;但也不乏见一眼就不想再见第二眼,见多了更成了互相都瞧不上眼的冤家,有的冤家是欢喜冤家,有的冤家那就是真正的冤家了。

此时的孟小敏和周楠四目相对,就有点儿往真正的冤家发展的趋势。

"怎么?这些闲言碎语,我都不怕,你个大老爷们还怕什么?看你那慌慌张张的样子,咱俩就算没什么也被你欲盖弥彰点儿什么出来了!"孟小敏停住笑,声音中带着一丝丝傲娇说道。

"倒霉，真是一块狗皮膏药，甩都甩不掉！"周楠嘟囔着说道。

虽然周楠是在嘟囔，但是话一字不落地落在了孟小敏的耳朵里面。孟小敏脸上的笑容立刻消散得一干二净，如同川剧的变脸一般，整个人立刻就阴冷了下来。这家伙还真是得了便宜还卖乖，自己大姑娘一枚，刚才也很丢人的好不好？再说了，孟小敏越来越觉得这个家伙就是自己的克星，自从碰到他，自己好像就一直在走霉运，现在他还在自己面前倒打一耙！这口气怎么能忍？

孟小敏越想越来气："你说谁是狗皮膏药呢？"

"这里除了我，就是你，我在说谁，那谁心里还没数吗？"周楠没好气地说道。刚才那样子的误会实在是太让他羞愧了，村里的这群二老婆子们一宣扬，他周楠在村里可要出大名了，只怕今后一段时间内，他周楠都会成为大家茶余饭后的谈资，这是向来内敛的周楠所不乐意见到的。

"你浑蛋！"孟小敏也是气急了，只想着给这家伙几拳，可惜自己那几拳对这家伙来说那绝对是不痛不痒的，自己又不能泄愤。索性，孟小敏直接一把就抱住了周楠的脖子，下意识地张开嘴一口咬在了周楠的肩头。

周楠肩头一痛，这女人下嘴可是真够狠的，咬得周楠忍不住地龇牙咧嘴。周楠喊道："快松口！"

"我就不！"孟小敏彻底耍起了无赖，嘴里面嘟嘟囔囔地说道，"我让你再欺负我！"

"行行行，我错了，我错了还不成吗？"周楠肩头吃痛，这女人再不松口，估计自己的肩头就被咬烂了，他赶紧服软。

孟小敏这才解气地松了口。

"你还真的是属……"周楠这话说了半句，却不敢接着往下说了，周楠生怕自己再被咬一次，说真的，那滋味儿真不好受。

"小畜生，你在干什么？"突然间一声厉喝传来，周楠暗呼一声不妙，扭头一瞧，便瞧见了一个长得魁梧、老农打扮的中年人正怒目圆睁地瞪着自己。

"爸！"周楠这一声叫得有点儿底气不足。

四

周楠不得不心虚啊！

此时周楠和孟小敏在自己家的床上扭打在一起，而且该死的孟小敏眼角还挂着泪珠子，衣服在刚才咬自己的时候挣扎得过于厉害，此刻还显得有些凌乱。孟小敏此时此刻一副楚楚可怜的模样，再加上周楠额头有伤，又被孟小敏一口咬得龇牙咧嘴、面红耳赤的，样子如凶神恶煞一般。这场景实在是让人不得不误会。

"爸，事情不是你想的那个样子！"周楠看着即将发怒的中年人，心虚地说道。

中年人气得面红耳赤，脖子上的青筋更是直接要爆开了，他梗着脖子，然后一把就抄起了放在自己身边的扁担，直接对着周楠吼道："你这小畜生，书都读到狗肚子里去了？怎么能做出这般禽兽不如的事情来！"

这中年人果然误会了。

中年人直接一扁担就砸向了周楠，机警的周楠赶紧躲了过去。

"爸，你别生气，这是个误会！"周楠急急地说道。现在他早就已经肠子都悔青了，早知道救了孟小敏这个"扫把星"会生出这么多的事端，他周楠肯定就不救了，也不至于落入现在这步田地。

中年人气哼哼地又砸过来几扁担，招招是朝着周楠的脑袋奔去的，好像是真的要把周楠给弄死一般。"误会个屁！老子亲眼所见，还能误会你不成？你跟老子说，老子给你明媒正娶一房媳妇就是了，咱老周家也算是开枝散叶了。你现在居然敢做出如此禽兽不如的恶事，老子今天就打死你！就当我没有生养过你这个狗东西！"

中年人话音刚落，又一扁担直接朝着周楠抢过去。

只可惜，这一扁担却没落在周楠身上，他被一个拿着锅铲、系着围裙，四十多岁的女人给推开了。

"周大山，你疯了？他是你亲儿子！"一个熟悉的身影出现在了中年人的身边，她气哼哼地叉着腰，手里面拿着锅铲，对着中年人说道，"人都说虎毒还不食子呢，你问清楚原因没有就打人？"

这中年人就是周大山，周楠的老爸，同时也是这个村的支书。

"这小畜生居然做出这么道德败坏的事情！我，我我我……"周大山气得语无伦次，但是中年女人一直挡在自己面前，他又下不了手，只能用颤抖的手指着周楠，"唉，造孽啊！"

说完，周大山气得两眼一黑，直接就倒了下去，好巧不巧地倒在了那个拿着锅铲的女人身上。

"小山，快过来把你爸给扶进去，这老家伙身子怎么这么沉！"拿着锅铲的女人急道。

周楠也来不及细想，赶紧过去扶住自家老爸，带着歉意对着这女人说道："秀琴婶儿，实在是不好意思，又麻烦你了！"

"说什么话呢，还不赶紧把你爸扶进去？你这孩子也是不让人省心，你说说你吧，怎么就弄一个来历不明的女孩子回来呢？什么样的小姑娘把你给迷得神魂颠倒的？"

许秀琴，虽然已经四十多岁了，但是风韵犹存，是村子里出了名的俏寡妇，就住在周楠家隔壁，二十多年前嫁到村里来，没过两年的时间就守了寡，丈夫撒手人寰，给她留下一老一幼。这些年许秀琴这个要强的女人一个人苦苦地撑到了现在，婆婆七十多岁，身子还算硬朗，女儿现在在省城上大学。

周楠的老妈过世得也很早，两家邻居，一家独女，一家独男。村里的人说是风水出了问题，周大山不信那个邪，并没有听从族中老人的意见搬离这里，所以这邻居一做就是二十多年了。这些年在村子里面也有着类似的风言风语，但是有好事者只是传了两句之后便没有下文了。周楠的老爸周大山为人正派，当了二十多年的村支书，一辈子光明磊落。许秀琴喜欢周大山，这在溪山村里面尽人皆知。但是许秀琴是发乎情、止乎礼，从没有任何过分的举动。虽说是寡妇鳏男做了邻居，但是两人洁身自好，更是身正不怕影子斜。就算是再有好事者拿这件事来说三道四，大家也只会怀疑是好事者别有用心。

周楠和许秀琴两人合力才将周大山弄进他的屋子里躺下，许秀琴这才回过神来，眼神忍不住地朝着周楠屋里瞟去。

"小山，屋里头那个小姑娘是你对象？"许秀琴有些忐忑地问道。

周楠摇摇头："不是。她在溪山里玩，弄伤了腿，这荒郊野岭的，我就先把她给弄回来了，让她先在这里住一晚，明天我就送她去安顺县城，到时候她就能找个车安全地回去了。"

"你不会骗你婶儿吧？她真不是你女朋友？"许秀琴狐疑地说道。

周楠想到孟小敏这个女人跟自己还真的是八字不合，她要是留在这里，对自己来说迟早是个祸害，现在周楠一门心思想着如何把这尊"佛"给送走。

周楠赶紧急急地点了点头，然后保证道："秀琴婶儿你就放心吧，明天一早我就送她走，我们俩是八字不合、命中相克！"

"那就好，那就好！"许秀琴神色有些僵硬地一笑。听了周楠的话之后，许秀琴心头一松，仿佛卸下了千斤重担一般。自己原本还想着要和周大山凑合着过到一起呢，如果周楠真和这个姑娘是小情侣，那么结婚生子是迟早的事情，真要是那样，自己和周大山的事情就遥遥无期了。

五

周楠很显然不明白秀琴婶儿的小心思。许秀琴脸上又恢复了往常的那副干练神色，笑呵呵地握着个锅铲又回去了。

周楠这才小心翼翼地来到自己老爸的房间，然后看着已经幽幽转醒的老爸，无奈地叹了一口气。不知道什么时候起，父子俩之间少了许多交流和沟通，或许是因为自己上大学之后很少回家，又或许是老爸把他从省城叫回来之后。周楠记不清楚了。

"你真没有动人家小姑娘的歪心思？"周大山有气无力地说道。刚才是急火攻心，这可不是一时半会儿能够缓得过来劲儿的。

周楠把头摇得和拨浪鼓一样："我可是你儿子，你就这么不相信我？"

"你从省工大毕业后本来有机会留在省城工作，却被我弄回这穷山沟沟里来，一定很不甘心吧？你要是心里头有埋怨我不怪你。本来我让你上学的目的就不是要让你留在省城里的，这里是你的家乡，它就算是再穷再苦也是你的家乡。人活着啊，不能只为自己考虑，也得多为别人考虑考虑。"周大山突然意味深长地对着周楠说道。

周楠当然知道自己老爸的苦心，他笑着说道："你误会了，我并没有那个心思。再说了，我又不是十几岁的小孩子了，叛逆的青春期早就已经过去了。她只不过是我在山里救回来的一个女孩，腿受伤了，过了今晚我就把她送到县城，见死不救可不是我的做派。"

"唉，你呀，就是太懂事了。不过也是，你从小一直如此，一直以来都是我这个当爹的不称职啊！"周大山挣扎着坐了起来，看着周楠，他不相信儿子被自己给生拉硬拽回来，心里就一点儿怨气也没有。但是他错了，周楠从小到大一直都很听话。

周楠笑了笑："你没事吧？要不再躺会儿缓缓。那姑娘的腿骨折了，我只是简单地做了个固定而已，还得带她去卫生站接骨打石膏，先把应急处理做了。"

看着儿子离开，周大山的心里面不是滋味。虽然儿子一直都没有对自己的霸道决定表现出不满，但是他知道儿子一直以来都是非常要强的，看着其他的同学前程似锦，只有他自己放弃一切回到这穷地方，心里没有苦水、没有怨言那是不可能的。

或许是自小缺失了母爱，周楠把自己包裹得很坚强。周大山觉得自己的儿子这样的状态很不好，但是他不是一个善于沟通和交流的人，同样也不懂得表达自己的感情，父与子之间的关系看似和睦融洽，实际上并不是那个样子。

"唉！"周大山忍不住重重地叹了一口气，仿佛陷入了一种困境之中。

"哎哟，你到底会不会接骨啊？"此时的村卫生站里面，周楠捧着孟小敏的右腿，额头上冒着汗，一副手忙脚乱的样子。

"会，当然会啊，我可告诉你啊，你别乱动啊！要是对不准接坏了的话，你以后可就是个瘸子了。你想想，你这么一枚大美女，要是瘸个腿一拐一拐的，到那时候可就真的不美了！不对啊，书上就是这么说的，王叔也是这么教的啊，而且我前段时间也帮着村里的猫啊狗啊什么的接过骨，也没毛病啊，按理说不应该啊！王叔，你快来给指点指点！"周楠有些心虚地对着旁边一位年近六旬、穿着白大褂的老头说道。

闹了半天，原来是个"二把刀"的学徒工啊！这分明是要拿自己当"小白鼠"来做实验呢！弄明白原委之后的孟小敏当然不干了，她气急败坏地说道："周楠你个浑蛋，敢情你是拿我练手呢啊！"

周楠被说中了心事，只能赔着笑哄道："当然不是，我这也是为了你好，你既治好了腿，我又练了技术，大家算是各有所求、各取所需罢了。你可千万不要生气，生气的话对你的腿会有影响的。"周楠都开始胡言乱语了。

那位穿着白大褂的卫生站的大夫笑呵呵的，仔细地看了看孟小敏的腿，然后点了点头："没问题了，断骨接好了，严丝合缝的，打上石膏固定住就可以了。"

"你看，我就说没啥问题的嘛，大惊小怪的！"周楠心虚地说道，他当然知道此时此刻的孟小敏是真的生气了。

第二章　伟大的梦想

一

孟小敏觉得自己的肺都快要给气炸了。如果当时有两种选择摆在她面前的话，她是一定不会选择让周楠搭救自己的，对周楠这个家伙，孟小敏觉得自己现在还能处在理智状态，已经是忍到极限了。

原本很快就能打好的石膏,在周楠的"帮助"之下却花了两个小时才算完成。

依着孟小敏的性子，原本是打算着要爆发一下的，但是想想自己现在寄人篱下的处境，孟小敏感受到了"人在屋檐下"的无奈，只得把自己心头已经蓄满的怒火直接给压了下来。不过聊以慰藉的是，自己明天就不用再忍受这个家伙了，在治疗之前孟小敏就已经和家里人通过电话了，也和为自己担惊受怕的"驴友"报了平安。

村里还是有手机信号的，滚下山时孟小敏的手机已经坏掉了，她用的是周楠的电话。明天周楠把自己送到县城，那里会有人接自己回省城的。想到再也不会见到这么惹自己讨厌的家伙了，孟小敏的心情也稍微好了一些。

"还不错！大功告成！"

手忙脚乱的周楠长长地松了一口气，心满意足地看着孟小敏打了石膏的腿，就好像是在欣赏一件非常精美的艺术品一般。这可是他第一次独立地完成如此漂亮的"艺术品"，当然在心里面对自己的"作品"赞叹不已！

等老娘腿好了，一定要将你碎尸万段！孟小敏脸上挂着优雅而略带一些僵硬的笑容，心里面却已经对周楠这个家伙恨得牙痒痒。

有句老话是怎么说的来着？不是冤家不聚头，孟小敏和周楠已经充分地印证过了，他们俩就是冤家，"冤家路窄"的冤家，而不是什么"欢喜冤家"的冤家。

咣！

就在这个时候，村卫生站的门被直接撞开了，从门外面跑进来一个半大的孩子，带着一丝悲伤的哭腔，一边说一边还抹着眼泪，略带稚嫩的童音中满是哽咽。孩子满脸的灰尘，手背还蹭破了一层皮，应该是刚才飞奔时在路上摔了一跤。孩子手背上鲜血渗出来了，但是那慌张的样子，肯定是已经忘记了疼痛。

"王伯伯，您快去看看吧！姜老师刚才在讲台上咯血了，然后就晕倒了，其他老师现在把他送回家了。"

听完这孩子的话之后，卫生站的王叔连衣服都没来得及换，直接就跑了出去。

姜老师是村子里面几代人都敬仰的一位乡村教师，作为溪山村小学的校长，他勤恳地一干就是几十年，从年轻小伙子熬成了满头白发的中年人。姜老师不仅教会了村里的孩子们知识，更是给他们每个人都编织了一个绚丽灿烂的梦——走出大山去。

周楠也是按照姜老师给自己铺设好的路在走，只可惜眼看着就要成功了，被他老爸给拉了回来。他原本是能够当一个建筑工程师的，而现在却要困在这小山村里面当一个无人知晓的护路工。

说起来都可笑，护路工，溪山村有路可护吗？除非那唯一的一条通往村外的石头路也算是路。那条路很窄，窄到仅仅也就能容得下两轮拖拉机错车，况且路面还是坑坑洼洼的，一点儿都不平整，颠簸起来人就像是坐船一般地翻江倒海。

要说周楠心里没气那是不可能的，但是他实在是太明白这条路对周大山、对溪山村的意义。周楠做不到决绝地抛弃自己的家乡，虽百般不愿，他还是回到了这里。

想得有些远了。周楠收了收自己不宁的心神，然后便看到了孩子那擦伤的手背。

姜老师……周楠的眼神中多了些担忧。姜老师的身体一直都不太好，自己在小学里帮忙代课也是替姜老师分忧，原想着姜老师能够好好地休息休息，但是不听劝的姜老师一直坚持着每天站在讲台上。

周楠并没有急着跟去探个究竟，他直接将孩子拉了过来，给他那擦破皮的手背消毒，然后才准备带着孩子往门口走。

不过刚走到半路的周楠突然间停下了脚步，转头直接看向了孟小敏。

"看我做什么？"孟小敏被周楠这不怀好意的目光给看得有些心虚了，这家伙这样不会是在憋着什么坏呢吧？孟小敏被周楠这么盯着看，非常不自然，也极度不舒适，她忍不住用手轻轻地挠了挠脖颈处来缓解自己的不安。

周楠确实是在打孟小敏的主意。姜老师突然间这一病，学校肯定会缺老师，作为代理校长的他不得不去考虑这些事情。

"我记得你说你是省师大的毕业生？"周楠突然间一反常态地问道。

孟小敏心中的那种不安越来越强烈了："是啊，有什么问题？"

"我想，你这几天可能走不了了。你也看到了，我们村子里的路很差，就算是正常人走这路连骨头架子都有可能给颠散了，更何况你的腿才刚刚打上石膏，作为你的主治医生我得为你负责。"周楠这谎话说得是面不红耳不赤，嗓音也没颤。

"不行，我都已经提前联系好车了！"孟小敏没想到周楠这个家伙说变卦就变卦，但是这理由给得又如此合情合理，让她一点儿反驳的余地都没有。

周楠故作轻松地说："这个没关系，一会儿给他们打个电话报个平安就好了，你在我这里还有什么不安全的？保证让你吃好喝好休养好。"

说罢，周楠不管孟小敏同意不同意，直接将她抱到了村卫生站里面那唯一的一辆轮椅上面，推着她就准备要离开。

"喂，你干什么？我还没有答应要留下来呢！"孟小敏不知道周楠这个家伙唱的是哪一出，但是她分明能够感觉出来这个时候的周楠真的是怪怪的，好像准备在给自己"挖陷阱"呢，自己可得提高警惕，谨防跳进去。

二

溪山村不算大，而且大家住得也比较集中。周楠推着孟小敏，带着那个小男孩，没过十来分钟，三人便来到了姜老师的家附近。

对于孟小敏来说，却是遭了罪。村里的路不太平整，轮椅的垫子很硬，这一路走来虽然时间不太长，却也将孟小敏给颠得够呛，她看向周楠的目光更是多了一抹埋怨，看来孟小敏对周楠又多了一笔要清算的"恶账"。

三人刚走到姜老师的家大门口，便看到村卫生站的王叔一脸无奈地从里面走了出来。周楠看到之后立刻迎了上去，一种不祥的预感和异样的情绪从他的心底涌了上来，周楠感觉自己的气管好像被堵住了一般。

"王叔，姜老师怎么样？"周楠关切地问道。

王叔微微地叹了一口气，久久没有说话，双眼好像蒙上了薄薄的一层灰色，他在努力地平复着自己的心情，然后才拉着周楠走到了一边。

孟小敏这才知道，这里就是他们所说的姜老师的家。

院墙是用石头垒起来的，有一米多高，石头缝里面长满了郁郁葱葱的杂草，墙角爬满了绿绿的苔藓，大门是木栅栏简单围起来的。院子虽然是土院子，但是规整得很平，一盘石磨被磨得连纹路都看不清楚，角落里堆着几排蜂窝煤，木门上面的漆已经掉了，对联也已经掉色了，有些泛白，但是对联上那几笔龙飞凤舞的墨字还清晰可见。门上还挂着象征着五谷丰登的收成。

在这里，孟小敏唯一能够感觉得到的，只有清苦。

周楠陪着王叔走到一边。"小山啊！"王叔掏出了烟，给自己点了一支，吞吐完一支后，这才缓缓地说道，"姜老师只怕是撑不了多长时间了。"

听到这里，周楠如同遭到了雷击一般。他不敢相信，姜老师才五十多岁，这个年纪在村里还是壮年，怎么就病入膏肓了呢？

此时的王叔微微地闭起了眼睛："这都是累的，积劳成疾。小山，姜老师家里的情况你是知道的，他一个人独居了这么些年，膝下连个伺候的人都没有，是个苦命的人啊！小山，你要抽时间多陪陪姜老师，不要让他走得太孤独了。"

"就没有可能……"周楠忍不住地追问道。

王叔摇摇头，再也不发一言，然后用力地拍了拍周楠的肩膀，丢了魂儿一般地离开了。

周楠全身的力气仿佛被抽干了，他已经从王叔无奈的眼神中明白了一切。周楠只觉得嘴里面苦苦的，眼眶中更是有泪花在不停地打着转。他用手背抹了一下眼睛，吸了吸鼻子，然后推着孟小敏就走进了姜老师住的屋子。

姜老师住的屋子并不算大，只有十几平方米，但是这狭小的屋子收拾得干干净净。屋子并不亮堂，靠墙的双人床有一大半的地方整齐地码着书，书页虽已泛黄，但是很平整。

唯一的窗户前摆着一张旧书桌，都已经掉漆了，但是桌面被擦得一尘不染，一把木椅子，两瓶墨水，一红一黑，红的是批改作业用的，黑的则是写教案用的。

最让孟小敏感到震撼的是那有些发黄的墙上面贴着的近百张毕业照，这些都是姜老师教过的学生。照片中唯一重复的一张脸就是姜老师，从最初的二十多岁时的青春阳光到五十多岁时的疲惫沧桑，唯一不变的是姜老师那灿烂的笑容。

"小山？"

此时的姜老师声音无比虚弱，半倚在床上的他抬起了沉重的眼皮。或许是因为操劳过度，姜老师的头发已经全白了，黝黑的皮肤上满是褶皱，脸上仿佛蒙上了一层阴暗的灰色，太阳穴附近还有几块老年斑。年复一年的繁忙的课程摧残着姜老师的身体，更消耗着姜老师的生命。

姜老师听见有人进门的声音，第一眼便看到了周楠这孩子熟悉的身形。

周楠来到姜老师的身边，刚刚才抹去的泪水这一下子再也忍不住了，又瞬间占满了眼眶，然后不争气地直接流了出来。

"生老病死，人之常情，有什么好哭的？"姜老师脸上露出了一丝坦然的笑容，他颤巍巍地伸出右手，摸了摸周楠的头，"我这以后是登不上讲台了，你是我带出来的大学生，也是我最放心的人选，以后学校就要靠你了，你多操操心，咱们村里的娃在教育上可不能落后啊！"

周楠哽咽着说道："姜老师，你放心，我一定会让孩子们一个个地都考上大学！"

"哈哈，那就太好了！"姜老师笑了笑，不过刚笑了两声便开始剧烈地咳嗽起来，咳了老半天之后，才平静地说道："小山，可惜就是苦了你了。你也不要埋怨你爸，他这么做都是为了咱们溪山村。"

"我知道。"周楠点点头。他当然明白自己老爸的苦衷，自己是周大山的儿子，终究还是要继续完成父辈们未完成的事业的。

看到周楠那一副体谅的神色，姜老师放心了，脸上的笑容越来越舒展了，他平静地望了望一旁的孟小敏，此时的孟小敏正在好奇地打量着这里的一切，甚至还偷偷地打量着自己。姜老师说："这是你的小女朋友？"

周楠摇摇头："不是，是我从外面请的代课老师，她可是省师大的毕业生。"

听到这里，姜老师的眼中立刻露出了欣喜的光芒，脸上也一扫之前的灰色，渐渐地泛起了红润的光泽："省师大的老师啊，你小子还是有两下子的，这下可太好了！"

"她叫孟小敏，是我请来的，利用放假的时间帮着我在这里代一段时间的课，老师我还得再去县里面招。姜老师你放心，只要有我在，咱们村小学就倒不了。"周楠信誓旦旦地说道。

周楠是一个重情重义的人，他明白如果不是姜老师的话，自己也不可能考到省城里去，现在是他回报的时候了。

孟小敏气鼓鼓地看着周楠，她终于明白这个家伙给自己"挖"的什么"坑"了，原来是在这里等着自己呢！

三

"您好，姜老师，我是孟小敏，省师范大学的。"孟小敏乖乖地说道。

只不过此时的她坐在轮椅上，一条腿打上了石膏，样子看上去有些滑稽。姜老师很开心，省师大的老师能够来这里给他的学生们上课，哪怕只是代一段时间的课，都是自己这辈子连想都不敢想的事情。

"好好好，好孩子，谢谢你能来！我们这里的条件太差了，我这身子又不太好，怕是无法好好地招待你了，只能让周楠来了。"姜老师缓缓地说道。或许是因为高兴，他脸色渐渐地好转起来。周楠心底忍不住地刺痛，他知道这是姜老师的回光返照，毕竟"蜡烛"也总有燃尽的时候。

这时，姜老师正准备挣扎着坐起来，周楠赶紧扶住姜老师，强忍着心头的悲痛。姜老师说："小孟老师啊，好孩子，姜老师先在这里替我们学校的孩子谢谢你！哦，对了，有份礼物我原本是留给小山的，不过现在看来，东西还是送给你最合适。这是我多年积攒下来的，也许值不了什么钱，就算是当个念想吧，也算是请你来代课的一份小小的报酬吧！"

孟小敏的目光落到了周楠的身上，周楠示意孟小敏先应下来再说。虽然孟小敏心里面对周楠是有千百般的埋怨，但是她明白，此时此刻不是"拆台"的时候，就算真的要和周楠这家伙"算账"，那也得等把这出戏给唱下来再说。

"好，谢谢姜老师了！"

姜老师满意地点了点头，然后指挥着周楠说道："小山，我的床底下有两个箱子，你帮我拿出来。"

这个时候的周楠心里面也满是好奇，他从姜老师的床底下拖出了两个箱子，箱子上面已经落满了灰尘，周楠轻轻地吹了吹，然后把箱子打开。当他打开的那一瞬间，眼泪再一次忍不住地直接涌了出来。

孟小敏也好奇地望了过去，看到箱子里的东西的时候，她震惊了。

箱子里面整整齐齐地码放着一个个的教案本，上面工整的字迹清晰可见，纸页或许早就已经泛黄，但那见证了历史的沧桑。周楠拿起一个教案本翻了开来，上面布满姜老师铿锵有力的字迹，字里行间满满的都是姜老师的心血。

满满的两大箱子，这是姜老师积年累月留下来的宝贵财富。

或许姜老师的学历并不高，或许姜老师这一辈子只是窝在这个偏远而又僻静的小山村里面，从未踏足外面的世界，虽没有其他老师宽广的见识，但是姜老师有的却是其他老师不具备的勤恳和执着。几十年如一日，能够做到这一点的老师就是值得人尊敬的。

这两箱的教案给了孟小敏直击灵魂深处的震撼。她喜欢当老师，只因为她认为老师是·个很高尚的职业，但她从未想过，即便是很平凡很普通的一个乡村老师也能高尚到她难以企及的高度。这简直就是在用生命书写老师这个高尚的职业，所有的高尚，在这两箱教案面前都被遮住了光芒。孟小敏感觉到了"人民教师"这四个字的沉重。

"小孟老师，这些东西现在也许没多大用处了，如果你喜欢就留着吧，就当是我送给你的一份小小的礼物！"姜老师缓缓地说道。

孟小敏的心中涌起了无限的感动，现在她明白了周楠的用意，她更觉得这一切都是"冥冥之中自有天意"。孟小敏抬起头望向了周楠，看着周楠对着自已微微地点头示意，她这才干脆地说道："谢谢姜老师！"

"好，好，这样就算是我不在了，我心里也不会留遗憾了。"姜老师笑着说道，只不过这笑声中夹杂着粗重的喘息声。"好了，你们两个好孩子，我累了，要休息一会儿。小山，走的时候记得给我把门带上。"

两人走出了姜老师的屋子。突然间，姜老师又喊了一声周楠，周楠转身回到屋里。姜老师低声地叮嘱着周楠："小山，这姑娘虽然我是第一次见，但是我看得出来，她心性不错，人又长得漂亮，要好好地把握住这个机会啊，别到时候后悔。"

"姜老师，你误会了，我和她只是朋友。"周楠淡淡地笑着说道。

姜老师笑而不语。他可是过来人，眼睛看人看事还是很准的，周楠的解释在他这里是那么苍白无力。

周楠带着孟小敏离开了。

姜老师孤零零地躺在床上，心中已是毫无牵挂，自己未竟的事业已经找到了可托付的人，周楠这孩子的事情那就要靠他自己去考虑了，不用自己这个当老师的来替他操心了。他确实是累了，忙了大半辈子，也是时候歇一歇了。这个时候，姜老师想到了自己年轻时的那口子，嘴角渐渐地漾起了笑容，神情也渐渐地开始恍惚了起来。那个勤恳的农村女人死在了开山修路的时候，她走的时候并不沮丧，而是笑着对自己说道："老姜，路修好了，带我出去看一看外面的世界……"

可惜，姜老师并没有完成她这个心愿，路修好了，但是他一直没有时间。现在他就要去见自己的妻子了，就算对妻子有再多的愧疚，他也无怨无悔，他虽没带着妻子走到外面，但是他的学生却一个接一个地走向了外面的世界，替他们两口子看到了外面的世界。

四

姜老师走了，他走得很平静、很安详，他是在睡梦中离开这个世界的。姜老师这辈子从来都没有麻烦过别人，即便是临走的时候。

周楠第二天一大早就来到姜老师家，踏进房门，周楠心下一沉，果然如他所料，姜老师醒不过来了。屋子里面残留的温度让周楠感觉姜老师仿佛并没有离开，姜老师只不过是太累了，他只不过是想要睡一个懒觉而已。

孟小敏知道姜老师的离开，是在她收到周楠抱回来的那两个大箱子和近百张毕业照的时候。孟小敏盯着那些照片，还有照片中的那个人，她只觉得自己的心好像被一种叫作触动的东西给填满了。

"姜老师走了，这是他生前留给你的东西。"周楠神情肃然地说道，"其他一些桌椅文具之类的东西，我和其他人也商量了一下，也留给你了。你即将成为一名老师，这些东西或许对你的工作并没有什么用，但就当是姜老师留给你的一个念想吧。"

看着孟小敏沉默不语，周楠继续说道："对不起，昨天我只不过是想要让你在姜老师面前演一场戏。幸好你昨天没有拆我的台，还配合着我把这场戏给演完了，我很感谢你。"

孟小敏依然沉默。

"姜老师在这里干了一辈子，他最放心不下的就是他的那群学生了，你正好又是省师大的毕业生，我觉得如果让他知道你这个高才生能接替他继续给这里的孩子们代几天课的话，他会高兴一些吧。如果你现在想走，我可以安排人把你送到县城。总之一句话，十分感谢！"周楠在孟小敏面前罕见地道着谢。

"我想要听一听姜老师的故事，你可以给我讲一讲吗？"沉默良久，孟小敏这才幽幽地说道。

　　周楠一怔，有些不解地望向孟小敏。这个女孩神色平静，脸上看不出任何的情绪。周楠有些不解，孟小敏为何会对姜老师的故事感兴趣？

　　周楠点了点头，然后整理了一下自己的思绪，对着孟小敏开始讲述起了姜老师的故事……

　　从安顺县城一路向东，经过双城镇，沿溪山的唯一一条土石路盘旋而上，翻越过海拔近两千米的溪山山顶望溪口，然后再顺着那开凿于悬崖间的挂壁公路，一直下到海拔三百米左右的谷底，这里就是溪山村。

　　被层层大山包围的溪山小学，成了十里八村的孩子们读书上学的唯一学校。溪山村流传着一句顺口溜：上八里，下八里；羊肠道，石中路；还有一个尖口顶。最远的孩子想要上学，就必须要翻过几十里的山路，路程最远的要六七个小时。

　　姜老师是插队来的，是省城里的知识分子，有文化又写得一手好字，刚来的时候就被村里的老支书，也就是周楠的爷爷给拉住了手。周楠的爷爷热情地说道："姜秀才，泥巴砖头垒个灶台，顶多也就能用个十年八载的，但是咱们山里的娃娃们要是认个字，能够让娃娃们用一辈子的了。你要不来，咱们这里的孩子们可都得上山放羊去了，一辈子也只能困在这里，走都走不出去，那可就没出息咧！"

　　就是因为老支书的这一席话，姜老师留了下来，成了一名民办教师，一个月拿着不到三块钱的补助，年底也只能分到百十来斤玉米。即便过得如此清贫和拮据，姜老师也没有放弃，他深深地知道：要想刨除穷根，改变命运，必须从教育开始。

　　走出大山，改变命运，过上好日子。这是山里人世世代代的梦想，也是山里人心心念念的追求。看着娃娃们一个个渴望知识的眼神，姜老师知道，自己是在用自己的知识给每一个娃娃编造着伟大的梦想。

　　后来，娃娃们成才了，都走出去了，山里的娃娃们带走了他的知识，同时也带走了他的青春和满头的黑发……

姜老师的故事不算太长，周楠也只讲了二十几分钟，但是孟小敏却知道，人的一生绝不是这二十来分钟能够概括的。姜老师是一个伟大的人，因为他这辈子只坚持了一件事，这本身就是个传奇。

"我有教师资格证，之前也有过支教的经历。我想，如果你在这段时间找不到代课老师的话，我可以帮你这个忙，留下来在村里的小学代一段时间的课。如果需要任何手续或证明，我可以配合。"孟小敏抬起头，眼神之中带着坚定，对着周楠郑重地说道。

周楠惊讶地看着孟小敏，这还是自己认识的那个不讲理、乱咬人，还爱耍点小脾气的女孩子吗？

孟小敏对溪山这里的一切都很是喜欢。当然，周楠这个让她十分厌恶的家伙除外。尤其是在了解了姜老师的故事之后，孟小敏更是想要留下来，不为别的，就因为姜老师送自己的那些让他引以为傲、珍视多年的东西。

出于私心，孟小敏也希望能够在这里待上一段时间。或许是见惯了太多的"水泥森林"，孟小敏自小就十分向往田园生活。不过这些都不是最重要的，最主要的原因还是孟小敏对教育事业的热爱，从小她便立志要当一名站在讲台上浇灌花朵的"园丁"。

上了大学之后，她更是利用寒暑假的时间去大凉山等多个地方支教，在那里，她切身地体会到了老师的重要性、教育的重要性。

好几次，孟小敏看到自己所教过的那些孩子出于经济条件等种种原因被迫辍学而默默啜泣，孩子们既无力又无助的眼神，让她无法忘怀。孟小敏发誓，一定要以自己力所能及的行动去帮助孩子们坐回教室里心无旁骛地上课，这是她最伟大的梦想。

现在听到了姜老师的故事之后，孟小敏心中除了感动之外，更想要替姜老师做些什么，或许不让孩子们因为姜老师的离开而影响学业，才是姜老师最希望看到的吧？

"你真愿意留下来给我们溪山的孩子当老师？"周楠还是不敢相信这一

切，他害怕这一切只不过是一场梦，一场让他空欢喜的梦。

孟小敏摇摇头："不是留下来，是帮忙代一段时间课。"

"这……这可实在是太好了！"周楠一扫脸上的哀伤，绽放出了一抹激动的笑容，这算是个意外收获吧？

五

姜老师的葬礼很简单，没有什么复杂的仪式。这是姜老师的心愿，即便是死他也不愿意耽误学生的课程。但是姜老师的葬礼又不简单，村里的那些德高望重的人替姜老师抬着棺，走在最前面的是村里的支书周大山和村卫生站的王大夫。

周楠有些木然地跟在棺椁后面。这已经是姜老师离世的第三天了，这三天周楠都觉得自己仿佛在做梦一般，他能够感觉得到姜老师依然在自己的身边，姜老师的笑容还停在那三尺讲台上。

但是今天耳边充斥着那凄凉婉转的唢呐声，这一切都在提醒周楠，姜老师已经走了。村里的老人亲自吹《百鸟朝凤》，这是村子里面德高望重的人才配享有的安魂曲。那听上去欢快的曲调仿佛是在向这延绵不绝的溪山诉说着姜老师的功绩。

没有啜泣声，也没有悲痛的眼泪，有的只有那高亢的唢呐，唢呐的声音在这苍天青山之间回荡着。

送葬的队伍渐渐地越来越长，有的西装革履，锃光瓦亮的皮鞋上面落满了灰；有的还是一副田间地头的装扮，裤脚边儿还有泥巴。这些人有男有女、有老有少，从不满二十岁的青年人到四十多岁的中年人，大家都一言不发地跟在送葬者的队伍后面，每个人的神情都很悲戚，跟着棺椁慢慢往前走着。

溪山村讲究死者要绕着村边转一圈，但是抬棺的人今天走的路线却是完全不一样的，姜老师的棺椁沿着村子转了一圈，又朝着远处的那条挂壁公路而去。周楠此时突然间醒悟了过来，这不是要转村，而是要转山了。

周楠印象中只记得转过一次山，那是在自己爷爷去世后，村里的人抬着爷爷的灵柩绕着溪山的山脚转了一大圈。虽然那次把周楠累得够呛，但是看到自己老爸一脸的激动，年幼的周楠便将自己心中的疑惑问了出来。

"爸，为什么要转这么长时间？都打扰到爷爷睡觉了！"年幼的周楠不解地问着自己的父亲，他只觉得自己的腿很酸，想要停下来休息一下。

周大山抚摸着儿子的脑袋，脸上的神色有些哀伤，但语调里满是骄傲："小山，你不知道，这是多么大的荣耀，一般人想转山都不可能的，如果我以后能够转山，那我这一辈子也就知足了！"

当时的周楠并不明白自己父亲话里面的意思，等他自己渐渐地长大之后才明白，原来那一次是村里的人自发地抬着爷爷的灵柩转山，而这也是溪山村无上的荣誉。

而这一次，是周楠记忆中的第二次转山，这一次要送的人是姜老师。

送葬的队伍由原来的几十人渐渐地变成了几百人，而且还越来越多，到后来已经有一千多人了。但是大家好像是约定好了的一样，没有一个人在送葬的队伍中喧哗。周楠看到人群中有自己多年未见的同学，他知道这次来送姜老师的，大多是姜老师的学生。

两个多小时的转山，从村头到村尾，从挂壁公路攀上绝壁之外的溪山最高顶——望溪口，翻过望溪口，直到下午的时候才到姜老师下葬的地方，而旁边就是姜老师的爱人沉睡的地方，这也是姜老师生前最后的愿望。

下葬合墓，所有人就那般安静地站着，看着姜老师入土为安。

直到最后，大家都没有走，而是依然站在那里。突然间，人群之中一个声音悄悄地响了起来，也不知道是谁，仿佛是在背诵一篇文章，声音渐渐地由低到高、由远及近。

"盼望着，盼望着，东风来了，春天的脚步近了……"

听到这里，周楠的身子忍不住地一颤。这是姜老师最喜欢的一篇文章，而且也是他们入学时的第一课，姜老师曾经一句一句地教会大家念，教会大家朗诵。这是朱自清先生的散文《春》，周楠印象深刻、记忆犹新。

"一切都像刚睡醒的样子，欣欣然张开了眼。山朗润起来了，水涨起来了，太阳的脸红起来了……"

姜老师曾经说过，他最喜欢朱先生的这篇文章了。这是对自由境界的向往，这是心灵世界的澄澈明净、精神世界的昂扬向上，这是对美好事物的无限热爱，对人生理想的不懈追求，熔铸成诗一样美丽语言的锦绣文章，洋溢着浓浓的诗意，散发着经久不衰的艺术魅力。

周楠的眼睛渐渐地湿润了，随后便加入朗诵的队列之中。这是姜老师给他们上的第一课，也是姜老师给他们上的最后一课了。

"春天像刚落地的娃娃，从头到脚都是新的，他生长着。"

"春天像小姑娘，花枝招展的，笑着，走着。"

"春天像健壮的青年，有铁一般的胳膊和腰脚，他领着我们上前去。"

……

大家结束了课文的朗诵，那曾经的谆谆教导这辈子再无机会去聆听了。山坡上已经站满了人，周楠能够感觉到大家听闻姜老师去世的消息之后风尘仆仆赶回来的那种疲惫，也能够感觉到大家对失去了这么一位对所有人关怀备至的老师的伤心。

这上千人的送葬队伍，这篇文章，这样的悼词是对姜老师最好的肯定。

姜老师，您看到了吗？您的学生并没有忘了您，他们都回来了。您听到了吗？那铭记于心的文章，是您教给我们的人生第一课。

周楠望着那新堆成的坟冢，然后仿佛是在告慰着姜老师的在天之灵一般，缓缓地抬起头。看着天边，周楠微微地闭上了眼睛，在心里面默默地说道：姜老师，您辛苦了，一路走好！

第三章 溪山的未来

一

溪山村的清晨,袅袅炊烟缓缓地腾起,放眼望去,巍峨青山腰间白雾缭绕,涓涓的叮咚细语将远山与溪流连接到了一起,清澈的水流旁的草叶上,晶莹剔透的露珠在朝阳的折射下散发出五彩斑斓的色泽。

这只不过是溪山村最普通的一个早晨,充盈着宁谧和祥和。

不远处,琅琅的读书声传来,周楠从敞开的教室门口看到了孟小敏的身影,她坐在轮椅上,娴熟地拿着课本,认真的目光从满是稚嫩的一张张脸上扫过,就如同曾经站在同一位置上的姜老师一般,庄重而又神圣。

姜老师去世之后,考虑到学校现有的教师都无法统筹小学相关事宜,而周楠护路工的工作相对轻松,村里一致同意,由周楠暂时代理溪山小学的校长。

孟小敏去学校教务处提供了一系列资料,办好了入职手续,在找到新老师之前,由她先给孩子们代课。

周楠不由得在心里面感叹着,天上掉下来个孟老师,急自己之所需啊!

周楠从心底松了一口气,他作为大学毕业生,虽然也可以教孩子们读书,但是在省师大的毕业生面前,自己的教学方式就显得拙劣了许多,而且那些淘气的学生对于这位孟老师有很强的敬畏之心,孟小敏只用了短短几天的时间就把这群野孩子收拾得服服帖帖。

果然，专业的事情还得让专业的人来做！

周楠看着那群淘气顽皮的孩子在孟小敏的悉心教导下一个个变得规规矩矩的，顿时觉得自己当时那个决定无比英明伟大，他的心里充满了成就感。

只不过，孟小敏待在这里只是暂时的，她的腿好了便要离开了。

想到这里，周楠的心里面就略微地有些失落。他想要让孟小敏留下来，但是他实在想不出来让孟小敏留下来的理由。

走一步看一步吧！周楠无奈地想。现在社会发展越来越快，而且城市化的进程也在加快，这样的结果就是，所有人都集中到城里生活，那么势必会使村里面的小学越来越少，教学资源越来越稀缺，教学质量也越来越差。所有的师资力量几乎全部都集中到了生活条件更优越、更发达的城市之中，再这样下去，村里留守的孩童的教育问题将会成为一个大问题。

听着孩子们的琅琅书声，周楠的心里面稍有慰藉。

晨读的下课铃声响了起来，孩子们鱼贯而出，跑向操场。

此时在学校外面的只不过是一个小小的土操场，土操场上面散落着两个孤零零的篮球架，篮网早就不知道去哪儿了，只留下了锈迹斑斑的篮筐，篮板上面刷的漆也已经全部都脱落了，木板也因雨水的冲刷而少了两块。

就算是如此简陋的条件，孩子们依然抱着一个沾满尘土的篮球追逐着，跑得很是开心，玩得不亦乐乎。

孟小敏坐在轮椅上面收拾着书本，突然感觉身后传来了一股力道，孟小敏没有扭头就知道是谁："大多数的孩子发音很不标准，口音很重。"

"没办法，村里的老师大多数都是咱们溪山这附近的，水平有限，最好的刘老师也只是在县里面上了两年师专。不过孩子们争气，成绩还是说得过去的。"周楠望着教室外面的孩子们，若有所思。当初他考到省城的时候才开始学普通话，他深刻地记得当初那口浓重的乡音还惹得同寝室的其他人笑话呢，不过周楠的学习能力很强，很快就纠正过来了。

"基本功就必须要从小抓起，现在抓都有些晚了。"孟小敏将收拾好的书夹在了自己的腋下，扭头朝上瞥了一眼周楠，"这样的情况必须得有所改变才行。回头我想想办法，再这样教只能是把孩子们教得误入歧途了，最终也会误人子弟的。"

周楠有些满不在乎地说道："没你说得这么严重，你看我不也改过来了吗？"

"这是基础，老话说得好：'基础不牢，地动山摇！'我想你应该比我清楚吧？接下来我再想想办法，这么教下去也不是个长久的办法。"孟小敏沉思道。

周楠推着轮椅，走出教室。

周楠望着土操场上天真无邪、无忧无虑的孩子们快乐地嬉戏、玩耍的身影，心里面觉得，就算是苦点儿、累点儿也不算什么了。

村子里的条件有限，孩子们能够有个地方上学、有个地方玩耍，已经很不错了，也不知道还能维持多久。附近村里的小学撤的撤、并的并，也没剩下几所了，周楠听到不少的风言风语，说得也是有板有眼的，说县里也要把他们村里的小学给撤了。这样一来，孩子们上学就成了个大问题。

这样的话周楠自然不会说，此时的他只觉得心里面很累。姜老师在的时候他还能有个说话的伴儿，有时候姜老师还能够鼓励一下他。现在姜老师走了，周楠所有的气力也泄了一大半儿。

"你有心事！"轮椅上的孟小敏突然说道。

周楠一怔，违心地反驳道："没有！"

"别掩饰，都瞧出来了，你这四周的空气里都弥漫着'有心事'的味道，我一闻就能闻出来。"孟小敏极度相信自己的感觉，此刻的她立刻化身"福尔摩斯"，眨着大眼睛，两道仿佛能够洞察一切的深邃目光扫向周楠，"你今天，太反常了！居然都没有反驳我！"

"真没什么，就是有些感慨而已。对于我们这些农村的孩子来说，能够读书可是一件很开心的事情，无论条件有多么艰苦，只有走出去才能够拥有改变自己命运的机会。走出大山，那是我从小的梦想，而现在，也是那群孩子的梦想。"周楠指了指土操场上嬉戏玩耍的孩子们，感慨地说道。

孟小敏能够体会周楠的心情，当初她在偏远山区支教的时候，哪一个孩子的眼中没有渴望走出大山的光彩？也正是因为不忍辜负孩子们这种单纯而又热烈的目光，当然，还有姜老师那临终前对自己寄托的厚望，孟小敏才会选择留下来。

周楠对自己使的那点儿小心思、小伎俩，自己又何尝看不出来？她孟小敏可不是被人随随便便三言两语就能忽悠了的人。

二

周楠的担心在周大山回来的时候成了真。

从县里面开会回来的周大山，此时正蹲在自家门前的门槛上不停地默默地抽着烟，一根接着一根，脚边已经扔了不少的烟头，一副愁容不展的模样。

"老周，咋抽这么多烟呢？咋又遇到解不开的疙瘩了？"许秀琴走了进来，看到周大山的样子，脸上满是关怀的神色，看着那一地的烟头，隐隐有些担忧地问道。

周大山将手中的烟在门槛上碾了碾，看到是许秀琴进来，立刻站了起来，装出一副没事人的样子，极力地掩饰道："没啥！"

许秀琴死死地盯着地上杂乱的烟头，自然是不相信周大山的话的："没啥抽这么多烟？这么多年了谁不知道你？你只有在心里犯难的时候才闷声抽烟呢！"

被许秀琴揭穿心事的周大山索性也不掩饰了，重重地叹了一口气，无奈地说道："今天去县里头开会，咱们溪山村的小学要撤了，这可是附近剩的唯一一所小学了，真要是撤了，娃们以后上学可就难了！"

"开什么玩笑？你就没跟教育局局长反映反映咱们这里的实际情况？"许秀琴一听也跟着急了。村小学要撤了？这在溪山村，甚至是在溪山周边的这些村庄里，可都算是一件惊天动地的大事了！

周大山摇了摇头："局长开完会就走了，还没来得及反映呢！"

"那你就这样回来了啊？你咋这么好面子呢？怎么不再等等，到时候多向耿局长反映一下实际情况呢？你们可是老相识了，这点儿面子他不会不给你的吧？唉，咱乡里的娃娃们本来上学就挺难的，这下更好了，以后上学就更难了。"许秀琴替周大山着急。虽然从明面上来看，这两人是两家人，但是在许秀琴的心里面，早就已经把周大山父子俩当成了自家人。

周大山两道浓眉已经锁到了一起："没办法，耿局有那么多的大事要操心，我也试着找过耿局的秘书，连话都没说上半句，人家就坐上车走了……唉！"

说到这里，周大山更是懊恼地一跺脚，抱着头就准备往屋里走。

"你说说你这老家伙干的啥事？不行，你还得再去一趟县里面，必须得跟耿局念叨念叨！"许秀琴追进了屋子里，扯着周大山的衣角急急地说道。

周大山直接拿出一份文件："没用了，文件都下了！"

许秀琴急了，她当然明白县里下了文件，那就已经是板上钉钉的事情了，这个时候再去说的话，那真的是一点儿回旋的余地也没有了。许秀琴担忧地说："老周，你这次咋这么糊涂呢？到时候你可怎么和村里的人解释啊？"

周大山的眼皮子耷拉着，一副蔫了吧唧的样子，不停地抽着烟，一边抽着烟还一边叹着气。这件事对于周大山的打击很大，当了这么多年的村支书，这还是他第一次尝到挫败的滋味。

"领导有领导的难处，我要是连这点儿觉悟都没有，我还算不算党员？以后这村支书我也别干了！"周大山在说这话的时候连他自己都觉得底气不足，怒己不争般地又从烟盒里面掏出一支烟，点上后又蹲回到了门边，狠狠地抽了一口，好像是在发泄自己心中的郁结一般。

虽然周大山嘴上这么犟，但是就连他自己也觉得这事儿办得实在是太窝囊了。之前有人也曾透露给他类似的风声，但周大山并不相信这样的"谣言"，因此也没放在心上，他相信县教育局的领导是不会做出撤掉农村小学的决策的。这一次，周大山失算了。

在周大山眼里，安顺县百分之八十都是农村，山峭路陡，本就让娃娃们求学的路艰难万分，而这两年的入学率也一直在降低，真要是重新整合教育资源的话，只怕是像溪山这样偏远地区的孩子们连学都没得上了。

许秀琴心里替周大山着急，这样一来，周大山这些年积攒下来的威信必然会受到严重的打击。许秀琴知道，无论周大山过去曾经做过多大的贡献都会被否定，过去的功绩并不能掩盖现在的过失。对于许秀琴来说，要是周大山在这件事上处理得不够好，极有可能落得个"晚景凄凉"的惨淡下场。

许秀琴不得不替周大山着急："我觉得吧，你还是得去县里面继续找耿局长，直到找到人家为止。就算是拉下你这张老脸来也得求得耿局长同意不撤咱们溪山小学。虽说是下了文件，但是大领导也得考虑一下实际的困难不是吗？"

"大道理我比你懂，我这张老脸在耿局长那里要是能值几个钱的话，该卖老脸的时候我绝对不会吝啬。可是没用啊，人家耿局长根本就没给咱卖脸皮的机会啊！"周大山吧嗒吧嗒地抽着烟，仿佛所有的信心和力气全部都被抽空了。

许秀琴指着周大山，急急地说道："那你就不应该回来！你现在回县里，就算是跪下来求也得让耿局长改变主意！"

"板上钉钉的事情，怎么改？让领导出尔反尔啊？这不是打自己的脸吗？"周大山有些顾忌地说道。

许秀琴虽然嘴上鼓励着周大山去县里再找机会试一试，但是她的心里面也同样没底，毕竟上面下了文件，那就是没跑的事情，这就像是说出去的话，那就是泼出去的水，想要再收回来的话，绝对是不可能的。

两人都陷入了沉默，而院里面的空气此时此刻也变得无比压抑起来。

"真的就没回转的余地了？"过了好大一会儿，许秀琴依然有些不死心地问道。

"唉……"周大山叹着气，又从兜里掏出来一盒烟，从里面抽了一支出来，点着火又蹲在门边抽了起来，默然无声。

<h1 style="text-align:center">三</h1>

周楠推着孟小敏回来了，看到许婶儿和蹲在门边抽烟的老爸，感受到两人周围凝成的那股"冷空气"，周楠不用猜就知道肯定是发生了让自己老爸犯愁的事情了。

"怎么了？"周楠的心里面有种不祥的预感。

许秀琴看到周楠和孟小敏两人在一起，心里瞬间就警觉了起来，虽然说这个城里的女孩是周楠从山里面"捡"回来的，但是看两人现在这个亲昵的样子，怎么越来越不对劲儿呢？突然间想到了什么，许秀琴微微地摇了摇头，仿佛要将自己心中的那种疑惑甩出去，看了周大山一眼，没好气地说道："问你爸！"

"爸，咋了？"周楠立刻把目光落在了周大山的脸上。

"今天去县里开会，要把咱们村小学的这个点给撤了，县教育局的文件已经下了。"周大山说完之后，又开始自顾自地抽起了烟。

"啥？！"

周楠没想到流言很快就变成了真的，真要撤了溪山村的小学？那学校的孩子们怎么办？这是周楠下意识的第一反应。

孟小敏更是口无遮拦地说道："县里的那些官老爷是怎么想的？是不是办公室坐久了，连下面是个什么样的实际情况都不知道了？"

"爸，这事儿是真的？咱们溪山村小学真的要被撤掉了？那咱们这里的孩子们怎么办？咱们这里离县里和镇里都很远，真要是没了学校，孩子们可就没地儿上学了！"周楠无比关切地问道。

周大山不说话，当了这么多年的村支书，他当然知道这个消息要是传出去被十里八村的人知道的话，那绝对不亚于一场"大地震"。

孟小敏心里面也同样不是滋味儿，她也没想到自己刚教了几天书，学校就要撤了。虽然孟小敏到溪山小学没多长时间，但是从上了讲台的那一刻起，她就被这里的孩子们眼中的那种对于知识的渴望深深地打动了，更何况山里的孩子就像是溪山中那清澈的溪流一样纯净，自己行动不便，多数时候都是这些善良而又懂事的孩子们帮助自己的。

孟小敏没想到，自己还没离开，学校就有可能没了。

周楠看着自己老爸，略带着一丝丝埋怨的语气不客气地说道："爸，你咋就没和耿局长聊一聊呢？这可是天大的事儿，村里的学校绝对不能撤啊！"

"文件都下了，事情没回旋的余地了。"周大山的心窝好像被一把刀子给狠狠地抵住了，随着自己心脏的每一次跳动，周大山就狠狠地痛一下。

"好了，好了，小山，你就别为难你爸了。老周，你先回屋里休息一会儿，不行你明天就去县里和耿局长再聊一聊，这可是件大事，咱们溪山附近的孩子们能不能上学，就要靠你了！"许秀琴看到周大山的脸色越来越差，还是忍不住偷偷地心疼了起来。

周大山蹲在那里纹丝不动，沉默不语，只是在不停地抽着烟，一根接着一根，眉头依然紧紧地锁在一起。

周楠送孟小敏回到屋里，却被孟小敏给叫住了。

"先别走！"孟小敏板起脸，那两道柳叶细眉微微地翘了起来，杏眼中满是凝重的神色，再配合着她此时无比认真的语气，让周楠不禁怔了怔。

"干啥？"周楠正准备离开，听到孟小敏的话之后停下了脚步。

孟小敏一本正经地看着周楠："咱们这里的小学绝对不能撤！"

周楠重新对孟小敏进行了一番审视，然后啧啧地开始称赞道："没想到啊，孟老师居然舍不得离开了。学校一撤不是正合你的心意吗？这样你就可以回省城了。"

"你觉得我是那么肤浅的人吗？"孟小敏恼火地说道。不知道为什么，自从孟小敏碰到周楠这家伙之后，两人之间的状态绝对是"杠"上了，无论什么时候都在针锋相对，彼此看对方都不顺眼，仿佛一天不"抬杠"就觉得这一天过得很不充实。

周楠盯着孟小敏揣摩了半天，然后重重地点了点头，嘴上更是肯定地应道："确实就是很肤浅！"

"你……"孟小敏尽力克制自己，要不是她现在行动不便，下一秒钟她一定会让周楠行动不便的，"我走不走和你没关系，但是你想过没有，溪山小学是姜老师嘱托给你的，真要是在你手上把学校给弄没了，姜老师的心血也就付之东流了。"

不得不承认，孟小敏这句话实在是太有杀伤力了，周楠脸上的笑容立刻收敛了起来。

孟小敏说得没错，溪山小学是姜老师还有诸多老师的心血，真要是撤了，只怕最难过的就是姜老师了。

沉默。

空气中弥漫着一份哀伤，还有一份无奈。

"这可是县里面的决定，我能有什么办法？"周楠双手一摊，有些丧气地无奈说道。

孟小敏冷哼一声，眼神中渐渐地带上了一丝鄙夷："办法是人想出来的。想想那些孩子没有学上，一辈子只能窝在这穷乡僻壤里面。别人可以选择妥协、选择退缩，你不行，你现在是溪山小学的校长！"

周楠看着孟小敏眼神中的坚定，仿佛受到了感染一般，眼神中也多了一抹坚定的光芒。是啊，想想姜老师那温柔而又慈祥的目光，想想溪山小学孩子们那渴望而又期盼的目光，周楠暗暗地下定决心，为了山里的希望，他必须要把溪山小学给保下来，那不仅仅是姜老师的寄托，更是山里娃的未来。

"周校长，拜托了，加油！"孟小敏挥起了小拳头，一本正经地说道。

周楠那泄了气的身体仿佛被孟小敏的话注入了满满的元气，他露出了清澈的笑容："谢谢！倒是没看出来，你居然有当居委会大妈的潜质，就这给人加油、鼓劲儿、打鸡血的能力还是很强的。"

孟小敏二话不说，随手抓起一旁的笤帚直接就朝着周楠扔了过去，周楠笑着躲开了。

四

周楠来到县里直奔教育局，说明来意之后，就被带到了局长的办公室外。没等十来分钟，周楠就被请进了耿局长的办公室。

周楠的老爸和耿局长是老熟人了，周楠也认识耿局长，之前他作为溪山小学的校长在县里面参加培训的时候就和耿局长有过几面之缘，但他们只是点头之交，这一次很突然、很冒昧地拜访，周楠还是有些提心吊胆。

进入耿局长的办公室，周楠一怔。

耿局长的办公室和周楠想象中的不大一样，虽然是局长，可他的办公室很普通，墙上挂着两张地图，地图上的颜色已经很浅了，沙发套洗得发白，两盆君子兰郁郁葱葱，长得很是茂盛，一个泛黄的办公桌，看样子年头不短。

伏在办公桌后面、头发有些花白的耿局长在认真地读文件，眉头微微地皱了起来，神色间满是肃然。

"耿局，周楠来了！"秘书提醒道。

耿南杰头也不抬，对着周楠说道："嗯，小周啊，你先喝口茶，我把这个文件看完。"

周楠被秘书安排坐在了沙发上，秘书给周楠倒了一杯水，然后就退出了办公室。周楠拘谨地坐在沙发上，办公室里面的空气很安静，安静到周楠都能听到自己的心跳声了。

没过一会儿，耿南杰放下笔，抬起了头，看着周楠，脸上绽开一抹笑容，站了起来，然后端着自己的茶杯，直接就来到了周楠的身边。此时的周楠更是直接弹起来迎了上去："耿局长，我是溪山小学的周楠。"

耿南杰点点头："我认得你，你现在负责溪山小学，还是周大山家的臭小子。我和你爸，那可是老相识了！"

耿局长很随和，在周楠面前完全没有领导架子。

周楠尴尬地笑了起来。这么多年来，他都已经习惯了，无论自己走到哪里，人们对自己的认知往往都是"周大山的儿子"。周楠不解，老爸的名头为何如此响亮？就连教育局局长说起自己老爸的时候都能够感觉到他每个吐音里面所蕴含着的深深的敬佩。

"呵呵，你不说我都知道你为什么会来这里，你找我肯定是为了溪山小学的事情吧？"耿南杰开门见山地说道。

周楠不意外，自己是溪山小学的校长，找自己的上级领导，除了汇报工作外就是反映困难了，周楠又不是具教育局的公务人员，这个并不难猜。

"没错，耿局。溪山小学不能撤，县局里面的文件下得有问题！"周楠壮着胆子说完，抬起了头，望向了耿局长，"没有了解实际情况，就要把我们村的小学给撤了，这一撤肯定会增加孩子们上学的花费，甚至有可能会让很多孩子失去上学的机会。耿局长，我绝对不是夸张，山里的孩子们上学真的很不容易，他们为了能够上学，甚至要走上几十里的危险山路，如果学校没了，他们恐怕就要失学了！"

　　耿南杰听到周楠这夹杂着火药味儿的话并没有生气，而是在沉吟片刻之后才缓缓地说道："周楠，溪山村的情况我了解，县教育局也是开会综合考虑后才做的决定。现在咱们县里各乡镇的小学生源都不太好，这是一种很普遍的现象。你们双城镇现在有两所小学，县教育局党委考虑的是如果两所小学的生源都很差，那么就合二为一，只有把优质的教育资源整合到一起才是最佳的选择，这样既能保证教育质量，又能保证学校的生源和升学率。"

　　听了耿局长的话，周楠摇着头立刻反驳道："耿局长，在我眼里面，那是山里的孩子们很艰难很脆弱的梦想，而不是什么教育资源的整合这样的管理优化，更不是什么生源和升学率这样冰冷而又死板的数字。"

　　周楠越说越激动。他没法不激动，他觉得像耿局长这样的官老爷为了自己所谓的"政绩"，是在牺牲孩子们上学的渴望和期盼。周楠突然间觉得心里有一丝丝的悲哀，不是为自己，而是为了那一双双纯洁而又清澈、充满希望的眼睛。

　　周楠的话说得很是刻薄，瞬间就把原本还算融洽的氛围给完全破坏掉了。

　　耿南杰也不气恼，语气平和地说："我能够理解，周楠，我也是从大山里面走出来的孩子，上学对于一个山里娃来说有多艰难，我跟你一样清楚。人，站的位置不一样，看到的也就不一样。你只需要考虑一村一校，而我需要考虑的是一县十镇。你或许只想让溪山的孩子们能有学上，但是我却是要让咱们安顺县的孩子们都有学上。你以为咱们面临的问题是什么？学校少，山路远，还是说没有钱？没错，这些对于想上学的孩子们来说确实都是难题，但也是可以克服的难题。但是教孩子们知识的老师稀缺的问题，才是我们绕不开、避不开的'拦路虎'，所以县里才会考虑要把教育资源整合。而这，才是第一步。下一步县教育局还会出台政策，会提供各种各样的便利举措，目的是要让孩子们都有学上，而不是你认为的我们只是为了自己捞点儿'政绩'。在孩子们的未来面前，那点儿所谓的'政绩'根本不值一提。"

　　耿局长的话周楠听进去了，他理解了县教育局的用意。只不过，溪山小学要是撤了，那么就会有一大部分的孩子面临失学的问题，这也是很现实的。县里的领导解决的是长久的难题，而周楠现在要解决的却是眼前的难题。

"耿局长，现在的情况就是，撤了我们溪山小学，只怕会让一些孩子再也没机会上学了。我没有咱们局里领导们看得那么远，我只是不想让我的学生没学上。"

耿南杰久久地陷入沉默之中。

五

耿南杰习惯性地去摸口袋中的烟，却发现烟被自己扔在了办公桌上面。周楠说得非常有道理，耿南杰也无法反驳，但是他无法给周楠开这个特例，这也是局党委会的集体决议，即便是作为局长的他也必须得坚决地执行。

墙上挂着的钟嘀嗒嘀嗒……

周楠的心随着那嘀嗒嘀嗒的钟声不停地颤动着。他此时满怀希望，希望能够从耿南杰嘴里面得到一个满意的答复。

耿南杰摇摇头，拒绝的话实在是无法从他的嘴里面吐出来。作为一个从大山里面走出来的孩子，他知道大山深处的一所小学绝不仅仅是一所小学那么简单，那是能够改变娃娃们命运的地方。

耿南杰既纠结又无奈。

"周楠。"过了好久，耿南杰好像终于下定了决心，他盯着周楠，眼神中散发出来的那种坚定和决绝让周楠瞬间就感觉到了什么，"我只给你一个机会，仅有一次的机会。"

周楠的心中一阵狂喜。

"你先别高兴得太早了。溪山小学现在的规模太小了，而且也太简陋了，如果一直是这种状态的话，根本就不可能留下来。一所小学要的是规模、师资还有生源！你能明白我说的意思吗？"耿局长郑重地说道。

周楠点点头："明白。"

"秋季开学之前，我会陪同教育局的领导和专家到各个点进行最后的考察和调研，到时候能不能保住溪山小学的名额，就要看你了。"对于耿南杰来说，他这一次算是已经违背原则了，但是在他内心深处确实还有着那么一丝丝的不忍，这让他在溪山小学即将被撤并的时候做出了让步。

溪山小学的困难所有人都心知肚明，他耿南杰心里面同样一清二楚。为了能够让更多的孩子不失学，他耿南杰愿意违背一次原则。

周楠看到耿局长那深邃的目光之中泛起了点点亮光，就如同深邃夜空中点点的繁星，眼中满满的都是璀璨。周楠被这种目光深深地感染了，他没有丝毫犹豫地点了点头，神色凝重地说道："请耿局长放心，为了孩子们，我一定会抓住这个机会的！"

耿南杰点了点头，等周楠离开了之后，他忍不住地微微叹了一口气，没想到自己还是带头违背了原则，这个口子还是开了。不过耿南杰的心里面没有后悔，他对所做的一切都问心无愧，至少那些想要从大山深处走出去、看看外面世界的孩子会越来越多的吧……

耿南杰坐回到了办公桌后面，抓起扔在桌上的烟盒，娴熟地从烟盒里面磕出了一支烟，轻轻地咬在唇上，点燃，轻松地吞吐了起来……

在溪山这个小地方，没有任何的秘密可言。很快地，溪山小学要被撤的消息传开了，如同一颗炸弹在平静的湖面炸开了一般，波澜不惊的小山村顿时变得沸腾起来。

听见了动静之后，许秀琴神色慌张地从自家院里跑进了周家的大门，然后小心翼翼地把周家的大门紧紧地闭了起来。虽然大家都是一个村的，天天抬头不见低头见，但真要是闹起事来，恐怕压是压不住的。她有些担忧地望着蹲在门槛边上抽烟的周大山，心跳得很快，无比慌乱。

"老周，你咋还蹲在这里抽烟呢？"许秀琴急道，眉宇间满是担忧的神色。

周大山用力地吸了两口，然后将烟蒂在墙角狠狠地摁了摁，站了起来，走到大门口，将许秀琴刚闭好的门打开了。

院子外的巷子里，已经是人山人海。周大山一本正经地说道："乡亲们，小学要撤的消息大家应该或多或少都听说了。没错，这个消息确实是真的。我知道你们的心里面很着急，我比你们更着急。不过，我们还是要尊重县里面上级领导的决定。"

周大山的声音不算大，但是他在村里面的威信很高，一开口，原本喧闹的人群立刻安静了下来，只不过在听到了周大山的话之后，安静下来的人群又开始了窃窃私语，慢慢地，声音越来越大。

"支书，学校真的要撤？到时候娃娃们去哪里念书呀？"

"支书，这十里八村的孩子们都跑到咱们这里来念书，真要是没地方念了，那孩子们就得回家种地啊！"

"支书，咱们村小学不能撤啊！真撤了俺家娃娃就没书念了，镇上离咱们村可是有几十里的山路，而且咱们也没钱到外头念书啊！"

"支书，你咋不和县教育局里的领导反映一下咱们这里的实际情况呢？"

……

大家七嘴八舌，周大山始终保持着平静、镇定的神情，而站在周大山身边的许秀琴不自觉地死死地攥住了周大山的衣角，生怕周大山会被激动的村民围攻，类似这样的事情之前也不是没有发生过，只不过这一次不一样了。

"大家先停一停，先听我说两句。"周大山清了清嗓子，目光扫过之处便是一片安静，"我会和上级领导把咱们的实际情况反映一下的。大家聚在我这里，解决不了问题，你们急，我比你们更急，谁家的孩子谁心疼。我在这里保证，咱们的孩子都会有学上的，实在不行，我就算是倾家荡产也会把孩子们送到镇上去读书！"

周大山这话说得斩钉截铁。

许秀琴在周大山的身后轻轻地掐了他两下，好意提醒他不要空许诺，没想到周大山不为所动，继续说道："我周大山在咱们溪山村也不是一天两天了，向来是说一不二。好了好了，大家不用担心，先回去吧，都到饭点儿了，我可不会管饭的。大家把心都放回到肚子里去，这件事我一定会给大家一个满意的答复的！"

"大山啊，吃不吃饭的倒是不急，现在我们急的可是咱们子孙后代的事情啊，这事儿今天要是没个说法，大家伙可是连吃饭都不会香的啊！"这个时候，一位年长者从后面站了起来，随手把烟袋锅子在旁边的石头上重重地磕了磕，继续说道："娃娃们没学上，你这一句两句话的就想把我们打发走啊？到镇上上学，又是一大笔开销，你说得倒是轻巧，真要是上不了学，你怎么和大家伙交代？"

站出来的人是九叔，村里德高望重的叔父辈的人物，甚至比周大山还高了一辈儿，他站了出来，今天这事儿只怕是不好解决了。

第四章　热血的年代

一

"就是，别想着糊弄我们！"

"大山哥，眼瞅着娃娃们马上就要升初中了，真要是撤了学校，娃娃们可就真的毁了啊！"

"大山，既然大家选你当这个村支书，你就得把事情扛起来。娃们上学的事是大事，你必须要管到底，老头我在这里给你磕头了！"

眼瞅着一位老者要下跪，周大山赶紧把老人给扶了起来。事关子孙后代的大事，周大山知道，这事必须得处理好。

"老叔，您这是干什么？快起来，您这样不是抽我的脸吗？"周大山左右为难。这次他是真的没办法了，之前无论自己怎么折腾，那都是有上级领导的支持，更是有一股不服输、不服穷的强烈的信念在支持着他，即便是砸锅卖铁也值得。但是这一次，不一样了，这一次是上级的安排。

"大山，咱们村小学要是撤了，可就毁了小娃了！今天你就给咱们撂一句痛快话，村小学，不撤行不行？"老者死死地拽着周大山的衣袖，满是褶皱的脸上尽是焦虑。

"这……"

周大山只觉得好像有什么堵住了自己的嗓子眼儿，连一个音节都说不出来。他心里压根就没有一点儿底气，哪怕溪山村所有人的力量都加起来，也改变不了县里领导已经决定好了的事情，何况自己一个人。

望着所有人那期盼的眼神，周大山心里面无比矛盾，此时此刻的他觉得自己这个村支书当得实在是太憋屈了，更是无奈得很，无比失败。

"九爷爷，村里小学撤不了！"

突然，从人群之外，一个洪亮的声音响了起来，所有人把目光全部都扭向了声音的来源。当周大山看到是自己儿子的时候，脸一沉，心里更是一紧。

"大山，你有个孝顺的儿子，小山这孩子出息啊，这是在替你出头吧？拿个小娃来糊弄我们？"那位死死拽住周大山衣袖的老人看了一眼远处的周楠，然后又把目光落在了周大山的脸上，虽是在询问，但是话里话外可没有任何询问的意思。

"周楠，这里没你说话的份儿！"周大山冷冰冰地说道，心更是直接沉到了谷底。自己年轻的时候也做过不少年轻气盛的事情，那条通往山外的路就是周大山"初生牛犊不怕虎"的见证。但是儿子所做的，要比自己出格多了，也非常不明智，他的这一句话，看似安慰了激动的乡里乡亲，但是年轻人做事从不考虑后果，而这一句话所带来的后果要更严重得多，儿子这摆明了是要和县教育局的文件精神对着干啊。这不是年轻气盛，而是不知天高地厚！

"爸，我说的是真的。九爷爷，还有各位，我在这里向乡亲们保证，咱们溪山小学撤不了的。"周楠坚定无比地说道。

"臭小子，你到底想要干什么？你知不知道你惹了多大的事儿？"周大山面对着儿子咆哮道，脸已经涨得通红，头发都快要竖起来了。

周楠被周大山暴怒的样子给吓到了。讲真的，从老妈病逝之后，周楠还从来没有见到过自己老爸如此生气的样子。

一旁的许秀琴赶紧劝道："老周，你干啥？小山这孩子可是在帮你啊！"

孟小敏赶紧推着自己的轮椅躲到一旁，一句话都不说，顺手不知道从哪里摸出了一把南瓜子，看着周楠这个家伙被周大山训斥得抬不起头来的样子，心里面仅存的那一点点同情也瞬间消失得无影无踪。谁让这个家伙一直以来和自己针尖对麦芒呢？现在好了吧，小针尖碰上大铁锤了吧？孟小敏心里美得不要不要的。

"这是在帮我吗？这是嫌我命长，要我的老命了！"周大山气哼哼地说道，"你保证，你拿什么保证？怎么，你要违抗上级领导的安排吗？你还是不是一个党员，你还讲不讲党性原则了？"

周大山一连串的发问，根本就没有给周楠回答的机会。

许秀琴知道这父子俩的脾气，尤其周大山的脾气，赶紧劝道："老周，你先消消气，给小山一个解释的机会。小山这孩子我是知道的，他既然敢这么说，肯定是有把握的。"

听了周楠的保证，村子里的七老八少们全部都离开了，周大山知道再说什么也无济于事了，更何况他根本就说不出什么来。儿子的保证也就意味着父亲的保证，一个唾沫一个钉，儿子是自己亲生的，也不会有一个老爹会想看自己儿子的笑话，那样自己脸上也没光彩啊。看着周楠信誓旦旦地做保证，自己这个当爹的也总不会见死不救吧？正因为如此，即便周大山什么也没做，大家也放心地离开了。

看着儿子，周大山气不打一处来。但听到许秀琴的话之后，周大山的气顺带着消了不少，他没好气地对自己儿子说道："你有什么好说的？"

"县里耿局长答应了，只要溪山小学能够达标，可以不撤点。"周楠平静地说道。

"哼，我老糊涂了吗？你想要糊弄……"

还没等周大山把话说完，周楠好像是变戏法似的直接拿出了一份文件，递到了周大山的面前。

"这是什么？"周大山接过来。

"县教育局下的一个通知，我要了一份，上面写得很明白，只要符合上

面列出来的标准的村小学是在可争取保留的名单里面的。"周楠一本正经地
说道。

"这怎么可能？我怎么不知道？"周大山余气未消。

"我又找了耿局长一趟，他让我把这个通知给带回来，顺带着，耿局长在
上面签了字的。"周楠早有准备。

"咱们溪山小学也达不到这个标准啊！这对咱们来说就是一纸空文！你这
也是白……"

紧接着，厚厚的一沓纸又递到了周大山的面前。

"这是什么？"周大山不解。

周楠胸有成竹地说道："一个村小学的改扩建方案，从我回到咱们村里来
的时候就已经开始做了，早就已经做好了。"

周大山接了过来，然后看到了上面早就已经打印好的一行字——溪山小学
改扩建工程项目实施方案。

二

孟小敏将手中最后一颗瓜子嗑完，轻轻地拍了拍手心上沾满的残渣，一脸
的无奈，暗呼一声，可惜！

她期待的好戏并没有上演。自己在这个家伙面前每次都要吃瘪，好不容易
逮到个机会看老子训儿子，孟小敏的心里面别提有多开心了。可惜的是，周楠
这个家伙运气实在是太好了，这一次又成功地躲过了一劫，想要看他吃瘪，恐
怕只能等下一次了。

自打从山上跌落到了周楠的面前，孟小敏在心里暗暗地发誓一定要找回气
势。不过自己现在行动不便，也让自己在和周楠的争斗中处在了绝对的下风。

这口恶气不出，孟小敏心里不舒坦啊！可惜苍天大老爷不给自己这个机会，这也使得孟小敏的眼神之中充满了无奈和幽怨。

"你这是啥眼神？"

周楠差点儿被揍的危机解决了，心想大难不死，必有后福。不过当他看到孟小敏那略微带着一丝丝惋惜的眼神的时候，他心里头就有点儿犯嘀咕了，自己也没惹她呀。

孟小敏微微地摇了摇头，装腔作势地叹了一口气："哎，周同学，你知不知道什么叫巧妇难为无米之炊，啥是一分钱难倒英雄汉？"

周楠一愣。

"傻眼了吧？可不是我在这里泼你凉水，你这计划做得倒是好，可惜了，没钱啥也干不成。改扩建咱们小学需要建材吧，买建材要不要花钱？改扩建需要工人吧，雇工人要不要花钱？我刚刚给你算了一笔小账，想要把咱们小学给翻新下来，没个二三十万元是下不来的。请问周同学，你是富二代吗？"

孟小敏说完还配合地打量了一下四周，然后啧啧地说道："看你家这家徒四壁的样子，也不像是富二代啊。没钱，你谈什么理想，谈什么规划呀？"

是啊，没钱谈什么雄心壮志？

孟小敏的话说得没错，周楠原本斗志满满，在听到了孟小敏的话之后，瞬间就像是一个泄了气的皮球，无论自己再怎么画宏伟的蓝图，没钱就没有任何可能。

"你这盆冷水浇得啊，确实是透心凉！"

周楠白了孟小敏一眼，这女人确实是个小心眼儿啊，直到现在还在对自己打击报复。不过转念一想，孟小敏这话说得确实没啥错，生活都是现实的，人心也必须陪着生活而一直现实下去。现实呢又是很残酷的，人心也就必须要随着现实而学会残酷。钱这东西，虽然不是万能的，但现实就是，没有钱是万万不能的。有钱走遍天下，万事皆能，没钱真的就是寸步难行。

孟小敏这一击干净利索，直接击中了周楠的要害。

孟小敏不吐不快呀！谁让周楠这家伙仿佛是上天派来折磨自己的"坏朋友"呢，每天两人的日常就剩下拌嘴了，能看着这家伙吃瘪，孟小敏觉得生活真美好。

这口恶气得出，但是该帮的忙她孟小敏也是绝对会帮的，而且她也知道，周楠这个家伙并非那么容易被击倒。

孟小敏她自己现在虽然寄人篱下，但这并不意味着自己就是任人宰割的刀俎上的鱼肉，而周楠这家伙呢，眼下这段时间又有求于自己，就现在两人这错综复杂而又凌乱不堪的关系，孟小敏绝对不希望周楠这个家伙过得太舒心，当然也不会绝情到见死不救的。

"要不要本女侠行侠仗义啊？"孟小敏这个新时代的"姜太公"时机很恰当地抛出了自己的"诱饵"，剩下的也就只等着周楠这条可怜的小鱼乖乖地"上钩"了。

"你有本事弄到钱？！"周楠被打击得都要钻进土里面了，听到孟小敏的话之后，瞬间就来了精神。

孟小敏毫不谦虚地点了点头："那是当然了，虽然不多，但是解一解你的燃眉之急还是可以的。"

苍蝇腿也是肉，虽说周楠还是忧心忡忡，但是至少能够先行动起来了吧？有了孟小敏的帮助，再加上自己这些年攒下来的全部积蓄，想必应该能够先开工，而眼下，也只能走一步看一步了。

周楠盯着孟小敏，刚想要说两句感谢的话，却是直接把孟小敏给看得打了一个寒战。孟小敏立刻说："你别这样盯着我看了，我可不是为了你，而是为了孩子们。你这样看我，我鸡皮疙瘩都起来了，实在是太恶心、太油腻了！"

好吧，原本恰到好处的感动气氛被这个瘸腿女人给打破了。周楠真的很想伸出手对这个家伙进行"处决"，但是吧，人家现在好歹算是自己唯一的希望，不能生气，千万不能生气。周楠在心里面暗暗地发誓道。

孟小敏自己推着轮椅回屋里了，这个时候先前离开的许秀琴又折了回来，对着周楠说道："小山，跟我去个地方！"

"婶儿，去哪儿呀？"周楠不解。

许秀琴笑了笑，眼神中透露着一丝神秘："跟我走就是了。"

周楠跟着许秀琴，他的心里很是纳闷，这位婶儿和自己老爸的那点儿暧昧，周楠其实早就已经知道了，而且在他的心里面对这位住在隔壁的婶婶还是相当认可的，这些年过来，周楠心里面早就已经把她当成妈妈了，她无微不至地照顾着自己，这让周楠很感动。要不是婶婶家里的那个老太太百般阻挠，只怕自己早就已经改口叫妈了。

周楠跟着许秀琴出了家门，又出了村口，爬上了村头的那座山。周楠心中的疑惑越来越大了，这位婶婶把自己拉来这里到底是要做什么呀？搞得这么神神秘秘的，周楠压根就想不明白。

周楠被许秀琴领到了一处山崖前。崖下，溪山村尽收眼底，而远处，则是层层叠叠的山，绿色的山间云雾缭绕，宛如一幅人间仙境的模样。周楠深吸一口气，就连空气中都有着无尽的芬芳。

"婶儿，咱们来这里做什么？"周楠满是不解地问道。

三

溪山村有着独特的地理位置。位于安顺县双城镇东南部的溪山村，全村有近百户四百余人，良田有三百亩，共产党员有十一名。县志记载东有落风岭之屏障，西有溪山之阻隔，北有望溪崖之险峻，南有青峰巍之对峙。自古便流传着"摔死虎，跌死狼，想飞飞不高，想走走不远，困神锁仙鬼发愁"的说法。

无路可走的山里人祖祖辈辈地在这个小地方繁衍生息，世世代代都过着"世外桃源"似的生活。

没有路，不知道外面的世界是个啥样子，村里的人过着原始而又清苦的生活，换亲、转亲，一村人变成了"一家人"，没有一个姑娘愿意嫁到村子里来，哪怕是在别处嫁个二婚的，也不愿意到溪山村来。

没有路，山外的东西运不进来，山里的东西运不出去。

没有路，生了病全靠自己的体质硬扛，甚至是靠一些不科学的土办法去治疗，很多人体弱扛不过去，就永远地离开了这个世界，比如周大山的老婆、周楠的老妈，周楠刚生下来她就因为大出血去世，年纪轻轻就离开了周家父子俩。

没有路，娃娃们上不了学，祖祖辈辈都是文盲，不知道什么是法律、什么是科学。

三十年前，安顺县政委给了溪山村五千元，让修一条能够出山的路。也正是从那个时候开始，溪山村的人开始了修路的壮举。那个时候的周大山还很年轻，作为村里民兵连连长的他，浑身好像有使不完的劲儿，撇下嗷嗷待哺的周楠，带领着村上的青壮年，在深近百丈的崖壁上，仅仅靠着系在腰间的一条大绳，靠着这股子不懈的劲儿，一锤又一锤地凿出了一条窄窄的道路，村子里的人戏谑地称之为"狼道"。一次尝试不成，又接着尝试打洞，结果也是无果而终，打出来的洞无奈地变成了圈羊的"羊窑"。

二十多年前，许秀琴嫁到了溪山村，没过两年，许秀琴的男人一失足掉下了狼道。这条狼道崎岖而又坎坷，光是死在这条狼道上的人，连带上许秀琴的男人就已经二十来个了，也正是因为如此，已经是村支书的周大山面对着哭哭啼啼的许秀琴和满是期许的村民，把心一横，咬紧了牙关，他要把这条狼道修成一道公路，让汽车也能开进村子里。

曾经的"狼道"，让汗水、泪水、苦水和血水在溪山村的人心底流淌；曾经的"羊窑"，让挣扎、奋斗、碰壁、失望的溪山村的人变得绝望。而这一次，周大山吸取了前两次失败的经验，制订了"依山就势，顺崖凿洞，盘旋而上"的开路方案。这一次，干部、党员、群众纷纷筹资，甚至把溪山上上下下能换钱的家当全部都卖了个干干净净，还跑县里求爷爷告奶奶地贷了款。这一次，溪山村的人注定要"破釜沉舟，背水一战"。

……

站在崖前，周楠听着许秀琴娓娓道来。

周楠没想到的是，这条路背后居然还藏着这么多的故事，而他也是第一次听说这条看起来其貌不扬的挂壁公路的来历。周楠走过多少趟，他自己也没有细细地数过，他没想到这条路，居然如此伟大。

"小山，婶儿把你叫到这里来，一是想要告诉你，遇到啥难事儿、过不去的坎儿，不要怕，咬咬牙总是会过去的。你现在遇到的困难，就和当初你爸遇到的困难一样，他一心想把路修好，然后就有了你现在看到的那条路。"许秀琴的手一指，然后眼中溢满了笑容，"你呢，婶儿相信你。"

周楠微微地怔了怔神，然后凝重地点了点头。

是啊，谋事在人！要是连想要谋事的勇气都没有，哪来的成功？平日里讲不出来大道理的秀琴婶儿，今天实实在在地给周楠好好地上了一课。

"婶儿，你就放心吧！"周楠望着远处的那条挂壁公路，好像有一股莫名的力量从他的脚底涌向了他的身体，"我可是周大山的儿子，没那么容易被打败的。"

"婶儿知道。"许秀琴这个时候从口袋里面掏出了一张卡，然后直接递到了周楠的面前，"所以婶儿要支持你。这是我这些年攒下来的，你先拿着用。答应婶儿，无论如何也要把咱们溪山小学给保留下米，村里的娃娃们，不能没学上！"

周楠还在犹豫着，许秀琴就已经把卡塞进了他的手心里。

"婶儿，这……"

"男子汉大丈夫，别婆婆妈妈的了！先说好了，这钱是婶儿借你的，这可是我给宁宁攒的嫁妆。"许秀琴笑着说道。

许秀琴口中的宁宁是她的女儿乔佳宁，在省城的农业大学上学，是打小就跟着周楠一起玩的小妹妹。

周楠听到许秀琴的话，忍不住尴尬地笑了起来："婶儿，你放心，这钱我一定会还你的。"

许秀琴没有回话，而是望着远处的那条挂壁公路，嘴角挂着淡淡的笑容："没事儿，不着急，婶儿是和你开玩笑的。小山，咱们山里的娃娃，你是第一个肯回来的。婶儿知道你是个孝顺的孩子，你爸逼着你放弃省城的工作，回来当个没啥前途的劳什子护路工。不过婶儿希望你不要怨你爸，他也有他不得已的苦衷，现在的你或许还不能明白他的良苦用心，但是以后你一定会明白的。婶儿只有一个要求，别恨你爸。"

周楠沉默了，一丝痛苦的挣扎和纠结从眼底一闪而过。或许是平日里隐藏得实在是太好了，他没想到深埋在自己心里面的那丝恨还是被秀琴婶儿给看出来了。周楠确实在心里面埋怨着自己的老爸，但是他不想让身边的人伤心，所以才会把这份痛苦和无奈深深地埋在了自己的心底。

没想到的是，自己的痛苦挣扎居然被秀琴婶儿看穿了。

四

许秀琴卡里的钱其实并不算多，但在这个人均年收入只有几千块钱的偏远小山村里面，三万块钱已经算是一笔巨款了。周楠能够明白许秀琴的心意，更能够明白自己要做的事情意义多么重大。

许秀琴给了周楠无比巨大的信心。这不仅仅是钱上面的支援，而是村里人对美好生活的强烈渴望。有这份渴望，就有希望，有希望就有精气神，遇到的所有困难在这种无畏的精气神面前根本就是"纸老虎"。

周楠明白，许秀琴特意把自己叫到这里来，只有一个目的，那就是希望自己能够像自己的父辈一样。这是一种精神，一种需要传承下去的精神。

"小山，你只管放心大胆地去做就好了。山里的孩子们命苦，要是没学上，或许这一辈子就真的只能待在山里面了。"

许秀琴望着那条山崖上的路，曲折而又蜿蜒，那是他们拿汗水和鲜血换来的"通天之路"。那条路上，有着他们太多的故事，也寄托着他们深深的感情。许秀琴只是想要让周楠明白一个道理：天无绝人之路，即便是有，那么只要遇到这群对美好生活充满向往的人、再苦再难也不会妥协退缩的人，也能够逆天改命。

周楠重重地点了点头。

许秀琴离开了，周楠仍旧注视着那条路。

这条路，周楠实在是再熟悉不过了，自打自己记事起，这条路就一直陪伴着自己，仿佛是烙印在自己的脑海之中最深刻的记忆一般，这是一条荣耀之路。

深深地吸了一口气，周楠的眼中渐渐地多了一丝自信的光芒。父亲带领着村里的老少爷们修出了一条能够通往村外的路，也修好了属于自己心中的那条路。现在困难摆在自己的面前，而作为他的儿子，周楠不能退缩。

回到家里的时候，天已经黑了下来，孟小敏坐在屋子里那张桌子后面。这桌子是姜老师的旧书桌，最终也送给了孟小敏，周楠搬了回来，放在窗户旁，从外面透过窗户，周楠看到台灯的光柔和地映照着那张精致的脸庞，孟小敏时而蹙眉、时而展颜，散落到脸颊卜的几缕秀发被轻轻地绕拢到耳后。就是这一个简单的动作，周楠的心弦一下子被拨动了。

男女之间的感觉很是奇妙，有时候迷恋也仅仅是一刹那。现在的周楠，就像是被施了"定身咒"一般，呆呆地愣在那里。

孟小敏抬起头，看到了周楠，然后对着周楠摆了摆手。

"傻站着干什么？过来有事儿和你说！"孟小敏对着周楠说道。

回过神来的周楠快步走进了孟小敏的房间，然后来到办公桌前，随便拉了一张凳子就坐在了孟小敏的身边。这个时候周楠才发现，孟小敏的书桌上摆着的正是自己的那个"计划"，关于溪山小学改扩建工程项目的实施方案。

"你的这个方案我看了，嗯，计划得很好，实施起来的话，也确实可行。但是，你这个计划少了预算，咱们现在没多少钱，所以必须精打细算，把每一分钱都花在刀刃上。我刚才给你做了一个资金预算，想要按照你的方案完成咱们小学的改扩建，至少要有三十万元的资金。"

听了孟小敏的话之后，周楠忍不住地倒吸了一口凉气，很明显他是被"三十万"这个数字给吓到了。这么多钱，无论谁都会被吓一跳的，这让他到哪里去弄这么多钱？周楠心里面刚刚才燃起来的火焰还没烧旺，直接又被泼了一瓢凉水。

孟小敏怪异地看着周楠，然后便明白了这个家伙在花钱上并没有什么概念，便说得详细了一点儿："你的方案我看了，想要一步而成很显然是不可能的。管理学中有一种模式，那就是优先紧急象限。我们不妨先套用一下这种模式，把咱们要办的事情根据重要性分为紧急、不紧急、重要、不重要四个象限，然后咱们先办紧急的，把小学保下来再说。"

周楠赞同地点头。他的方案是整体方案，要想完全实施，一来是要时间，二来是要钱，三来是要劳力，缺一不可。但是孟小敏细化了自己的实施方案，而且以先保住这次溪山小学的名额为主，很显然，这样方向和目的就很明确了。

"你说得很对！"

"所以呢，咱们就得好好地规划规划，家有千件事，先从急处来。你来合计合计，哪些是必须要做的，哪些咱们可以往后放一放再说。"

周楠现在从内心深处觉得，自己从山里面"捡"回来这个女人，没有因为她那怪异的脾气而对她置之不理，自己这种"助人为乐"的行为实在是正确无比！好多事情到了她这里，仿佛都能够"迎刃而解"了。周楠的嘴角忍不住地溢出了笑容。

"干啥？你这样子好像在图谋不轨，你不会是对我有什么别的想法吧？"看到周楠的那副样子，孟小敏心里面打了个战，忍不住说道。

"咳、咳、咳……"周楠听到了孟小敏的话之后，忍不住剧烈地咳了起来，这女人的脑回路实在是太奇特了，"怎么可能？我对你这样的，没什么兴趣。"

孟小敏恶狠狠地对着周楠摆出一副进攻的模式："周楠，你可给本姑娘清清楚楚地说明白了，我是哪样的？我这样的怎么了？今天要是说不清楚，你就死定了！"

孟小敏雨点般的粉拳直接就落在了周楠的身上，周楠心想，果然不能逞一时的口舌之快啊！

五

周楠的实施方案做得很不错，但是现在他遇到的问题就是"巧妇难为无米之炊"，没有钱，再好的方案也只能是摆在案头上的一沓纸而已。

孟小敏除了在钱上面精打细算之外，甚至还把周楠的实施方案进行了详尽而又细致的划分，必须花的钱孟小敏恨不得一分掰成两半花。孟小敏的预算做得非常细致，就连周楠也在心里称赞不已。

"这样算下来的话，咱们可以省上十来万，想要让咱们溪山小学达标，只需要花个十七八万就可以了。"

孟小敏抬起了头，然后目光灼灼地看着周楠。

周楠点点头，从三十万到十七八万，周楠身上的压力一下子小了许多。不过就算是剩下十七八万也并不是那么容易筹集的。

"你怎么一副这表情？"孟小敏不解。

周楠苦涩地笑着摇头，这钱是用来修小学，可没有人会愿意把钱砸在这个

"无底洞"里面的。至于向上级申请经费，那也只是杯水车薪，更何况等把拨款拿到手，早就已经过了和耿局长约定的时间，可以说，短时间之内，根本就解决不了自己的燃眉之急。

不用周楠回答，孟小敏也明白这钱筹集起来的难度。她揉了揉自己的额头，知趣地撇嘴苦笑着说道："得，看来咱们还得再砍一砍了！"

过了二十来分钟，孟小敏前前后后地再算了一次，结论是就算把预算压缩到最小，也得十五万元。

"再算一算？"周楠还是不死心。

孟小敏对着周楠翻了个白眼，然后直接用自己那条完好的腿狠狠地踹向了周楠："还算什么啊！要不干脆你这学校别翻修了，再算下去我就要吐血了！想明白了，这钱是必须得想办法筹的，光靠我这里算也没用。"

周楠也不躲开，硬生生地挨了孟小敏这一腿："是啊，不当家还真的不知道柴米油盐贵啊，这钱想要筹，难哪！"

"要不和村里的乡亲们借点儿？"

"希望不大，我在这村里，人微言轻哪！你别看大家对我客客气气的，那都是因为我老爸。"

周楠和孟小敏两个人对望了一眼，从对方的眼中看到了彼此的无奈。

突然，孟小敏的眼睛直接亮了起来，突然间一拍桌子，无比兴奋地说道："有办法了！"

周楠一脸不解地望向孟小敏。

孟小敏勾了勾小拇指，然后对凑近的周楠故作神秘地说道："不知道你听没听说过'狐假虎威'的成语？"

"废话，我小学一年级的时候就学过了！"周楠没好气地回道。不过下一秒钟，周楠算是反应了过来，眼里光芒四射，原本有些耷拉的脸瞬间就堆满了笑容，乐呵呵地说道："你的意思是说……"

"没错，你干不干？"孟小敏笑嘻嘻地说道。

"这么干的话，是不是有点儿太坑爹了？"

"你要明白，你现在要做的事情多么伟大。况且，坑就坑了呗，你又不会有多大的损失。"在周楠的眼里，孟小敏此时的模样要是再能够配上一对毛茸茸的三角耳朵和一条蓬松的大尾巴，那绝对是个小狐狸。

"这样不太好吧？"周楠犹豫着。

"有什么不太好？你不是一直想把咱们溪山小学给留下来吗？你是一校之长，这件事你不来做，谁去做？眼瞅着留给你的时间那可是不多了。"此时的孟小敏将笔扔到了一边，然后像个没事儿人一样看着周楠。

周楠咬了咬牙，犹豫再三，一拍大腿："干了！"

孟小敏的眼里闪过几丝狡黠的光芒。

溪山村的村民被通知到溪山小学开会，据说是村支书周大山有事情要宣布。正在村委会悠闲地喝着茶的周大山接到这个通知的时候也是愣了好半天，他的脑子好像有点儿转不过弯来了，自己要开会，自己怎么不知道？

"你说啥，我要开会？"面对着跑进来通知自己开会的后辈小侄，周大山满脸的不可思议。

那后辈小侄一本正经地说道："没错，大伯，在溪山小学开全村大会，您通知我们的啊，这个绝对不会错，我这不是被村里的老人们派来接您过去嘛。"

"开会？开什么会？臭小子你是不是脑子进水了？我要召集全体村民开会的话，咋还坐在这里喝茶呢？我咋不知道呢？"周大山恼火不已，自己还没老糊涂呢！

后辈小侄笑呵呵地说道："大伯，您别逗我了，咱们村里除了您之外，谁能召集全村的男女老少聚拢到一起来开会呀？还是说谁有这么大的胆子，假传圣旨啊？"

周大山黑着一张脸，腾地直接站了起来，愤愤地说道："走，去小学看看，我倒是要看看谁吃了熊心豹子胆了！"

周大山气哼哼地走出了村委会的办公室，后辈小侄一头雾水："大伯这是吃错什么药了吗？这是在和谁生气呢？"

　　溪山小学，人群熙熙攘攘的，个个脸上都写满了疑惑。周大山要召集全村的人开会，怎么会跑到这溪山小学里面来呀？村委会的大院放不下这么多人吗？不可能的啊，还是说有什么其他重要的事情要在这里宣布呢？

　　周大山端着个茶杯走了进来，脸上满是怒容，正要找个人询问一二的时候，一个清脆的声音从大喇叭里面传了出来。

　　"喂，喂，喂！各位村民注意了，各位村民注意了，现在我们开会！"听到这个声音的时候，周大山气得差点儿把手中的茶杯给摔了，又是这臭小子！

第五章 平凡的伟大

一

周楠这家伙还真的是单纯得可爱啊!

此时的孟小敏在心里面乐呵呵地想,不过这个家伙还真的是好糊弄啊,只要自己稍微一撺掇,这家伙就真的是要上房揭瓦了。嘿嘿,从自己来到这溪山,就好像是遇到了命中注定的克星,腿摔断了不说,还被这个家伙欺负。

往昔悲惨的一幕幕在孟小敏的眼前一一地掠过,这个家伙仗着自己行动不便捉弄自己,好像自己这辈子和这个家伙有仇似的。比如说那条让自己记忆犹新的看起来面目可憎的毛毛虫,害得自己要多狼狈有多狼狈;比如小学校门口的那些个青石台阶,那绝对是自己的噩梦,和自己赌气的浑蛋周楠为了让自己搭理他一句,竟然推着自己的轮椅一口气飞快地跑下去,她整个人都被颠坏了;再比如……

一桩桩一幕幕,孟小敏全部都给周楠记着小黑账呢。有道是君子报仇,十年不晚。现在这家伙马上就要遭殃了,而且还是当着这么多人的面被自己的老爹暴揍,这个场面可是不多见的。此时的孟小敏迫切地希望自己的手里面有一把瓜子,然后一边嗑瓜子一边看戏。

嘿嘿,这家伙小时候一定没好好学习,狐假虎威有一个前提,那就是虎必须得心甘情愿，要是惹恼了老虎，还在老虎面前瞎蹦跶的话，那么下场只有一个：咔嚓一口，然后被嚼得连骨头渣渣都不剩下。

一想到这里，孟小敏的心里别提有多么开心。

"喂，喂，喂！各位村民注意了，各位村民注意了，现在我们开会！"喇叭里传来了还略有些稚嫩的声音。不过这话一出口，所有人都听出来了，这绝对不是村支书周大山。

因为，周大山此时正黑着一张脸站在人群的最后面。究竟是谁在背后捣鬼，他这会儿算是听明白了，就是周楠那个小兔崽子！

"小山？"

所有人都回过味儿来了，这压根就不是周大山要开会，而是周大山他儿子要开会呀。

"不好意思，不好意思，我爸呢今天临时有点儿事来不了了，这会呢由我来替我老爸开。今天把大家叫到一起呢，确实是有一件要紧的事情。"周楠在台上侃侃而谈，不过他没注意到的是，人群后面的周大山已经是火冒三丈了！

"小山，要是让你老子知道了，只怕会打烂你屁股的！"人群中已经有人开始调侃了起来。

周楠脸上的笑容顿时僵硬了一些，不过很显然，他对这样的情况早有预料，而且他也给自己做了很长时间的"心理建设"。一分钱难倒英雄汉，现在的周楠已经不去想过后如何迎接自己老爸的怒火了，先把眼前的这一关过了再说。

哄！

此时聚在一起的乡里乡亲们全都哄笑了起来，幸好是在学校的操场上，要是在屋里的话，只怕这个时候房顶早就已经被掀翻了。

"好了，好了，大家安静一下！"周楠很生硬地把刚才的尴尬直接揭过去了，"说正事，今天我把大家请来，主要目的只有一个，那就是想要跟大家借钱。"

借钱？

所有人面面相觑，把大家费劲地拢到一起，就是为了借钱？

"对，没错，就是借钱，我要借十万块钱！"周楠理直气壮地说道。村里人没想到，这后生小伙子借钱还敢借得这么硬气。

周楠这个白痴，一点儿都不让自家大人省心啊！

孟小敏也没料到周楠这个家伙居然如此耿直，也是被这家伙突如其来的这一招弄得有点儿岔气了，一直咳个不停，都笑出眼泪了。这家伙傻了吧？疯了吧？借钱哪有这么借的？

"小山，你不会是在外面沾什么不干净的事情了吧？十万块钱啊！借这么多钱干什么？你要是在外面犯了事儿，一定要自首啊！只有110才能救你。"

"就是就是，小山，不要做傻事啊！"

"对，我们是绝对不会包庇你的，做错了事儿就得有所承担，这才是咱们溪山的男娃娃！"

……

人群中的声音越来越偏离自己的设想了。周楠没想到自己只不过才刚刚张口要借钱，居然被这群父老乡亲们说得如此不堪，谁说村里人想象力不够丰富的？

"咳咳咳，大家都想偏了，其实我借钱，只有一个目的，那就是想要把咱们溪山小学给好好地修一修，只有让教育局的领导看到了咱们溪山小学的改变，咱们才能把小学给留下来啊！"

周楠这个时候说什么也不会再"卖关子"了，不然指不定还会有什么更加不堪的流言蜚语在等着自己呢。

借钱修学校啊？

听到周楠的话之后，原本喧嚣的人群立刻变得安静了下来，静得仿佛连蚂蚁在地上爬过的脚步声都能够听得一清二楚。

笨蛋、白痴！

孟小敏在心里面忍不住地骂道。这家伙怎么在这个时候大脑突然就短路了呢？按照既定的纲领，这个家伙应该是晓之以理、动之以情，然后顺理成章地把大家的情绪给带动起来，然后再循序渐进地提出自己小小的要求，最后让大家在感动中主动地把钱掏出来。这怎么还没进入第一个阶段就已经跳到结尾了呢？

孟小敏一只手抚着额头，看着远处的周楠忍不住地吐槽，恨铁不成钢啊！

不过眼前这出戏还得唱下去，孟小敏虽然想看周楠这个家伙吃瘪，但是她也想把这件事给办成，真要是把周楠给搞得下不来台，虽然丢脸的是周楠一个人，但是要是把这件事给办砸了，失败的却是他们两个人。

这个时候，孟小敏还是能够拎得清的。孟小敏看着台上已经呆若木鸡的周楠，忍不住地叹了一口气，果然台上的这个大脑短路的男人还是靠不住，关键时刻还是只能看自己。

二

孟小敏正准备出手相助的时候，一道身影已经飞快地蹿到了台上，二话不说，直接一巴掌甩在了周楠的后脑勺上。

周楠还没反应过来，但是他对这个无比娴熟的动作实在是太记忆深刻了，这赫然就是自己老爸对自己的惯用技能啊！周楠看到来人，瞬间就像是泄了气的皮球一样。没办法，自己这次玩大了，而且玩的还是自己的老爸啊！

"臭小子，你在干什么？"周大山阴沉着脸，冷冰冰地问道。

有好戏看喽！

孟小敏乐呵呵地望着台上的父子二人，准备的救场也缓了下来。上次差一点儿就能够看到这个家伙吃瘪了，没想到这次算计周楠还能有意外收获，居然像看电视剧一样还有下一集。

周楠被自己老爸当众教育，面子上也是挂不住的，奈何这位可是自己的亲生父亲，他就算是再恼火生气也没有辙。

“爸，我就是想请村里的父老乡亲们帮我一个小忙。”周楠㞞了，不得不承认，在自己老爸面前，认㞞才是解决问题的唯一办法，真要是和自己老爸顶起牛来，让在场所有人看自己的笑话，自己才没那么傻。

周大山依旧是板着一张脸，上面刻满了“生人勿近”的字样：“溪山村，我才是村支书，你只不过是一个小小的小学代理校长，有什么权力把大家召集起来？还有，请村里的人帮忙，帮什么忙？”

“一个小忙，就是想要和大家伙儿借点儿钱！”周楠很尴尬，还有点儿小心虚，不过谁让自己这次确实是先斩后奏呢！

周楠已经做好心理准备接受来自周大山的风暴与怒火了，但是下一秒周大山则直接从口袋里面掏出来五沓钱，然后直接递到了周楠的面前，只不过声音依旧还是很冷冰冰地说道：“我是溪山村的村支书，翻修小学我理所当然应该出一份力。这里是五万块钱，是给你这个臭小子攒的娶媳妇的钱，就当是为了咱们溪山的娃娃们了。”

周楠愣住了，事情的走向完全出乎他的意料。

周大山把钱递到了周楠的手里，周楠还没有缓过神来。这事情变化得太突然了，原本以为自己老爸是过来找自己兴师问罪的，没承想居然是过来替自己摇旗呐喊的，这还真的是让他有些意外了。

“不过，你这个臭小子居然借着老子的名头在这里招摇撞骗，等老子回家了好好地收拾你！”周大山说完这些话之后，便潇洒地走下了台。而此时的周楠心里面则是满满的感动和温暖，自己的老爸用最实际的行动支持了自己，这比自己在台上说得唾沫横飞、吐血三升要管用得多，这关键时刻还是老父亲、老同志、老党员的觉悟高啊！

周大山的默许，让周楠筹钱的事情变得简单了许多。倒是孟小敏的心里面有一丝丝的失望，这家伙运气怎么就这么好呢？怎么每一次都能这么轻而易举地化险为夷呢？

有了周大山作为榜样带头出钱，接下来只不过短短的一个小时，周楠就已经筹到了四万二千三百元，加上秀琴婶儿给女儿攒的嫁妆三万块钱、周大山给儿子攒的娶媳妇的五万块钱，此时周楠的手里面已经有了十二万二千三百元。周楠在学校勤工俭学也攒了一点儿钱，添上之后就差不多了。

看着那些钱，周楠在心里忍不住地感叹起来，纯朴的村民对美好的生活有着最为纯粹的渴望，没有人甘愿贫穷。为了改变生存环境，他们自发地修路，经过千难万险，付出了无数汗水、泪水、血水，才终于修成了一条通往村外的挂壁公路。而现在为了下一代的娃娃们能够走出大山，有更好的生活，他们又把自己平日里省吃俭用的钱拿出来，就为了给娃娃们留一颗希望的种子，然后生根发芽。

这哪里是钱，这分明就是一种从人心底升起来的平凡的伟大！

周楠的心底涌起了一丝信心，这些钱就是他信心的来源。同样被溪山村全体村民的觉悟和高尚震惊的孟小敏，在感动之余却也是感触万千，这就是最普通的人，但也是最不平凡的人！

"好了，有了这些钱，终于可以开工了！"

钱总算是筹集到了，但是周楠的心里却并没有丝毫的松懈，这只不过是刚刚走完了第一步。现在钱不缺了，剩下的就是要跟时间去赛跑了，想要在短短的两个月内把溪山小学翻修完成，达到县教育局的标准，周楠要做的事情还有很多。

之后，孟小敏在周楠的陪同之下回了趟省城的学校，而现在的她也能够勉强地拄着拐行动了。只不过在她回到溪山村的时候还是喜欢坐在轮椅上，山村里的道路还不是很平整，再加上毕竟有一个免费的劳力可供自己使唤，孟小敏又何乐而不为？

此时的溪山小学也已经开始放假了，从放假的第一天开始，周楠已经指挥着村民热火朝天地开始了对溪山小学的翻修工程。

小学的围墙已经被包围了起来，而小学校门旁边的墙上则贴着一张很大的规划图，从图中可以看到整个溪山小学翻新后的模样，有塑胶操场，有图书室，甚至就连学校的教室、走廊都比之前要好许多，每天前来围观的人不少，就连周大山有一次也在这张规划图面前站了小半天，若有所思。

三

"你小子不会是在给老子和村里的人画大饼呢吧？"

周大山在面对自己儿子的时候永远都是那般不客气，甚至压根就不打算给自己的儿子留半分情面。

"怎么可能？"周楠早已习惯了自己老爸的这种态度，所以自然也无所谓，"这可是你儿子辛辛苦苦做出来的项目，虽然和我的实施方案还有一定的差距，但是不到两个月之后的复核，绝对是没有问题的。"

周楠几乎是拍着胸脯向自己老爸保证的。

看到了儿子的信心，周大山微微地点了点头："钱，老子已经扔出去了，就连村里的上上下下你小子也都已经借了个遍，甚至还动员着村里的年轻人给你当免费的劳动力，你小子要是把这事儿给我搞砸了，哼，到时候看你怎么收场！"

"您就放一百个心吧！"周楠一本正经地说道。

周大山看了周楠一眼，并没有再说话，自始至终周大山的目光都一直盯着墙上的那张3D效果规划图。

周楠并不知道自己的老爸在想什么，他从小到大所认识的那个老爸从来都是少言寡语的，甚至可以说，周楠很小的时候几乎感受不到来自父亲的爱，在周楠的记忆里，更多感受到的是来自许秀琴婶婶的关心，甚至有一段时间周楠一直把许秀琴当成自己的妈妈。

溪山小学改造项目的进度肉眼可见。两个月的时间并不算长，周楠既要保证工程质量，还要尽可能快地完成施工，不能影响孩子们下一学期的课程，所以每天周楠都盯在工地上，一个月下来，周楠也瘦了好几圈，每天都挂着一副黑眼圈。周大山对自己的儿子更是欣慰不已，而许秀琴看了周楠的状态之后，更多的是心疼。周楠这段时间完全化身包工头，而孟小敏则是直接改行做起了"会计"，每一笔的支出她都要精打细算，目的自然也是要把好钢都用在刀刃上。两人配合得很是默契，改造的进度喜人。

但是在一天晚上，周楠和孟小敏两人之间还是爆发了一次不算太小的争吵。

"啥？！"周楠直接吓了一跳，听到孟小敏的话之后整个人惊得直接从椅子上跳了起来。

"你激动个啥？你说怨谁？还不是因为你！"孟小敏此时更是一脸的埋怨，望向周楠的样子，好像周楠欠了她十几万元一样。

周楠此时急得在地上团团转，因为长时间休息不足，脸上带着深深的疲惫。他直接拽住了孟小敏的手腕，丝毫不客气地说道："十几万呢，咋就没钱了啊？你这个败家娘们，咋管的钱啊？"

孟小敏一听，直接甩开了周楠抓着自己手腕的手，气呼呼地说道："现在开始怨我了是不是？你花钱的时候倒是很痛快，那个时候怎么不想想这钱是咋来的啊？"

"不是让你管着钱和账呢吗？"

"好家伙，这个时候开始埋怨我了是不是？所有材料你都要用最好的，你忘了吗？你好好想想，之前财大气粗地说要用就用最好的，大哥，你那会儿怎么不想想，用最好的材料是不错，但是钱也花得多了啊！"

孟小敏同样一副气鼓鼓的样子，一点不客气地说道。

"那要你做什么？你当初怎么就不知道拦着点儿我？"周楠有些心虚，刚才孟小敏说的确实是实话。

孟小敏对着周楠使劲地翻着白眼："拦你？你就是一头见了红布的蛮牛，谁敢拦你？要是拦你的话还不直接给我撞翻了啊？"

越说周楠越心虚。

"就这，还是我节省着来了。你知道不知道本姑娘为了省几块钱的石料，差点儿就磨破了嘴皮啊？你这个浑蛋这个时候还在这里给我倒打一耙？"孟小敏越说越来气。

周楠尴尬地赔着罪："对不起啊，是我错了。其实吧，做工程的话，最可怕的就是将就和应付，其他的我不能保证，但是有一点我是必须要向我的学生们保证的，那就是我的学校一定是安全和牢固的。所以，这个花销确实是有可能大了一点点……"

孟小敏狠狠地瞪着周楠，嗓门瞬间提高了八度："那差的是一点点吗？问题是现在我们怎么办？"

问到最关键的问题，周楠也顿时"哑火"了。

是啊，早起开门七件事，柴米油盐酱醋茶，哪一件不需要花钱？周楠想要给他的学生们一个更安全、更放心、更可靠的小学，并没有错，但是也让他的花销大大地超出了预算，现在摆在两人面前的又是老问题了。

钱！

终于，两人同时体会到了什么才叫真正的"有钱走遍天下，没钱寸步难行"。

"唉——"

"唉——"

两声叹息在同一时间响起，周楠和孟小敏相互对视了一眼，都从对方的眼里看出了黔驴技穷的无奈。

"找县教育局想想办法？光是咱们出钱，好像也不太合适吧？"孟小敏有些不自信地说道。虽然她也觉得不太现实，但是她还是忍不住地抱着侥幸的心思，万一呢？

周楠苦涩地摇摇头。

"那也得试一试吧？找找门路，哪怕是碰上几鼻子灰呢，总好过咱们俩待在这里大眼瞪小眼吧？"孟小敏喃喃道。

事到如今，也只能是先去县里面碰碰运气了。周楠无奈地点了点头，现在摆在他们俩面前的可是一个大难题。和村里人借的钱已经花得见底了，但是小学的工程却是一刻都不能停，正如孟小敏所说，还是得去县城找找机会。

四

这不是孟小敏第一次走挂壁公路了，但是每一次走这挂壁公路，她都感到非常震撼。

周楠推着自行车，带着孟小敏在晨雾中穿行，放眼望去，群山翠玉，起伏叠峦，陡峭的红色崖壁上寸草未生，一红一绿在山体上单调而又美艳。而在这红色陡崖之中蜿蜒着一条绝壁长廊，这就是溪山村的挂壁公路。

在这条绝壁长廊中间穿行，孟小敏看着那洞体中呈现出来的锤凿的痕迹，一下子仿佛时光都在这里戛然而止，仿佛回到了那个时代，在弥漫着烟尘的空气中，在这刀劈斧剁般的崖壁上，奏响着震耳欲聋的一凿一锤的回声，那一个个个光着上身的汉子，在汗水中挥锤的场面栩栩如生地呈现在孟小敏的面前。这是一种不可思议的艰辛，它演绎着现代版的"愚公移山"，它令人感叹震惊，它更是每一个中国人，甚至是整个中华民族最朴素而又平凡的底蕴。

行走于其间，孟小敏的心中久久无法平静，这些原始的痕迹似乎在敲打着她的神经。置身于其中，她似乎被一种奇特的精神和震撼所包裹，这种震撼给人勇气和力量。溪山这道独特的美景和绝壁长廊，是美景和勇气交融的绝版画卷，而从这画卷之中，孟小敏也得到了一种精神上的感动。

"这实在是太伟大了！"

每一次孟小敏穿过这绝壁之上的公路，总是会不由自主地发出感慨。

"这真的是你老爸他们一锤一锤开凿出来的吗？"

周楠点头回答道："没错，从我小时候起，我就几乎没见到过我爸，而我也一直都是在秀琴婶儿家里面长大的。直到我长大了、懂事了，才明白他们修成了这么一条路，现在回想起来，确实是挺伟大的。"

"是啊，那会儿的他们，没有钱，更没有先进的机械设备，居然能够修成这么一条路，用奇迹来形容完全不为过。"孟小敏无比感慨地说道。

"和他们比起来，我们实在是太渺小了。起初我毕业的时候，原本是有机会留在省城里面的，也不理解我那老爸为什么非让我回到这里来当一个护路工，直到我跟着我爸养护着这条路，我才明白了老爸想要做什么。"

也是在这段时间负责翻修溪山小学，周楠才明白，一个人活着，并不仅仅是为了自己而活，更是为了别人而活。周大山想要让自己的儿子明白，为一人、为一家而活，只能算是一个小志向，而为更多的人努力，才是人生的至高志向。现在周楠深知自己身上的责任重大。

"你说，你老爸他们那会儿条件那么艰苦还能修成这么一条路，而我们现在条件这般便利，怎么就连一点儿困难都克服不了呢？"孟小敏坐在自行车上，这番话脱口而出。

只不过这句话让周楠眉头更是深深地皱了起来，是啊，自己的老爸能够克服重重困难修成一条"奇迹之路"，那么自己呢？一遇到困难就像个无头苍蝇一样毫无头绪。周楠觉得自己和老爸比起来，实在是太逊了。想到这里，周楠有些心虚地瞅了一眼后面的孟小敏，只不过这个时候的孟小敏好像在思索着什么其他的事情。周楠自嘲地笑了笑，然后继续推着自行车往县城走去。

周楠这一次来县教育局不像往常一样顺利。

见到了耿局长，周楠直接说明了来意，但是耿南杰却坐在沙发上点起了烟，神色凝重地抽了两根，过了良久之后才对周楠平静地说道："小周，县教育局的资金也很紧张啊，而且像溪山小学这样条件的小学还有几所，我这个当局长的也必须得把这一碗水给端平了，每个小学都在伸手要钱，我只能先紧着最饿的来呀！"

周楠点点头，这种情况他预料到了。

"还是谢谢耿局长了！"周楠不失礼貌地说道。

耿南杰望向周楠，周楠脸上依然是那种淡然和镇定。耿南杰心里面对这个年轻后辈在这个时候表现出来的沉稳还是很赞叹的，这才是成大事者必备的心理素质，荣辱不惊。"小周，我给你讲一个故事吧。"

"三十年前，一个年轻的师范毕业生被分配到了一个穷得只剩下人的小村子当老师。当时那年轻人也不明白，别人都可以留在省城、市、县里面当老师，而他自己怎么就沦落成了小破村子的乡村教师了呢？"耿南杰缓缓地掏出了烟，点燃之后深深地吞吐了一口，继续讲述了起来。

"刚一开始的时候，年轻人也很懊恼，甚至还很后悔，也一度想要通过关系把自己调到一个舒服的地方，一个能够出成绩的地方。但是他并没有那么做，只是因为一双双清澈的眼睛，那是让他一辈子都忘不了的眼神，那眼神中带着兴奋，带着渴望，甚至还带着一丝丝的怀疑。正是那种眼神感动了他，让他留了下来。"

"村子里的条件很艰苦，教室是牛棚改的，冬天漏风、夏天漏雨，课桌是几张木板，桌腿是砖头垫起来的，凳子就是那么一块石头。即使是这样，孩子们却依然都在坚持着。从那个时候起，年轻人就只有一个目标，要让所有的人都能够有学上。"

说到这里，周楠便知道耿局长故事中所说的那个人就是他自己。

"耿局长，我知道了。我在这里跟您表个态吧，无论遇到什么样的困难，我都会坚持下去的，再穷不能穷教育，再苦不能苦孩子。"周楠郑重地说道。

耿南杰站了起来，拍了拍周楠的肩膀，然后略带一丝遗憾地说道："我把我年轻时的故事讲给你听，只是想要让你明白一个道理，没有什么困难能够阻止一颗拥有伟大志向的心脏。小周，说实话，我很佩服你家老头子，我相信有其父必有其子，我看好你！"

五

　　周楠从教育局里面出来，并没有任何失落的神情。

　　孟小敏的眼神中充满了期待："怎么样，局长是不是能够给咱们拨付一笔资金呢？"

　　周楠摇了摇头，然后一本正经地说道："没有，县教育局也是个清水衙门，根本就没有资金拨付给咱们。"

　　或许是感觉到了周楠语气中的那丝丝失落，孟小敏安慰道："没关系。哦，对了，这个先给你！"

　　周楠接过孟小敏递过来的一个黑色塑料袋，一脸疑惑地看着孟小敏。

　　"我这些年给别人当家教也攒了一些钱，不多，也就两万三千多，你也别嫌少，这已经是我的全部积蓄了。"孟小敏平静地说道。

　　周楠望着孟小敏，这个时候他突然对孟小敏有了全新的认识。他对溪山小学有感情，对溪山村的娃娃们也有感情。但是孟小敏呢，和溪山村没有任何的羁绊，而她之所以能这么做，全凭着自己一颗善良的心。在这一刻，周楠被孟小敏给感动了。周楠甚至觉得自己之前对这个从山头滚落下来的"林妹妹"的捉弄有些太过分了。

　　"这可是我的辛苦钱，你得打借条！"

　　孟小敏接下来的一句话，却是让周楠恢复了对孟小敏一直以来的印象，这个女人分明就是不信任他啊！

"没问题！"不过周楠还是爽快地答应了下来，他的心里面暖暖的。孟小敏是个可爱的女孩，这钱他收得一点儿都不觉得尴尬。

周楠的好心情只维持了一小会儿，没有钱的困难依旧摆在他的面前。之前大家在周大山的带领之下可以"人定胜天"，可以拿血拿汗去拼去搏。但是周楠没有那么多的时间，想要又快又好地把溪山小学给保下来，那就只有一个办法：用钱来租设备，用钱来买材料，用钱来实现自己的梦想。

但是钱，是最难借的。

就在这个时候，从身后突然传出来一个声音："你好，周校长？"

周楠扭过头去，看到了来人，脑子有点儿短路，一时间没反应出来来人到底是谁，而这个人则是很客气地对周楠说道："是耿局长让我来的。"

"耿局长？"周楠有些疑惑。

来人笑着说道："我是耿局长的秘书。耿局长还有个工作会要开，所以专门派我来找你。耿局长说了，他虽然不能给你拨付专项资金，但是却可以私人赞助你，他让我和你一起到银行从他的工资卡里取五万块钱。耿局长说了，是为了共同的志向！"

话既然说到了这里，周楠也明白了耿局长的意思，他的心里也满满的都是感动："这个……这个怎么好意思？"

"耿局长就怕你不收，所以专门说了，这钱不是给你的，是借你的，他希望下一次去溪山小学的时候，能够亲眼看到溪山小学的改变。我从来没有见耿局长如此大气过，他向来是很节俭的。"

"替我谢谢耿局长！"

"我会的！"

这个人带着他俩，从银行卡里取出来五万块钱，然后直接交到了周楠的手中。耿局长的举动感动了周楠，也让周楠明白了，有志者事竟成！

周楠和孟小敏回到了溪山，有了资金，周楠的焦虑也缓和了一些。虽然资金困难问题还是存在，但是溪山小学的进度已经是相当快了。一个月的时间过去了，崭新的溪山小学已经算是初具规模了。

"周校长！"

这个时候，一个陌生的声音响了起来。

周楠刚出门，这几天确实把他累得够呛，学校的进度赶得很快，但是钱却已经是捉襟见肘了，此时的周楠正想着能从哪里筹点儿钱来呢。虽然白天赶工很累，但是一想到钱又快要花没了，周楠就愁得彻夜难眠，毕竟能借的人都已经借了，接下来要是真的没了钱，那就真的是一点办法也没有了。

昨天又愁得半宿没睡着，醒来时已经日上三竿了，周楠刚刚从家里面洗漱完了跑出来，没想到刚一出门就碰上了人。

"您是……"

站在周楠面前的是一位皮肤黝黑的中年男人，古铜色的皮肤，体格健硕，一看就是田里的一把好手。他径直来到周楠的面前，然后从身后有些发白的军绿色书包里面掏出来两万块钱，递到了周楠的手心里。

"这位大叔，您这是……"

"听我家那在咱们溪山小学上学的娃说了，你替咱们山里的娃娃们修学校，缺钱了，我就让我们石裕村里的人凑了凑，赶紧给你送过来了。只凑了两万块钱，你可别嫌少。"中年人平静地说道。

周楠的心里涌过一丝感动。虽然这位中年人的话不多，但看那汗流浃背的模样，再想到石裕村到溪山崎岖难行的道路，周楠知道，这位大叔肯定是赶了很久的山路而来。看着那已经有些湿漉漉的钱，周楠的鼻头突然间涌起了一股酸涩。

"周校长，你放心，溪山小学可不仅仅是溪山一个村的小学，那可更是咱们十里八村的学校。只要娃娃们能够有个好的前程，咱们再苦点儿、再累点儿那也是不怕的。我和村里的那些精壮劳力都已经说好了，钱呢，咱们只能凑这一点点，但是出力必须得铆足了劲儿！山里人没有别的，有的是使不完的劲儿！"

"谢谢大叔！"周楠为山里人的这种真挚感动不已。

"好了，家里的活多，我还得赶回去呢。周校长，你放心，只要你一句话，咱们就是爬也会爬过来的！"中年人说完便匆匆地离开了。

周楠掌心中的钱是热的，而他的心里面更是热气腾腾。多么纯朴的村民，出钱量力而行，出力却是尽力而为。为什么周大山能够修起这么一条堪称"奇迹"的挂壁公路？那凭的就是大家心往一处想、劲往一处使的团结。

周楠转过街角，却突然间驻足不前。此时小小的巷子里已经挤满了密密麻麻的人，周楠看到每个人手心里面捧着的那薄厚不一的一沓钱，眼角更加湿润了起来，什么是平凡的伟大，眼前的一切都是。周楠的双眼模糊了……

第六章　雕像的慈祥

一

就连周楠自己都没想到，自己只不过是做着自己应该做的事情，但是却牵动了太多人的心与情，就像是此时站在街角小巷的那些从四邻八村赶来的乡亲们，每个人的手里面都捧着钱。这种场景让周楠的心忍不住地颤抖着，他能够感觉到，乡亲们手里面捧着的不仅仅是钱，更是一种期望。这一瞬间，周楠感觉到了自己肩上重逾千斤的担子。

"周校长，希望你能够收下，这是我们虎岩村的。"

"周校长，这是我们北溪林的。"

"桃叶沟的。"

……

周楠压根就没听见大家说的，而此时孟小敏突然间出现在周楠的身后，虽然还是坐在轮椅上，但是她却是朗声对这些朴实无华的乡民说道："大家静一静！谢谢大家的支持，请放心，咱们溪山小学，一定不会被撤的！"

孟小敏的话就是保证，正是大家伙心里面最想要听到的那一句话。

看着渐渐散去的人群，周楠才从震惊和感动中回过神来，而此时的孟小敏则把所有送过来的钱都收拢到了一起，无比兴奋地数了起来，等她数完，更是如获至宝一般地把钱都收了起来，笑吟吟地对着周楠说道："八万块钱，这些钱，绝对够了，而且还会有富余的。"

周楠看着孟小敏那兴奋得眼里只有钱的样子，无奈地摇了摇头。这些钱，都是和大家借的，先是人情后是债，人情不好还，这债也不好还啊！周楠压根就不指望学校能够创收，看来想要把钱给大家还上，只能另外想办法了。

"你咋不高兴呢？"孟小敏或许也感觉到了此时的周楠兴致并不算太高，所以直接捅着周楠的胳膊问道。

周楠将自己的心绪收了回来，故作轻松地对着孟小敏说道："没有啊，挺高兴的。这下不光有图书室了，甚至就连塑胶操场也能够实现了。"

时光如同白驹过隙，溪山小学经过两个月时间的翻修，已经完全焕然一新了。那两层楼的教室，远远看去与整个溪山交相辉映，点缀了溪山的苍翠。再过两天，县教育局的领导就要来验收了，这个时间节点越近，周楠就越煎熬。

周楠在为学校的翻修做着最后的收尾工作，焕然一新的校舍，干净明亮的教室，塑胶的操场跑道，在周楠的设计中完美地展露了出来。崭新的学校仿佛是群山翠玉之间镶嵌上的一颗白色的珍珠，闪亮而又光耀夺目。

周楠回到家，发现了正在生闷气的孟小敏。

"咋了？"周楠忍不住关心地问道。

"你来给我评评理，凭什么她许秀琴能天天地往你家里跑，我住这里可是你要求的，不是我死乞白赖地住在这里的，她还跟我说要是继续住在你们家，怕是会有风言风语传出去，这不就是要把我往外面赶吗？我看她倒是一直想要住进来呢，要是有什么不好听的话传出去，那也是她传的！"孟小敏抱着个枕头，一副气鼓鼓的样子，愤愤地说道。

周楠一听就觉得头大。秀琴婶儿是出于好意，但是孟小敏呢，却是领会错了。自从孟小敏第一次来到溪山村的时候，就和住在隔壁的许秀琴婶婶相处得并不是太融洽。虽说两人压根也没有什么交集，但是两家就住隔壁，那也是抬头不见低头见的，有时候一些小小的磕磕碰碰自然是避免不了的。

周楠知道，这家长里短的，自己是绝对不能评论的，只要自己多说一句或者是说错一句，那么招致的后果只有一个，那就是引火烧身。

面对着孟小敏，周楠只能闷不作声。

"你怎么不回应我一声呢？咋像个闷头葫芦一般？"孟小敏看到周楠那消极的态度，自然是气不打一处来，对着周楠直接翻了一个白眼，然后用手一指门外，没好气地说道："滚！"

"好嘞！"

周楠乐呵呵地赶紧逃离这是非之地。

"浑蛋！"

周楠逃跑的时候，只听到身后孟小敏那气急败坏的吼声。周楠的后脊背全是汗，果然，还是惹不起啊！

周楠自然不会把这个"小插曲"放在心上。许秀琴婶婶是个古道热肠的好女人，周楠从小就一直觉得秀琴婶儿就是自己的妈妈，而且对于这位婶婶，周楠并不排斥，他倒是希望她和自己的老爸在一起，这样相互之间也能有个伴儿。

不过想要在一起并不容易，山里的风俗重，有些事情本来挺好办的，但是到了村里面，却有着天大的阻隔。

至于孟小敏，虽然周楠天天和她拌嘴，也经常开一些无伤大雅的玩笑，但在周楠心里，对孟小敏还是非常感激的。这段时间接触下来，他知道，孟小敏是一个善良的女孩，也是一个有责任心的女孩，从她来到溪山村，到溪山小学任教，都帮了周楠很大的忙，这让周楠打心眼儿里感动。

周楠知道，终有一天孟小敏会离开这里，只不过在他的心里依然还存着一丝丝的侥幸，只希望这个时间越晚越好。村子里面的师资力量实在是太差了，孟小敏这个师范大学的毕业生，无论是对他来说，还是对整个溪山小学的学生、老师来说，那都是非常重要的。

二

　　孟小敏的行为有些怪异。

　　这是周楠在孟小敏喝骂让自己"滚"之后的这些天里，周楠能够感觉到的，难不成自己真的把这个女人给得罪了？

　　被孟小敏给干扰了之后，周楠的心里面也一直都是七上八下的，无论做什么事情都一副心神不宁的样子。确切来说，也不知道从什么时候起，周楠的心里面好像住进了一个人，这个人不是别人，正是孟小敏。

　　周楠也被自己的这种状态给吓了一跳，他想要装作镇定，却发现自己怎么演都演不好。索性，周楠还是直接找上了孟小敏，正所谓解铃还须系铃人，周楠想要解开身上的枷锁，那就必须得是孟小敏了。

　　看到周楠进来，孟小敏慌乱地将散落在旧书桌上的东西全部都藏了起来。

　　果然是有事瞒着自己，周楠看到孟小敏的神色有些慌张，顿时警觉了起来。不过周楠还是当自己没看到一样，直接来到孟小敏的面前，笑着说道："刚才接到了县里面的电话，耿局和考察组的成员下个星期来咱们溪山小学考察，咱们溪山小学能不能留下来，全看这一次了。"

　　"啊？下周就要来呀？会不会太快了？"孟小敏听到这个消息之后，被吓了一大跳，然后有些惊慌失措地回道。

　　周楠心里面的疑惑越来越重了，孟小敏到底埋了什么在心里面？周楠问道："你好像不希望他们来？"

　　"没有没有，只是还没有准备好，他们来得也太快了吧？咱们溪山小学还差着一些收尾的工作呢，我觉得还是再稍微推迟一下比较好。"孟小敏眼神闪烁、目光躲闪，一看就是有事瞒着自己。

　　周楠看了一眼孟小敏，意味深长地说道："你好像不希望他们来验收啊？"

　　"呵呵，呵呵，怎么可能？"孟小敏尴尬地笑着说道。

孟小敏的演技实在是不合格，这一看明显就是心里有鬼啊！

"哎，这个时间点是上级领导定好的，而且该收的尾最近就差不多结束了，到时候你可不能给我掉链子啊！你要是真掉链子了，信不信我从山上把你扔下去，这一次那可就不是滚下山了，而是直接掉下山了！"周楠故作生气的样子，惹得孟小敏一个劲儿地笑个不停。

"你放心，我明白。溪山小学要是留住了，对于我来说也是功德一件哪，我才不会在这个时候掉链子呢！"孟小敏赶紧保证道。

周楠知道孟小敏虽然时常和自己拌嘴，但是在关键时刻还是靠得住的，因此，周楠对她很放心。"哦，对了，还有一件事，你腿上的石膏可以拆了。"

周楠总觉得这段时间好像不仅仅孟小敏一个人有事儿瞒着自己，村子里的其他人好像都有事在瞒着自己，每个人看见自己目光都躲躲闪闪的，弄得周楠心里面很是纳闷。

在孟小敏拆石膏的时候，周楠终于忍不住了："你是不是有啥事儿瞒着我？"

"瞎说什么呢！我怎么可能会有事儿瞒着你啊？"孟小敏说话底气不足，甚至都不敢直视周楠的目光。这让周楠更加确信了孟小敏确实心中有鬼。

"那你天天躲着我干吗？我又没对你做过什么。"周楠吸了吸鼻子，一本正经地说道。

孟小敏一副"死鸭子嘴硬"的样子："你瞎说什么！你这人什么时候变得疑心病这么重了啊？王叔，我看有病的不是我，而是周楠。王叔你要不要给他看一看，好好地给他治一治这疑心病！"

王叔笑了笑，并没有答话。这话让他怎么接？他可不想掺和进去。

"好好的你扯王叔做什么？平日不做亏心事，半夜不怕鬼敲门！我看你要是真的做了什么让我生气的事情还是赶紧地说出来，说不定还有什么补救的措施呢，真要是东窗事发了，那可就真的没有任何挽回的余地了，我的话你明白？"周楠继续威胁道，他实在是太想要知道这个秘密了。

很快地，石膏已经拆了，孟小敏恢复得还算不错。但是王叔建议孟小敏先休息上一段时间，不急着做康复训练。

周楠软磨硬泡的功夫都已经下足了，但还是没从孟小敏的口中得到自己想要的消息。接下来的几天，周楠也没有时间理会孟小敏了，溪山小学的翻修已经到了收尾阶段，新的课桌、板凳，再加上黑板等一些教辅用具，周楠已经都采办回来了，整个溪山小学已经焕然一新。

望着自己的成果，周楠的心里面满满的都是欢欣。溪山小学可以说是自己毕业之后的第一个作品，也是倾注了他大量心血的作品，只要一想到山里的娃娃们能够坐在明亮的教室里面学习，周楠的心里就感到莫大的满足。

此时的周楠心中已经是满满的期待，期待着溪山小学能够重新开门，能够看到山里的娃娃们脸上的笑容，对于他来说，那已经是极大的慰藉。

三

九月，收获的季节到来了。今天，溪山村所有村民都没有到田地里面去劳作，因为今天他们有一件大事要完成，那就是溪山小学迎检。溪山小学的变化每一位溪山村的村民都看在眼里，今天就是决定学校能不能继续办下去的日子。

今天周楠也无比紧张，自己两个月所做的一切努力都是为了今天。

几个人此时就在村口迎接，周大山脸上挂着平静的笑容。他接待过无数的领导，无论是从乡里镇上来的，县里来的，甚至就算是市里、省里来的领导，周大山也丝毫不胆怯。但是在今天，周大山确实紧张了，不为别的，只是因为这一次要接受检查的是自己的儿子。即使周大山觉得自己的儿子这一次总算是做了一件让他这个当父亲的都长脸的大事情，但是能不能让县教育局的领导满意，周大山心中还是有点忐忑。

"怎么，心里紧张啦？"孟小敏坐在轮椅上，离周楠的位置很近，几乎是挨着的，从孟小敏这里能够看到周楠的右手在微微地发颤。看到这三个多月朝夕相处的家伙此时紧张的样子，孟小敏忍不住小声地询问道。

周楠意味深长地看着孟小敏："确实是，这可是我的第一个项目。你要是想安慰我的话，是不是可以告诉我，你这段时间偷偷摸摸地在做什么呀？"

显然孟小敏并没有上套，她对着周楠再一次翻了一个经典的白眼："想得美！惊喜自然是有的，只不过要是提前告诉你的话，那就不叫什么惊喜了。你今天就会知道的，我会让所有人都惊讶的。"

周楠笑了笑。

溪山前的那条挂壁公路上，几辆车突然间停了下来。周楠眼尖，一眼就认出来了头一个下车的便是县教育局的局长耿南杰。能够让县教育局的领导开车门，周楠明显也愣住了。

不仅仅是周楠，周大山也吓了一大跳。紧接着从车上下来的那几人，自己却是认识的，都是市里面的领导，主管科教文卫的副市长刘向原和分管农业农村、经济建设的市委副书记祁东平。

几人早早地下了车，然后穿过那奇迹的挂壁公路，这才来到周大山等人的面前。

看到周大山，祁书记首先把手伸了出来，然后热情地对着周大山说道："大山同志，我们见过面的啊，我一直都和所有的人说，你可是咱们市里的名人啊！今天我这算是不请自来，你会不会不欢迎我这个老朋友啊？"

周大山笑着说道："怎么可能？早就盼着祁书记能够来我们溪山啊，我们溪山面子上也有光啊！"

祁东平看来和周大山是老相识了，竟然和周大山开起了玩笑："你看看，大山同志这是在批评咱们啊，看来以后得经常到基层啊，要不然我们几个可就成了高高在上、不体民情的官老爷喽！"

"大山同志，这我可得向你好好解释解释了，这次是咱们安顺县教育局的耿局长向我汇报说你们溪山小学正在搞一个工程，是关于农村教育的，我也是临时决定要来咱们这溪山看一看的，正好和祁书记一起。祁书记可是一直都惦记着你这位老朋友呢，这不，我们这算是不请自来啊！"刘向原笑着说道。

"荣幸，这是我们溪山的荣幸！欢迎各位领导！"周大山感激地说道。

周楠一看这阵仗越来越大，心里面更是如同打鼓一般七上八下。孟小敏这个时候鬼使神差地直接握住了周楠的手。周楠仿佛能够感受到从孟小敏那柔软的指尖传来的力量，他波动的情绪瞬间就平静了下来。

"大山同志，刚才我是特意让车子停下来的。说实话，每次来到溪山，我都想要亲自走一走咱们这条挂壁公路，每一次走下来，我的感慨都很深。这就是咱们的村民，勤劳、朴实、充满力量，能够创造奇迹。希望在你的带领之下，咱们溪山的村民能够继续创造一个又一个的奇迹。"祁东平书记不无感慨地说道。

"谢谢祁书记鼓励，我们一定会再接再厉的！"周大山真挚地说道，"祁书记、刘市长、耿局长，我们进村吧。"

"好，进村！"

祁东平一声令下，所有人则是直接朝着村里走去，而第一站便是溪山小学，毕竟这一次他们来的主要工作就是对溪山小学进行验收。

"听说你们溪山小学的校长是你的儿子？"刘向原笑容满满地对走在自己身边的周大山说道。

"没错。"周大山点点头，然后朝着周楠摆了摆手，"周楠，我儿子，在省城上的学，毕业以后回到村里来，现在一是咱们溪山这条路的护路工，二是溪山小学的代理校长，不过是临时的。"

"护路工？"

祁东平笑呵呵地指着周大山："大山啊，你把你儿子也弄回来了。小周同志啊，你老爸把你一个堂堂的大学生弄回这小山沟沟里，当一个名不见经传的护路工，你心里一定很不服气吧？”

周楠也是实话实说：“确实有过这种情绪，到现在有时候也不太理解我爸为什么要把我弄回来。不过既然我回来了，就怎么着也得贡献自己的一份力量，不管是护路工还是小学的校长，就算岗位再普通，我也必须得做到尽职尽责。”

刘向原和祁东平相视一笑，祁东平则是乐呵呵地说道：“你这年轻人很诚实。这老头把你弄回来，让你放弃了大好前途，要说心里没有怨言是不可能的。你能够说出来，说明你很坦诚。但是，我希望你能够理解你的父亲，至于他把你弄回来的用意，他不讲，我也不方便挑明了说，这个，还需要你以后慢慢领悟。”

四

虽然周楠并不理解祁东平打的“哑谜”，但是这也正是周楠想要弄清楚的。周楠也明白，有些事如果直接用语言挑明，不如自己通过一点一滴的时间去慢慢领悟来得透彻。

“呵呵，是啊，你老爸真可谓是用心良苦。周楠，这也是我想要提醒你的，不要把个人的抵触情绪带到工作中去，至于你能领悟多少，那就要看你自己的本事了。”教育局局长耿南杰意味深长地说道。

倒是周大山，并没有答话，而是看着自己的儿子，笑而不语。

周楠心里面顿时涌起了一丝丝郁闷，他其实很讨厌这种“众人皆醒我独醉”的感觉。但是这些人且不论官职大小，从年龄上来说，都可以算得上自己的长辈，从感情上来说，周楠对他们还是非常尊敬的。

“好了好了，大家也别逗小朋友了。周楠，既然你是溪山小学的校长，就由你来介绍溪山小学的情况吧，毕竟你也算是当事人，所有的情况你最清楚。"刘向原对周楠说道。

周楠点点头，他知道，该自己登场了。

一行人有说有笑地来到学校，看到校门的时候，所有人更是忍不住一惊，每个人的脸上都露出了一丝满意之色。

小学的完全体已经全部展露在了他们的面前。

学校的校门用的是漆黑色的铁栅栏，上面描着金漆。透过学校的校门，可以看到整个校园，原先那破败不堪的平房校舍早就被推平了，现在是二层的教学楼，墙壁是白色搭配棕色的，看上去十分大气。校舍一旁是一个偌大的操场，全部都是塑胶的，跑道、足球场、篮球场排布得很是合理，球场的旁边还保留了一圈柳树。虽然整个溪山小学的占地面积有限，却是"麻雀虽小，五脏俱全"。

周楠开始流畅地介绍了起来："这个操场之前是个土操场，孩子们活动的空间十分有限，而且也容易磕碰。这次换成塑胶的操场，孩子们在玩耍的时候也会安全许多。"

周楠指向一旁的那栋二层教学楼："教学楼是二层的，鉴于咱们溪山小学的生源，一个年级两个班，再加上老师们的办公区，原先的小平房已经完全不能够满足了，所以我把平房给推了，盖了二层的楼，这样孩子们也不用挤在一间教室里面了。"

"食堂和校舍是给那些家里远的孩子们准备的，这样也方便孩子们上学，同时也能够吸引更多的适龄娃娃们来上学，不会因为路途遥远而失去上学的机会。"

"国家现在推行爱心营养餐工程，我们学校也考虑到了这方面。咱们溪山的条件差点儿，但是对于咱们娃娃的营养却是必须保障的，虽然做不到三餐免费，但是收取的费用却是最低的。当然，要是市里、县里能够有些倾斜性的政策的话就更好了，我们绝对能够保证孩子们的餐饮安全、营养搭配均衡。"周楠说到这里的时候，还把目光望向了市里和县里的几位领导。

祁东平听到这里，更是忍不住地直接哈哈大笑了起来："看到了没有？这小周同志和周大山完全是一个模子里面刻出来的，就这'顺竿爬'的样子，十足地像啊！老刘、耿局长，你们听出这小家伙话里话外的意思了吧？"

刘向原脸上笑意不减："这就伸手要政策了？嗯，不过确实可以考虑，耿局长，你的意见呢？"

"我没什么意见，只要是能够为了咱们的下一代，我绝对听从领导的安排。"耿南杰也一本正经地说道。

"老刘，我说什么来着？这老老少少的家伙们可是没少给咱们挖坑啊！在这里等着我们呢。看来今天咱们要是不给点儿踏实话，那是走不出溪山喽！"祁东平并没有生气，而是义正词严地说道："这个放心，只要你们踏踏实实把工作做好，无论你们提什么要求，我们都会尽量满足的。我们这官是老百姓给的，我们的工作原则也就只有五个字，那就是'为人民服务'！"

"说得好！"耿南杰激动地带头鼓起了掌。

刘向原压了压："先别高兴得太早了。这钱不是不能给，但是你们县里面从上到下要把这笔钱全部都花在孩子们身上，要是让我知道你们在里面搞什么猫腻，也不用我免你的职，自有法律会严惩你们的！"

"请祁书记、刘市长放心，这钱我亲自督办，要是真出了岔子，我耿南杰第一个承担责任，免职也好，坐牢也好，枪毙也好，我都认了！"就连耿南杰也没有想到，这一趟溪山之行收获如此巨大。

"好了好了，耿局长，我看的是效果。小周同志，继续说！"祁东平笑着说道。

周楠收起了激动的情绪，继续介绍道："除了食堂和校舍之外，我们为了丰富孩子们的学习环境，还建了两个室内活动室和一个图书室。"

接下来，周楠带着一行人开始参观起了整个学校，每走到一处，祁东平、刘向原、耿南杰，甚至周大山，都会提出来几个问题，周楠都一一地做出了解答。

虽然溪山村的条件有限，但是周楠能够利用这有限的条件把溪山小学给建设得这么好，令众人感慨万千。而此时的祁东平突然问道："周楠，翻修这学校，你们花了多少钱？这些钱是哪里来的？"

周楠看了耿南杰一眼，然后神色坦然地说道："钱是我们十里八村的人凑的，耿局长也把自己的五万块钱工资拿了出来。前前后后一共花了二十五万，每一笔钱的来龙去脉我们都记了账。这钱，是我和所有人借的。"

此时一行领导都停下了脚步，所有人都陷入了沉默。这钱来得实属不易，或许只有亲历者才能够体会到周楠的那种艰辛。

五

"不得不说，小周，你的胆子很大啊！"

良久，祁东平才意味深长地说出了这么一句话。其他人在听到这里的时候，心里更多的是一种愧疚。

周楠看到大家对自己刚才的解释的反应，还以为自己说错了话。但是他又不知如何救场，周楠把目光望向了自己的老爸，希望老爸能够帮他打个圆场。

"各位领导，翻修小学是我们个人的行为。我们深知孩子们是我们发展经济的希望，大家心里都跟明镜似的，我们这么做，也只不过是想要让自己家的娃娃能够坐在明亮的教室里面上课，仅此而已。"周大山也看出来大家神色有些异样，其实他并没有觉得周楠说错了什么，但看到儿子投递过来的目光，周大山完全是下意识地把话头接了过去。

"大山同志，你越是这么说，我们的心里可真的是越愧疚了啊！"刘向原神色凝重地说道，"老话都说，当官不为民做主，不如回家卖红薯。看来我们几个，确实是有履职不到位的地方啊，脱离了实际情况，只是教条式地去搬条条框框。不过今天也确实让我们认识到了问题所在，错不在你，而在于我们，是我们有些教条了，具体问题具体分析，以后我们也一定会转变思维。不过你们溪山做出来的成绩有目共睹，这也算是给我们结结实实地上了一堂课啊！"

"刘市长说得没错，应该检讨的是我们。小周同志，你做得很对。但是我心里一直有一个很大的疑惑，你现在借着本就不富裕的大家伙的钱来翻修小学，不知道你借的这笔钱怎么还给大家？"祁东平用充满期望的目光望向周楠。祁东平的疑惑，也正是所有人的疑惑。

看着所有人的目光都集中在了自己的身上，周楠并没有丝毫的紧张，当初和大家伙借钱的时候他就已经想好了，所以，他也是有备而来："这个嘛，还请允许我在各位领导面前卖个关子，希望各位领导给我三年的时间，我一定会连本带利地把钱给大家还回去的。"

此时周楠的身上展现出了一种强大的自信，也正是这种自信，让所有人都看到了一个不一样的周楠。

"小伙子，别夸海口啊！"刘向原笑了起来，他从周楠的身上看到了一个真正自信的青年的样子。

"请领导放心，我堂堂七尺男儿，一言既出，驷马难追，绝对不是吹牛！"

"好好好，有自信，有魄力，我很欣赏你！"

就连祁东平也被周楠的这种"初生牛犊不怕虎"的精神所感染，然后笑呵呵地说道："既然你这么说，我就等你三年，三年后你要是兑现不了自己的承诺，你修小学的这笔花销，我和刘市长替你想办法！"

"有二位领导的背书，我就放心了！周楠，你听到了吧？有了二位领导的保证，你小子放开手脚大胆地去做，一切后果有市里的两位领导担着呢。"一旁的耿南杰笑呵呵地说道。

"你这个老耿啊，真的是会见缝插针！"祁东平指着耿南杰笑呵呵地说道。此时所有人都笑了起来，一扫之前的严肃，气氛瞬间又融洽了起来。

周楠带着几位领导往楼上的教室走去，只不过当他的目光落在楼梯间拐角的时候，却被一块红布给吸引了过去。红布盖在一个一人多高的物件上面。周楠的目光带着一丝丝的疑惑，这是什么？他怎么不知道这里还放着这么一个物件？

"小周同志，这是……"耿南杰疑惑地问道，此时所有人心中都是一样的疑惑，就连周楠也不例外。

周楠摇摇头，心里暗呼一声不妙，意外还是发生了。

就在这个时候，一个清脆的声音从周楠的背后响了起来。此时的孟小敏挂着双拐，艰难地走到了这个用红布盖着的物件旁边，神色肃然，声音或许是因为激动，又或许是因为怯场，变得有些发颤："这是我为咱们溪山小学准备的一件礼物。"

礼物？

周楠突然间心领神会，他明白这礼物应该就是孟小敏这段时间神神秘秘的原因。周楠的目光望向了孟小敏，孟小敏神情坚定地说道："同时，也是送给我们溪山小学的校长，还有所有的教职人员的一份礼物。"

话音刚落，孟小敏直接把红布扯开。下一秒，所有人都被自己眼前的这一幕深深地震撼了。

红布下是用洁白的大理石雕刻的雕像，雕像栩栩如生，而且看到这个人的时候，周楠的眼眶已经微微地有些湿润了。他不是什么名人，也不是什么伟人，甚至可以说是寂寂无闻。但是这个人，周楠认识，不仅认识，还非常熟悉。

"这……这……"此时的周大山也激动得有些说不出话来。

周楠更是忍不住地红了眼眶，眼泪在自己的眼眶里面打着转。那雕像满是褶皱的脸上挂着淡淡的笑容，看起来是如此慈祥，好像他一直都在注视着自己一样。周楠的眼泪终于忍不住落到了脸颊上。

"这是姜老师！"终于，有人把这个名字说了出来。

此时，耿南杰向祁东平、刘向原讲述着这个雕像代表的那位平凡而又伟大的老师的生平事迹，除了耿南杰的声音，整个楼梯间安静得可怕。

每个认识姜老师的人，都不由自主地想起了姜老师的音容笑貌，仿佛都看到了那个天天站在讲台上的身影，用一辈子的心血在书写着一位老师的坚持不懈与伟大创举。栩栩如生的姜老师的雕像望着那已经焕然一新的溪山小学，眼中带着慈祥的笑意。

第七章　重燃的斗志

一

耿南杰只不过简短地介绍了几句，却让在场的每个人都深深地佩服起这么一位根植于乡野村林的教师，他的点点烛光换回来的却是天际的点点繁星。姜老师的一生无比平凡，寥寥数语，却让人感悟到了他的伟大。

所有人都在这雕像面前驻足了许久。

良久之后，刘向原忍不住感叹道："这样的好老师，才是我辈的楷模。真的后悔没有能够在姜老师生前见到他，这是我的遗憾啊！诸位，我在这里提议，咱们恭恭敬敬地向姜老师行个礼，就当是表达对姜老师的感谢。"

"我同意！"祁东平回应道。

面对着雕像，面对着姜老师慈祥的笑容，所有人都毕恭毕敬地鞠了三个躬，然后才恋恋不舍地朝着教学楼的二楼走去。

周楠并没有急着走，而是直接走到了孟小敏的身边，然后轻轻地扶住了行动还不便的她，压低声音对孟小敏说道："这就是你给我的惊喜？"

"怎么样？意不意外？惊不惊喜？是不是被吓到了？"孟小敏的眼中冒着星星，目光之中带着一丝丝的狡黠对着周楠说道，"只不过原本这个惊喜是给你一个人的，没想到这次来了这么多领导，我还怕他们会介意把姜老师的雕像放在这里呢，看来是我想多了。"

周楠轻轻地握住了孟小敏的手，声音激动得有些发颤："我要谢谢你，替姜老师谢谢你！姜老师最喜欢学校了，能够守在这里看着他心心念念的娃娃们，就是姜老师最开心的事情。孟小敏，谢谢你！"

孟小敏被周楠的话搞得有些不知所措了，不过很快她就回过神来了："还好，惊喜到了你。好几次都差点儿露馅儿了，幸好没有。"

周楠搀扶着孟小敏上了二楼，没想到那些领导都在等周楠。看到大家探究的目光，孟小敏的脸瞬间红了，刚才的片刻感动也消失得无影无踪。

"不好意思，让诸位久等了。孟小敏是到我们溪山小学代课的老师，前段时间摔伤了腿，行动有些不便，我刚才帮她耽误了一点时间。"周楠这番"此地无银三百两"的辩解苍白而又无力，没想到越描越黑了。

众人了然的眼神里包含了诸多的意思，这下确实是有些解释不清楚了。

一行人对溪山小学的参观还在继续，其间几位领导问得更是无比详细，周楠都一一地做出了解释与回答。对于他来说，溪山小学是他辛辛苦苦翻修起来的，一砖一瓦对他来说都无比熟悉。

"嗯，耿局长，你也看到了，溪山小学确实做得不错，这次的考察我觉得应该可以通过。"刘向原作为分管科教文卫的副市长，他的话分量很重。

耿南杰自然明白这位顶头上司的意思，他笑呵呵地应道："确实，溪山小学从硬件上来说已经达标了。"

有优点，那肯定也就会有缺点。

耿南杰虽然对周楠翻修溪山小学所达到的水准十分满意，更对周楠的坚定钦佩不已，但是考察一个学校的综合实力，除了硬件水平之外，还要考察师资力量。

周楠也不避讳，而是认真地说道："请各位领导放心，我们这穷山沟沟里，虽然没有老师愿意留下来，这位孟小敏孟老师也是因为这段时间在溪山养伤才暂时留了下来。但是孟老师是省师范大学的高才生，她暂留在这里，也可以帮我们培养一批老师。接下来我准备在溪山小学开夜校，给我们溪山的那些本土民办教师们也开个班，希望能够尽快地提升他们的施教水准。"

"嗯，小周同志的这个主意好啊，自己动手，丰衣足食，不能什么都张嘴就哭穷，伸手朝上要啊！"祁东平对于周楠的这个回答很是满意。"其实解决问题的方法有很多，或许大家都已经习惯了'衣来伸手、饭来张口'的模式。但对于我们发展经济来说，也要遵循一个道理，那就是'授人以鱼，不如授人以渔'，我想这个道理诸位应该都懂。"

"小周同志能够开动脑筋，这是好事，值得表扬啊！"刘向原对周楠这次的表现也是十分赞叹。

一行人离开了溪山小学，对于此次的考察大家非常满意，刘向原甚至当场拍板，溪山小学必须留下来。

祁东平和刘向原并没有就此离开溪山，而是继续在溪山的田间地头考察着。他们这一次来还有另外一个目的，那就是帮助溪山发展经济。山区的经济发展水平与县市等平原的经济发展水平不均衡，一直都制约着整个北桥市、安顺县的发展。这一次祁东平也跟着一起过来参加考察和调研，目的也是在这里。

"大山同志，现在咱们村子里乡亲们的收入如何啊？"祁东平走在田间地头，脸上的笑容也收敛了起来，带着一丝忧虑。

这次祁书记来溪山，完全可以算得上是"突然袭击"。不过周大山并没有慌乱，面对祁东平，周大山镇定地回道："祁书记、刘市长，咱们现在村里的收成还行，人均年收入八千多一点，要是年景好，能够突破九千。"

"老周啊，溪山可是咱们市里和县里的典型，现在我们都讲乡村振兴，咱们也得把思路打开，光靠种田打收成远远不够，八千多在整个北桥市的山区中算是中上了，但依然还有提升的空间。北桥市有三分之二的地方都是山区，除了种田之外，我们还得另谋出路啊！"祁东平意味深长地说道。

二

周大山没想到，自己居然会挨板子，虽然这板子打得不算太重，但是打的却不是其他的地方，而是在打他的脸啊！

"老周，农村经济如何发展，这可是咱们永不过时的课题啊！从开展土地改革到实行农业合作化，从建立家庭联产承包责任制到推进农村承包地'三权'分置，从打好脱贫攻坚战到实施乡村振兴战略，这一系列的'三农'改革建设，也是我们长久的施政目的。之前咱们是向地要粮，但是仅仅种粮并不能提高大家的收入，只有不断地促进农业和农村二、三产业的发展，才是咱们应该努力的方向。"祁东平意味深长地说道。

周大山点点头。溪山的经济是以农业为主，这种老旧传统的思想也必须改变。

"大山同志，说句不客气的话，你们溪山这些年在发展经济、发展科技、发展教育、发展文化和发展卫生健康这些方面的势头可是慢下来了。不过这也不全是你们的过错，下一步我们希望能够看到溪山的经济再上一个台阶，我们要的不是一枝独秀，而是百花齐放！"刘向原也意味深长地说道。

两位领导的话久久地萦绕在周大山的耳边，即便是这两位领导已经视察完离开，周大山的耳边也一直回响着从市里面来的这两位领导的谆谆教诲。

溪山小学如期开学，面对着崭新的学校，山里的娃娃们兴奋坏了。明亮的教室，干净的课桌，甚至连操场都是那么柔软。娃娃们的父母对学校的环境也是赞叹不已，一切又恢复了往日的模样。只不过有些不一样的是，夜晚的溪山小学教室，灯火依旧通明。这就是周楠所说的培训班，而培训的对象不是别人，正是溪山小学的老师，给大家培训的人正是腿脚还不算太利索的孟小敏。

"我说，王叔都建议你适量运动，你怎么不听医嘱呢？"

周楠娴熟地背起孟小敏，心里依然有些不解。这个女人不会真的把他当成自己的"交通工具"了吧？每天他都要从家里把她背到学校，晚上的时候又要把她从学校背回家里。

孟小敏脸红了，只不过现在是晚上，路上的行人寥寥无几，自然没人看到她微微有些俏红的脸颊。其实不是孟小敏娇贵，而是她对周楠有了依赖，她享受趴在周楠背上的感觉："我听医嘱了啊，可是王叔也说了不能运动太多，操之过急也不行。况且咱们村里的道路可是石头路，深一脚浅一脚的，我要是扭到了，造成二次伤害，谁来负这个责任呀？"

周楠想了想，也确实是这个道理："不过，我说你最近可是有点儿过分了啊，你这体重可是越来越重了啊！"

"胡说八道！"孟小敏又急又气，直接一拳就捶在了周楠的后背上。女人有两个禁忌之词，一个是"年龄"，另一个就是"体重"。周楠这话确实踩了孟小敏的尾巴。孟小敏的拳头不算太重，但是也弄得周楠龇牙咧嘴的。

"要我看，是你体力不济。朋友，你可得加强锻炼啊！"

听到孟小敏的话之后，周楠差点儿没一口气给背过去。孟小敏这句话绝对是在激怒周楠。周楠把孟小敏的身子往上掂了掂，一本正经地说道："我天天有锻炼，怎么可能体力不济？"

"好好好，你行，你强，行了吧？"

孟小敏也懒得在这上面和周楠争，她直接把话锋一转，对着周楠说道："你老爸最近情绪可是很明显有点低落啊，是不是受了什么刺激？不会是跟秀琴婶儿有关吧？难不成……"

"喂喂喂，你的想法龌龊了啊！就算是他们真的有点儿什么，其实我也能理解的，毕竟两人现在都是单身，真要是在一起了，我也会替他们开心的，我可没有那么传统，也没有那么保守。"周楠无比认真地说道。其实说句心里话，周楠是真的希望他们俩可以在一起的，两人都是有感情基础的。

不过周楠转念一想，确实是，自己的老爸这段时间无论做什么都是一副心不在焉的样子。周楠的心里也很奇怪，他其实也好奇自己的老爸到底发生了什么事，怎么突然间像是变了个人一样。

周楠沉默了。自己之前对老爸的关心实在是太少了，或许老爸真的是遇到了什么难以解决的事情。

"有什么办法能够打听一下吗？"周楠忍不住地问道。

孟小敏沉思道："你那个老爸脾气和你一样，遇到事儿了都把它藏在自己心里面，也不和别人说。不过帮你打听一下还是可以的，别人我不敢说，你那个秀琴婶儿绝对知道其中的原因呢！"

"也是，我直接问秀琴婶儿吧！"

孟小敏对着周楠的后背直接再一次翻了一个白眼："你去问，秀琴婶儿肯定会说什么都不知道的。这件事还得我来问，毕竟有时候，女人之间的沟通更容易。"

"你确定你可以？"说句实话，周楠心里确实有些担心，就算是再木讷，他也能够感觉得到秀琴婶儿和孟小敏这两人不对付，也不知道是怎么一回事，反正就是感觉两人的关系并不融洽。

孟小敏信心十足地说道："这个嘛，自然就包在我身上了，到时候你就等我的消息就可以了。不过我要是要来了你想要的信息，你打算怎么谢我？"

"我天天背你上学放学怎么样？"

"你现在不正做着这事儿呢吗？一点儿诚意都没有！"

"要不，我给你重新定做一辆轮椅？放心，这一次我给轮椅安上最好的减震设备，就算是再颠簸的路也会让你如履平地，怎么样？"

"你滚！"

"你说的啊，到时候受伤了可别怨我。其实背着你也有好处，就是滚出去的时候还可以当个肉垫，减震效果绝对好！"

"周楠，你个浑蛋！"

三

淅淅沥沥的小雨一直下个不停，而坐在教室里面的孟小敏面对着寥寥的学生，脸上顿时闪过了一丝忧愁。这些天来上学的学生越来越少了。正当孟小敏一脸郁闷的时候，她看到了一闪而过的周楠，然后眼珠子一转，轻轻地咳了一声，就看见周楠朝着自己这边转了过来，孟小敏一脸神秘地朝着周楠勾了勾食指。只见周楠朝着四周看了看，确认孟小敏指的是自己之后，这才缓缓地走了过来。

周楠过来后，孟小敏对着周楠神秘地说道："你还记不记得上次你背我回家的时候，求我帮你办一件事？"

"啥时候的事情，我咋不知道呢？"周楠早就已经忘到后脑勺了。

"就是关于你老爸最近这段时间兴致不高的原因，现在我已经跟秀琴婶儿打听到了。你要知道，这可是我费了九牛二虎之力才弄到的消息。你老爸之所以最近干啥都一副心不在焉的样子，最主要的原因是，你老爸在上次溪山小学接受检查的时候挨批评了。"

"啥？我咋不知道？"周楠心中有些疑惑，上次不是搞得很好吗？无论是市里的领导还是县里面的领导对自己都是交口称赞的啊，怎么会对自己老爸提出批评呢？

"先说好，你咋奖励我？"孟小敏很难得地有闲情逸致去逗弄周楠。

周楠直接二话不说，转身就走。

"喂，喂喂！好吧，好吧，周楠，算你狠！"这个时候，孟小敏则是直接恶狠狠地对着周楠说道，"其实吧，是因为溪山这些年的发展稍微有些落后了，市里的领导希望溪山能够继续发挥先锋模范作用。你老爸最近发愁的就是这个。"

周楠听完之后，顿时陷入了沉思。

孟小敏的目光望向了窗外，然后看着淅淅沥沥的小雨，眉头微微地一锁，从她的眼中也能看到一抹担忧。

"确实是，时代不一样了，观念也必须得转变过来，想要发展经济，那就必须依托农业，但是不仅仅依靠农业。"周楠此时自言自语地说道。其实这些问题他也考虑过，溪山是他的家乡，他深爱着自己的家乡，自然是希望自己的家乡能够越来越好。周楠此时在心里面做了一个重要的决定。

"这雨下的时间有点儿长啊！"这个时候，孟小敏突然间发出一句感叹。

周楠也跟着附和道："是啊，已经连着下了三天了，今年的秋收只怕是要受影响了。这雨可不能再下了，再下的话真的要成灾了！"

周楠也没想到自己竟真的一语成谶了。这雨连着下了五天之后，洪水夹杂着泥石流直接将溪山村与外界联系的唯一一条道路给冲毁了。

周大山冒着雨来到了挂壁公路跟前，看着眼前已经被泥石流掩埋了的路，甚至还有一段直接给塌没了，整个人都愣在了那里。面对着眼前的惨状，周大山的大脑一片空白。

这条路是溪山的象征，而现在，这条路就这么被毁了一大半，这可是周大山这一辈子的心血。看到眼前的惨状，周大山的心都在滴血。这场秋汛，冲毁了唯一的一条路，也冲垮了周大山心里面那最后的支撑。周大山整个人倒在了地上。

"山洪来了！"

就在这个时候，一声巨响，夹杂着滔天的声音，山洪如同猛兽一般地袭来，瞬间就推倒了村子里大半的房屋。看着那被山洪冲垮的家，所有人的脸上都露出了不可思议的神色，然后在刹那间，所有人都变得惊慌失措，这真的是"屋漏偏逢连阴雨"。

周大山望着眼前辛辛苦苦经营起来的溪山村，此刻却是一片狼藉，半村子的断壁残垣，家都被冲毁了，而唯一连通外界的那条道路此时也被泥石流给堵住了、冲毁了，就算是救援物资想要送进来也不可能。此时此刻周大山的心里无比绝望。

噗！

突然间，周大山一个没忍住，一口鲜血直接喷了出来。

"老周！"

依稀之间，周大山只能听到大家的叫喊声，然后整个人便没有了知觉……

洪水猛兽，周楠在听到响动之后不顾一切地冲了出去，而当他看到山洪瞬间就把半个村子给冲得七零八落的，心中更是一阵抽搐。

跟跄地跟着周楠走出来的孟小敏也被眼前的一切给惊呆了。

"这……这是……"

此时已经有人飞快地朝着周楠这边跑了过来，嘴里喊着："小山，不好了，你老爸晕倒了，你快回家看一看吧！"

周楠的心立刻紧张起来，正当他准备回家的时候，突然间想到了什么，怔怔地呆在了原地："我爸在哪儿晕倒的？"

"村口那里。支书去看路去了，路被泥石流给冲毁了，就在那个时候，山洪袭来，结果支书直接晕了过去。"来人焦急地说道。

周楠为了让自己冷静下来，摇了摇头，然后神色凝重地说道："我爸呢？送回去了没有？"

"已经送回去了，也告诉你秀琴婶婶了。"

孟小敏能够感觉到周楠紧绷的那根神经略微地松弛了一些，然后只听到周楠继续说道："现在我爸晕倒了，谁在指挥大家紧急避险？"

"这个……"

周楠从来人支支吾吾的语气中已经明白，周大山倒下了，现在村里已经陷入了混乱。周楠的眉头紧紧地锁到了一起，然后对着孟小敏说道："把咱们所有的教室都打开，准备接收房屋受损的乡亲们。"

周楠转过身子对着来人说道："你带我去看一看，然后我来安排大家组织自救，等下一波山洪来之前，必须把所有人都给安置好了！"

望着周楠的背影，孟小敏突然间觉得，此刻的周楠让人充满了安全感和信任感。

四

老爸病倒了，周楠并没有慌，自己老爸有秀琴婶婶照顾着，应该没有多大的问题。现在最关键的是如何安置那些受灾的村民，还有就是预防因为山洪造成的二次灾害。这些村民都是周楠的亲人，他的心里面有些不忍。

"走，我们先去看看。"在来人的带领之下，周楠匆匆地赶到现场。

这次山洪来得比较急，但是在大家的预警之下，大部分村民并没有生命危险，只有几个人受了点儿轻伤。周楠一路走来，眉头紧紧地锁着，这次的雨下的时间太长了，山洪很有可能会来第二波、第三波。

"你快派人把全村男女老少都给通知到了，让他们全部都聚拢到溪山小学，那里地势高，而且地基牢固，洪水应该不会冲到那里去。记住，是全村上下所有人员。"

"二狗哥，你带上村里的年轻劳力把那些老人们全部都送往小学。记住，这个时候啥也别管了，先管人。哦，对了，要是来得及，把粮食也得转移到小学。"

"龙飞，你去村里的卫生站，把所有的药物和设备也全部都转移到小学。咱们卫生站的地势比较低，要是水位涨了，卫生站肯定会遭灾的。现在要保证大家吃饭、取暖和治病，其他的都可以放一放。"

……

在周楠的指挥之下，村里的所有人都行动了起来，在大家都六神无主的时候，周楠的出现让大家变得井然有序了起来，而且很快地就把人、物全部都聚到了溪山小学。

而此时在溪山小学，孟小敏和其他的老师也没有闲着，他们把桌椅都堆到了角落里，空出了一间间教室，这个时候也管不了那么多了，一个一个的地铺打了起来，粮食被全部都搬到了学校的食堂，药品和医疗设备也被转移到了学校的一间教室里面。

当所有人都被转移过来的时候，满身泥泞的周楠也跟着回来了。

孟小敏看到了周楠，关切地问道："现在情况怎么样？"

周楠的脸上露出了苦涩的笑容，一脸无奈地说道："情况确实不容乐观哪！通往村外的那条路被堵住了，村民的房子在山洪暴发下也冲垮了一半，现在看来只有咱们这一片是安全的。一会儿我再去查看一下，看有没有办法能够规避山洪二次袭来的危害。这样的话也能够让大家把损失降到最低。"

孟小敏满脸担忧，对着周楠关心地说道："还要出去呀？人们都说水火无情，你可要多注意一些啊！"

"放心，不用担心我。"周楠露出了一个安慰的笑容，"唉，可惜，这次的雨下得实在是太大了，千年未遇啊，村子里面这次的损失可不小，你在这里一定要多注意一下大家的情绪。这种情况之下，大家都聚集在了一起，人多的话空气就一定会混浊，记得多开窗多通风。还有，一定要让王叔做好卫生工作。"周楠在这个时候仍然不忘叮嘱道。

孟小敏认真地点头道："放心好了，这里就交给我吧。现在外面的情况很复杂，你一定要注意自己的安全，千万别做傻事！"

周楠点了点头，然后就直接冲了出去。

雨并没有要停的意思，周楠带着村里的年轻劳力组成了突击队，此时的他站在高处俯瞰着整个村子，眉头微微地皱了起来。

"小山，你来说说，我们怎么干？我们都听你的。"村中一个中年人郑重无比地说道。

周楠在这么短的时间内应急应灾处理得非常好，单凭这一点也把村子里的男男女女、老老少少都给深深地震住了，所有人在这一刻都忽略了周楠的年纪。面对着这样史无前例的灾难，这个时候周楠是最冷静的那个人，所以村里人是打心眼里服从周楠的指挥。

周楠看了一眼村子，然后扭过身来，对着所有人说道："现在泄洪是第一要务。我们村子的地势低，现在已经有一半的屋子被山洪给冲毁了，为了保住剩下的另外一半，就要把已经冲毁的那一半进行疏通，作为泄洪道。"

啥？

就在这个时候，所有人都愣住了。周楠的话每一个字他们都清楚，但是把这些字连在一起，竟然没有一个人明白周楠到底想要干什么。村民的老房子被山洪给冲毁了不说，还要再把这些冲毁的老房子给破坏了，当成是专门的泄洪通道，这事情听上去怎么那么不靠谱啊，这不就是"落井下石"吗？

或许是感觉到了大家的费解，周楠认真地对着众人解释道："我明白大家的想法。但是从眼下来看，或许也只有这种方法才能够避免山洪给咱们村子造成更大的损失。山洪冲掉的地方地势最低，只有把阻隔泄洪的被冲毁的房子彻底夷平，才能够保证山洪不会因为遇到阻力上涨让整个村子遭殃。这么说，大家明白了吗？"

"小山，问题是我们把房子全推平了，那你让咱们这些老街坊们以后到哪里去住啊？"一位长辈满脸心疼地对着周楠说道。其实他家也在此范围之内，真要是给全部推平了，他心里也是极为不舍的。

"老叔，这个时候咱就别心疼旧房子了。你放心，我给您老保证，正所谓旧的不去，新的不来，等这次山洪过了，我给你再起两间明亮的大房子，保管您住得舒舒服服的。"周楠信心十足地说道。

溪山的人都知道周楠的水平高，盖的房子不仅漂亮，而且结实又牢靠。既然周楠都保证了，那位中年人只能半信半疑地说道："小山，你可要记得今天你说过的话，到时候可不能不算数啊！"

"放心，有一个算一个，只要是我今天拆了的，到时候都给大家盖起来！怎么样，大家伙儿，拆吧，再不拆恐怕就真的来不及了！"

所有人便开始行动了，动手拆掉已经被山洪给冲垮的房子。

五

雨又接着淅淅沥沥地下了一个星期，全村男女老少都挤在了溪山小学里面，村子里所有人的吃穿也全部都在这里。

而当接下来的三次山洪倾泻下来的时候，所有人才明白了周楠这招"弃车保帅"的做法多么明智。山洪一度漫过了整个村子，但是幸好把那已经在第一次时便冲掉的房子给拆了个干净，让洪水顺畅泻走，要不然的话，或许遭殃的就是整个村子了。

也正是周楠把粮食和医药设备全部都提前送到了小学，这才让村里所有人都没有挨饿受冻，生病了也能得到医治。每个人都对周楠的安排十分佩服，而就在这期间，周大山也苏醒了过来。

山洪退去了，村子受损的情况十分严峻，周大山满面愁容地带着周楠和村里的其他人在这残破的山村里查看受损的情况，能够听到的也只有周大山止不住的叹息声。原先的那个小村子在这洪水猛兽的冲击之下，已经满目疮痍。

"唉！"

周大山重重地叹了一口气，无奈地说道："这可如何是好啊！"

"爸，幸好咱们村子的人还在，人没事就是万幸。"周楠安慰着自家的老头子。看到眼前的这一切，他的心里面其实也很痛，但是人总是要向前看的，周楠只想着如何把山村恢复起来。自己的老爸为什么会如此难过，周楠的心里面很清楚，毕竟整个溪山村可是周大山这一辈子的心血，而溪山，也是周大山引以为傲的孩子。只是没想到，一场大雨，就让周大山失去了所有。

"是啊，大山，房子没了咱们可以再盖，路断了咱们可以再修。"一直都在悉心照料周大山的许秀琴更是出言安慰道。

周大山没有理会，而是径直走向了村口，那条寄托了周大山无数心血的挂壁公路，已经被彻底地堵死，而且在某几处险峻的地方，更是出现了严重的塌方，车辆是根本无法通过的，只有窄窄的一条路能供人通过。

"一切都毁了！"周大山接着叹息了起来，越看，周大山的心里面越是满满的酸楚。

许秀琴用眼神示意周楠先离开，眼瞅着周大山这萎靡不振的样子，许秀琴决定劝一劝他。

周楠识趣地离开了。

周大山忍不住地哽咽了起来，此时的他是那么无助，背影是那么单薄。这还是之前那个雄心万丈、永远都不会被打垮的周大山吗？

许秀琴站在周大山的身后，轻轻地环住了周大山的腰。周大山的身子微微地一颤，虽然已经年过五十，但是面对着许秀琴壮着胆子的这一抱，周大山显然还是有些不知所措。

周大山没有挣开许秀琴的双臂，许秀琴也没有说话，这样大胆的举动以前许秀琴是想也不敢想的，她从这后背上感觉到了一丝温暖，那是自己一直以来都渴望的温暖。自己之前只是默默地将情感压抑在心底，但是如今，她有些忍不住了，虽然有些不好意思，但是她什么都顾不了了。

"不要放弃希望，也不要放弃斗志。"许久之后，许秀琴对周大山说道，"你知道吗？一直以来我都喜欢着你，喜欢着你那股子天不怕地不怕的劲儿，也喜欢着你那种不畏一切的精神头儿。这么多年来我一直都未曾变过，只不过今天的你，特别不像你。我记得以前你曾经指着那片断崖跟我们说过，那里有一条路，一条能够通往村外面的平坦大路。当时我心里面其实还是有些不屑的，不光是我，村里的每一个人都觉得不可能。但是后来，那里真的有了一条路。我相信你，相信你的每一句话，因为你的每一句话都充满了坚定和自信，而且都变成了现实。"许秀琴脸颊红得有些发烫。

周大山表面上安静地听着，心里面却是波澜起伏，许秀琴对他的感情他又怎么可能不知道呢？

"秀琴，谢谢你！"周大山紧紧地握住许秀琴的手，然后落魄的目光之中渐渐地泛起了光芒，那是一种重燃希望的信心之火，更是焕发活力的希望之光。周大山望着溪山村的一片狼藉，目光逐渐变得坚定起来："你放心，我没有那么脆弱，也不会被眼前这暂时的困难打倒。你说得没错，只要有信心，哪怕前面的路困难重重，我们也能坚持下去，三十年前我修了一条路，三十年后我依然能够把这条路给修好！"

许秀琴挣脱了周大山的手，然后羞涩地低下了头。而此时的周大山已经是信心满满。是啊，自己这十几年实在是过得太舒坦了，舒坦得就连他自己都忘了之前是怎么拼搏过来的。

三十年前，这条路是周大山咬着牙坚持修出来的，付出的汗水、泪水和血水更是数不胜数。三十年的岁月，把周大山的血性和激情渐渐地磨平了，而此时此刻，他仿佛又找回了这种血性，找回了那个年轻的自己。

"不就是一次灾害嘛，吓不倒我，更吓不倒我们溪山村的父老乡亲们，大不了，我们再干一回惊天动地的事情。人定胜天，只要我们坚持，只要我们不倒，哪怕我们从头再来过，这又有何难，又有何惧？"周大山的雄心和血性在这一刻全部都被激发了出来，浑身上下充满了使不完的力量。

许秀琴脸上露出了一丝笑容，她所熟悉的那个周大山终于回来了，而这也是她期盼已久的。许秀琴明白，这种小小的困难和挫折击不垮与天搏、与地争的铮铮铁骨。

第八章　科学与经验

一

溪山村。

此时众人一扫前些日子的阴霾，无论男女老少都一个个地扛起了工具，人群直接聚向了村口，而在那里竖起来的则是几面已经快要褪色的红旗，红旗上面写着各式各样的标语，村里的年轻人没有看过，但是稍微上了点儿岁数的人看到这些迎风招展的红旗，眼眶都忍不住地湿润了起来。

那几面旗帜对于这些上岁数的人来说实在是再熟悉不过了，他们年轻的时候跟着周大山一起修这条挂壁公路的时候，这些旗帜一直在激励着他们，而周大山特意把当年的东西全部都拿出来，那意思很明显。

"人定胜大！"

"古有愚公移山，今有绝壁修路！"

"山河要改变，就得艰苦干！"

……

周楠作为一名护路工，跟在这些旗帜后面，只是看着那些随风飘扬的旗帜，他都能够感觉到浓浓的时代气息，更让周楠对自己父辈的那段激情而又难以忘怀的岁月有了更深的感触。

终于，人群在溪山村口停了下来，而这里，也是挂壁公路的起点，周大山利索地跳上了一块大石头，然后对着人群喊道："同志们，三十年前，我们修了一条路，我们流过汗、流过血，这条路是咱们村唯一能够通往村外的路。就在几天前，咱们村这唯一的一条路毁了。之前没有路的时候，大家一起同甘共苦，一锤一凿地把路修好了，靠的是什么？是大家的团结，是使不完的劲、出不完的力。现在我们同样面临着这样的困境。虽然你们大多数的人和我一样，甚至连锤子都抡不起来了、凿子都握不紧了，但是没关系，只要我们这群老家伙在，只要我们的这旗帜在，我们的这种精神头儿就不会泄，就像是那移山的愚公一样。今天，就让咱们这群老家伙们好好地给年轻人上一课，也让他们好好地看一看，咱们年轻的时候有多么拼！"

"大山，你下命令吧，我还是会第一个冲上去的，我陈二东三十年前就是先锋队的队长，三十年后我还是那个先锋队的队长！先锋队的老伙计们，我们打头阵！"就在这个时候，一个平日里看起来老实巴交的中年人直接扛着铁锹冲了出来。

"我，韩江，先锋队的！"

"我，王三田，先锋队的！"

……

一个又一个的人站了出来，村里的年轻人都愣住了，就连周楠也傻眼了。

陈二东可是村里的名人啊，出了名的胆小如鼠，懦弱不说，还怕老婆。谁能想到就是这么一个平日被起外号"老鼠东"的懦弱男人，居然还是先锋队的队长，这完全颠覆了大家对他的认识。

这还是那个打不还手、骂不还口的"老鼠东"吗？看刚才那架势，完全就是一头生猛的"老虎"啊！

而此时所有年轻人不约而同地把目光全部都望向了喜婶，此时的喜婶眼里面哪里还有对自家男人的凶猛，反倒是一脸崇拜。

"好，二东，这次你还是先锋队队长。弟兄们，我站在这里，就和三十年前一样。虽然过去了这么长时间，但是咱们弟兄们的精神状态，我觉得还和三十年前一样！"周大山也是豪气万丈，用最朴实的话语做着动员。

不得不说，周大山的这番动员听得在场所有人热血沸腾。而和周楠一样的年轻后辈，更是被眼前的一幕给深深地震撼到了。或许，这就是自己父辈们的热血青春吧！

此时的周楠开始真正地懂得了父辈们对于这条路的感情，那是一种拼搏、荣耀、青春、热血，是一种一辈子都无法忘记的最深刻的记忆。周楠站在原地，感悟着这一切，仿佛自己穿越了时空，一下子回到了父辈的年代，所有的热情都被激发了出来，而此时的眼前更是一幅热火朝天、充满干劲的画卷。

"小山，这才是你父亲最真实的一面。"此时，站在周楠身边的许秀琴满眼欣喜地说道，眼中是掩饰不住的爱。这让周楠明白，自己对老爸的理解很少，老爸的伟大之处，自己也只不过是刚刚揭开了一个角。但是仅仅就这一个角，已经让他感觉到了前所未有的震惊。

看着自己老爸周大山的身影，周楠的心里除了敬佩还是敬佩。

那群中年人在周大山的带领之下冲了上去，等周楠回过神，身边只剩下几十个年轻人。突然间，周楠的胸口涌出了一股子豪气，他直接冲上了刚刚周大山站的那块石头，然后对着底下的几十号年轻人说道："哥几个，能让那几把老骨头把咱们年轻人的风头都抢了吗？我可是忍不了，我要让他们知道，谁才是年轻人！谁才是主力军！"

"对，小山你说得太对了，让一群老头给鄙视了，我这脸还真的不知道往哪里搁了呢！大家一起冲，我就不信了，咱们还比不过那些老家伙！"

"没错，真要是让我家老头子给比下去了，那以后就轮到他天天笑话咱了，我这暴脾气上来了，咱可受不了这窝囊气！"

"还愣着干什么呢？哥几个，冲啊，不能被那群老家伙比下去了！"

"冲！"

……

年轻人一个个像是一匹匹充满活力的狼一般扑了上去。

二

对于溪山村的村民来说，路实在是太重要了，而疏通一条挂壁公路又比修建一条挂壁公路要简单得多，只不过三天的时间，溪山村村民就已经把整个路给疏通了，虽然有几截路已经断得只能通过一辆自行车，但是好歹和外界之间的联系算是暂时先恢复了，村外面的物资也可以运到村子里面来了。

而接下来如何修补半山上的那些被泥石流冲毁的路，便是周楠的工作了。周楠作为省城理工大学土木工程学院永远的第一名，这些问题难不倒他。

周楠解决的办法也很有挑战性，在半山腰上立桥墩架桥，将原本冲垮的路面修补起来。当孟小敏看到周楠的设计图的时候，也被周楠这与常人不一般的思维给震惊到了，看到周楠那胸有成竹的样子，孟小敏忍不住说道："其实，让你来当溪山小学的校长，实在是有些太屈才了！"

"我说大姐，你搞清楚，这是我的专业！"周楠不无自豪地说道。只要自己的方案能够通过并实施，那么这道崭新的风景线就是属于自己的，而他在这条堪称"奇迹"的绝壁公路上也拥有了属于自己的印迹。

"你这样实施起来难度是不是有些太大了？"孟小敏忍不住问道。

周楠摇摇头："其实简单，借助现代化的工具应该一个月的时间就差不多了。到时候，咱们村里面就能通汽车了，你回去看父母的话也就会方便很多了。"

说到这里的时候，孟小敏的心里面微微地一颤，而周楠并没有注意到孟小敏的异样，而是继续说道："我已经对立墩的地质进行了考察，完全可以承受得住，再加上我参考了悬空寺的支撑原理，牢固性上来说应该是没有任何问题的。当然了，我的这个方案也是需要经过论证的，我已经通过网络把我的方案发给了我的导师，经过论证之后我们就可以开始动工了。"

"你就这么着急把路修好吗？"孟小敏突然间问了一句完全不相关的话，而说完之后她便将满是期待的目光望向了周楠。

周楠不假思索地说道："那是自然了。你想想，村里的哪一个人不盼着这条路赶紧修好？而且，我在这条路上面专门加入了一些自己的想法和设计，这样更有利于行人和车辆的出行安全。"

看到周楠那眉飞色舞的样子，孟小敏的心里更烦闷了。

孟小敏的心里面装着事情。她来溪山村已经三个多月了，父母托关系给她在省城的重点高中里面找了一个行政岗的工作，孟小敏的成绩在学校也是名列前茅的，父母把她的简历发过去之后，学校那边就同意接收了。再过一个月的时间，她就要到新的单位报到了。但是这段时间待在溪山，孟小敏已经从心眼里喜欢上了溪山小学，她喜欢这里的山，喜欢这里的水，喜欢这里的人，喜欢这里的一切，现在真要是让她离开了，她的心里面肯定是舍不得的。

"嗯，这里还需要再好好地修改一下方案。孟小敏，你先去忙你的吧，我还要把手头上的方案再修改一下。"周楠这个家伙压根就没有发现孟小敏此时心里面的那种纠结，只是沉浸于自己的工作当中不能自拔，甚至还直接给孟小敏下了"逐客令"。

孟小敏被这个家伙给气到了，一句话都不想再和这个家伙说，直接赌气地拄着拐杖离开了，在孟小敏的心里面，早就已经认定周楠这家伙有颗冥顽不灵、榆木般的脑袋！

短短三个多月的相处，孟小敏对周楠这个家伙也产生了好感，这种感觉一直在不停地发酵、不停地升温，周楠虽然有时和自己拌嘴，有时和自己争吵，但是孟小敏也看到了周楠的那种责任与担当。总体来说，周楠这个家伙还是不错的。

只可惜，这家伙面对感情和他的那个老爸一样木讷。此时的孟小敏也感觉到了和许秀琴一样的无奈。

周楠的实施方案很快就通过了自己导师的论证，完全是可行的。接下来周楠就要着手去实施，毕竟赶在冻土前完工还是很有必要的。村子里早一天通上车，村民悬着的心就能早一天放下来。

但是，真的想要实施这个方案，那就必须得得到周大山的首肯。周楠知道，接下来要打的是一场硬仗。

一天晚上，周楠找上了自己的老爸，把自己的实施方案递给了他。周大山在接过那份实施方案的时候，脸上露出了欣然的神色，不过当他开始翻看的时候，脸上的笑容越来越少，渐渐地所有的笑容都消失不见了，而此时两人之间的气氛也逐渐变得凝重起来。

"这就是你写的实施方案？"周大山冷哼了一声，然后把周楠写的实施方案重重地摔在了地上，指着周楠的鼻子直接破口大骂："这做的是什么狗屁方案！这几年的书你都读到狗肚子里面去了？"

周楠没想到自己只不过是对那条路做了一些小小的改动，周大山居然有如此强烈的反应，这个是他始料未及的。周楠捡起摔在地上的实施方案，说道："爸，这方案是经过专家论证的，是有科学依据的，在咱们溪山村完全能够用得上，而且这些调整和改动都是我针对咱们溪山路况的特点做的，完全符合咱们溪山村的实际。"

"放屁！"

周大山气得连话都说不出来了，用手指着周楠："你只不过是刚刚盖好了一所小学，这尾巴就已经翘到天上去了？就咱们村口的那条绝壁，哪块石头稳、哪块石头松，我周大山知道得一清二楚。你想要修缮我的路，我不反对。但是有人要弄毁我的路，就算是我亲生的臭小子，我也会拿鞭子把他给活活抽死！"

三

　　不得不说，周大山这次的反应真的是出乎周楠的意料。不过周楠也是一个讲原则的人，面对着来自自己老爸的质疑，周楠心中的脾气也被激发了出来，他手里紧紧地攥着从地上捡起的实施方案，拍了拍上面的土，然后执拗地瞪着自己的老爸："你的那些个经验过时了！现在讲的是科学。"

　　"科学？你的意思是我就不科学了？当初修这条路的时候，谁知道什么是科学？谁懂什么叫科学？要不是我们不停地探索、摸索，能修成这条路？哦，现在你跑到我跟前来给我讲科学啦？"周大山气哼哼地说道。

　　眼瞅着两人之间的"火药味"越来越浓，孟小敏直接到隔壁去找许秀琴了，只要这两个人一吵，能够同时压制住这俩人的也就只有许秀琴了。

　　"凡事都要讲理的，溪山的挂壁公路坡度大，一般来说，普通公路的最大坡度为10%，高速公路的最大坡度为5%，而积雪寒冷地区的最大坡度的推荐值应该不大于6%，而不同的设计时速对道路要求的坡度是不同的，最大坡度一般从3%到10%不等，最小的也不宜小于0.3%。我测算过了，咱们挂壁公路的最大坡度达到了17%。要是不采取一些安全措施的话，安全系数会大大降低。"

　　此时的周楠苦口婆心地解释着，因为他不想跟自己的老爸吵，所以就只能用数据来摆事实、讲道理了。但是现在的周大山不能理解，好好的平坦的路面，车走在上面多舒服，周楠为什么非要弄成一块一块的裂纹，就好像路面是烂的一样。周大山不能理解，他也不想理解。

　　"别跟我提这些，这些我都不懂，无非就是限个速嘛，这个问题不是很好解决吗？"周大山满不在乎地说道。

　　周楠看自己的老爸根本就不吃这一套，继续说道："爸，这样吧，我先不说这路的事情，我就先说说这车的事情吧。你知道吗，汽车在陡坡上行驶，会导致车速降低，而爬坡时间过长，汽车水箱会出现沸腾、水阻的现象，以致行车缓慢无力，甚至会导致发动机熄火，机件磨损也会增大，驾驶条件的恶化容易引发交通事故，或是由于汽车轮胎与地表摩擦力不够而引起车辆轮胎空转打滑，甚至后滑溜，这是其一。其二，在沿着长陡坡下行的时候，时间长了制动会因发热失效或烧坏，从而也会容易导致交通事故。其三，在咱们挂壁公路中，有三个凹形转折处、两个凸形转折处，这同样也会因为路面的平滑而导致事故。道路纵断面上的坡度线，一般由许多折线组成，汽车在经过这些折线处时会产生冲击和颠簸。当遇到凹形转折处时，由于行车方向突然改变，会使人由于突然间的失落或超重而引起不适，更会因为向下离心力的作用，引起车架下弹簧超载而发生车毁人亡的事故。至于在凸形转折处，司机的视线可能会受阻，满足不了行车视距的要求。"

周楠侃侃而谈，目的只有一个，他要对溪山挂壁公路重新进行设计。而他这么做，势必会把周大山这一辈子都引以为傲的东西改得面目全非，这势必会激怒周大山。

周楠深知这一点，但是他更明白必须得这么做。一是为了安全，二还是为了安全，三更是为了安全。

挂壁公路是周大山他们一锤一凿弄出来的，这是一份沉甸甸的荣耀，谁要是否定这条路，那无疑就是在践踏他们的尊严。周楠想要改变，就必须要说服周大山。但是周楠忘记了，这不仅仅是一份荣耀，更是一种情怀。

"说这么多东西，我不懂，我只知道挂壁公路从建成那天起，就没有发生过一起交通事故。别一天天地说这个科学、那个真理，我们把这条路修成了，那就是科学，那就是真理。真的是刚上了几天学就戴上眼镜在老子面前冒充先生了？你还嫩了点儿！"周大山被周楠气得不轻。

"爸，我这不是跟你讨论呢嘛，你怎么就这么固执呢？"周楠急道。

"固执？老子这一辈子一直都固执！要不是老子固执，溪山村的村民到现在还是一群井底的青蛙，一直都跳不出去。我告诉你，修路可以，但是要破坏我的路、改我的路，门都没有，想都不要想！"周大山气哼哼地吼道。

就在这个时候，一个女人在腰前的围裙上轻轻地擦了擦手，然后走了过来，对着两人说道："好好的这是干啥呢？看看你俩成啥样子了，这不是让人笑话吗？不就是关于修路的事情吗？刚才我在院子里的时候就听清楚了，你们爷俩说得都有道理。不过，我倒是觉得小山的考虑是对的。"

许秀琴这么一开口，周大山瞬间有些泄气，干瞪着眼睛盯着自己的儿子。

"不过小山，还有一句话你可得听你婶儿的。我知道你是出于好心，但是呢，你必须尊重我们这一代人对溪山的挂壁公路所坚守的感情，溪山的挂壁公路在我们这一代人的心里面，那可不仅仅是一条路那么简单。"

周楠点点头，他能理解，但是他不懂秀琴婶儿到底要说什么。

在周楠的印象当中，那只不过是一条路，虽然寄托着周大山他们的热血青春，但那只是挂在绝壁上的一条路而已，伟大是伟大，壮举是壮举，但是这条路所承载的那种厚重，周楠并不知道，因为他没有经历过那个热火朝天的时代，更不会懂得那个时代干成这么一件惊天动地的大事代表的是什么。

看着周楠的样子，许秀琴只是平静地说道："小山，你现在可能不懂一条路如何能够代表希望，或许再过几年你就能明白了。修路的事情，我觉得你可以按照你的想法去做，毕竟，这个时代是属于你们的。"

四

许秀琴的出现，让周楠坚定了自己的想法。他看了看还在生闷气的周大山，然后便拿着自己的实施方案出去了。这次溪山遭受灾害，所有的基础设施复修复建都是由县里来集中统一安排，周楠是县里面独有的一个可以自己设计实施方案的人，原本自己只想着拿出实施方案让周大山给点儿参考意见，没承想最后却闹到了如此不可开交的地步，这是让周楠没有想到的。

很快地，周楠的方案通过了，县里面的领导对周楠的实施方案大加赞赏。对于周楠来说，他其实一直很有野心，而这次的山洪袭来，让他的那个"野心"逐渐地膨胀了起来，因为周楠看到了机会。

施工很快就开始了，这段时间周楠一直泡在工地上，而学校这边的事情全权交给了孟小敏。

时间来到了十月份，周楠才稍微地松缓了一些，但是他和自己老爸的关系还是僵着，这父子俩的性格实在是太像了，都是"倔驴"一般的性子。

每天放学，周楠不管再忙再累，都要接孟小敏回家。孟小敏的腿已经好得差不多了，但是她依然喜欢趴在周楠的背上。不知不觉之中，孟小敏已经喜欢上了这种感觉，趴在周楠的背上，宽厚而又温暖，孟小敏很享受这短暂的时光。

"周楠，今天晚上教师培训班的课程全部都结束了。"孟小敏平静地说道。

周楠作为溪山小学的校长，听到这里的时候，心里自然是很满意的："是真的吗？那可实在是太好了！经过上次的翻修，咱们小学的硬件已经达到了标准。其实我最担心的并不是硬件，而是软件，咱们溪山的山沟沟里面太缺老师了，既然他们都已经接受了培训，那么咱们溪山小学的教学质量又能够提升一大截了！"

周楠在这方面实在是反应太慢了，孟小敏的心里面更是无比委屈，眼泪无声地从她那白皙的双颊流了下来。

"小敏，谢谢你！"周楠真挚地说道。只可惜，自己的后背并没有传来任何的声音。

突然间，孟小敏感觉到自己所受到的委屈全部在这刹那间爆发了出来。孟小敏双手捏成拳，狠狠地砸向了周楠的后背，仿佛是在发泄着自己心中的不满，她的声音也渐渐地变得哽咽了起来："周楠你这个大笨蛋，你快笨死算了！有一句话我一直都想要告诉你，可是我不知道怎么开口。既然我把我该做的事情全部都做了，那么我也要准备离开这里了！"

"离开？"

听到孟小敏的话之后，周楠的身子很明显地一僵，然后有些不可思议地问道："为什么要离开？在这里不是挺好的吗？"

最近太忙，周楠完全忽视了这个问题。而且和孟小敏在一起的时候两人虽然经常拌嘴，但是渐渐地，两人也发现自己的心中多了一颗属于彼此的种子，而这两颗种子不断地生长着，渐渐地生出了藤蔓，藤蔓不停地生长着，紧紧地裹住了彼此的心。就这样，两人的心好像被连在了一起。

孟小敏难过极了，就如同周楠所说，她在这里其实过得挺好的，她也很喜欢这里，喜欢这里的山山水水，更喜欢这里的每一个人、每一张脸，甚至就连鸟鸣虫叫，孟小敏都很喜欢。

但是，父母已经给她把工作找好了，她又拗不过家里人，所以必须得回去。孟小敏一直都拖着，拖着帮周楠最后一个忙，帮完之后她就准备从容地离开了。但是直到这一刻真的到来，她才发现自己压根就没有自己想象中那般从容。

"家里给我找了一份稳定而且收入不菲的工作，我要回去上班了。"孟小敏尽量让自己的声音听上去很平静。

周楠的心里被一种叫作失落的负面情绪给全部都填满了，他没料到分别来得如此之快，一下子，周楠就好像要失去最重要的东西一般，心里有些疼。

"那，你这次走了是不是就不准备回来了？"周楠问道。

后背上没有传来孟小敏的回答，周楠知道自己猜对了。周楠深深地吸了一口气，认真地说道："那就祝你一帆风顺吧。你放心，欠你的钱我一定会还你的，这点儿信誉我还是有的。"

孟小敏也觉得自己的心口好像是被什么给堵住了一般，她没想到自己在溪山短短三个多月的经历比她之前的所有生活加起来都更精彩。这里的人纯朴、热情，更纯洁、善良，与他们待在一起，孟小敏感觉很舒服，也很安心。当然了，与周楠虽然天天争吵，或许刚一开始的时候有谁也不服气谁的意思在里面，但是到了后面，两人之间萌生了不一样的情愫。

直到孟小敏发现自己真正喜欢上周楠的时候，已经晚了。两个年轻人在这崇山峻岭里面找到了共同的理想和追求，但也就是在这个时候，命运和他们开了一个不大不小的玩笑，孟小敏要离开了。

此时回家的路上，孟小敏和周楠两个人都突然间觉得时间过得太快了，两个人都想让时间在这一刻定格。但是，时间停不住，感情也留不住。一段热火朝天的感情，或许会败给时间，或许会败给空间，周楠和孟小敏都知道，随着时间的流逝、空间的隔阂，再深再浓厚的感情也会变淡，更会逐渐地遗忘，而这，或许就是感情的珍贵之处。

五

两人都没有再多说一句话，因为他们都不知道该说些什么，只能默默地朝着家的方向走去。对于周楠来说，他很希望孟小敏能够留下来，孟小敏又何尝不想。但是很多事情，不是你想就可以。

周大山最近有些气不太顺，最主要还是因为自己的儿子。自己不顾一切把儿子从省城里面给弄回来，目的只有一个，那就是希望儿子能够继承自己的事业。虽然儿子在外面有可能高薪厚禄，但是周大山并不希望自己的儿子是一个把物质看得特别重的人，而且周大山年纪也大了，在他的心里面，只有儿子才是自己的继承人，他希望儿子继承自己最为重要的遗产，不是钱，而是一种精神。

费了九牛二虎之力，儿子终于还是回来了，周大山一开始心里还是很欣慰的。

但是后面渐渐地就不一样了，周大山觉得自己和儿子的关系出现了裂缝，而随着时间的推移，这道裂缝渐渐地变成了难以逾越的鸿沟。到现在，他发现自己和儿子之间的交流几乎为零。周大山并不是一个感情细腻的男人，他对儿子的爱和期望，表现出来就会变成训斥和责骂，原本还算是融洽的关系瞬间就变得紧张了起来。周大山不会处理与儿子的关系，周楠也没学会如何和自己的老爸沟通，渐渐地两人的关系越来越僵。

周大山的心里很痛苦。只要心里面有事，他都会来到这里，从这里，可以看到整个溪山村，可以看到自己引以为傲的那条绝壁上的"奇迹"，只要看到它，周大山即便是有再多的不快，也会变得斗志满满。

但是这一次，周大山已经在这里坐了有大半天了，心情依然还是满满的失落，他也不知道自己为什么没有被治愈，还是很难过，虽然他也明白儿子说得不无道理，但是让他生气的地方并不在这里，而是他认为自己辛辛苦苦把儿子叫回来的目的并没有达到。

责任！

周大山想要让自己的儿子继承自己的责任！

周大山深深地吸了一口烟，然后将这口浊气使劲地吐了出来，仿佛只有这样才能疏解自己心中的那种郁结。眼前能看到的一切都是周大山要守护的，但是看着那已经被冲走一半的村庄，还有正在修的挂壁公路，周大山的眉头微微地皱了起来，这种改变实在是太大胆了，周大山的心里没有任何的底气。

"找了你大半天了，原来你又躲到了这里！"

就在这个时候，从周大山的身后传来了这么一个声音，周大山不用回头就知道身后的人是谁。

"你怎么找到这里来了？"周大山平静地问道。不知道从什么时候开始，只要这个人出现，自己遇到的一切难题都可以迎刃而解。三十年了，周大山并没有忘记自己的结发妻子；这么多年过去了，许秀琴是第二个可以走进自己内心的女人。

来人正是许秀琴。

许秀琴坐在周大山的身边，靠在周大山的肩膀上，然后同样望着远处的一切，平静地说道："你只要遇到什么犯难的事情或心情不顺畅的时候就会往这里跑，想不知道你的这点儿小秘密都难。"

周大山叹了一口气："是啊，我的所有心思好像都被你看得一清二楚的。"

"是小山那孩子吧？"许秀琴平静地说道，"这个我可得说一说你了，你得给孩子一点儿时间，别把他逼得太紧了。小山是个不错的孩子，他也是我从小看着长大的，甚至说得再过分一点，你甚至未必有我了解小山这个孩子。孩子长大了，再加上时代已经变了，小山这个孩子还是很本分的，有时候我都能从他的身上看到你年轻时候的影子。"

"他要是像我的话就不会总是来惹我生气了！"尽管周大山不想承认，但许秀琴的话确实有几分道理。

许秀琴笑着说道："这一点你还真的是错了，他并不是在惹你生气，而是想要以他的方式方法做事。你们父子俩谁都没错，出发点和目的都是一样的，只不过你相信你的经验，而他相信他的判定，仅此而已。"

听到许秀琴的话之后，周大山陷入了深思。

"小山的性格和你一样，甚至比你还要固执。不得不说，你把他叫回来确实是对的，而他确实也渐渐接过了你身上的重担，从这段时间的点点滴滴就能够看得出来，小山甚至在某些时候、某些方面做得比你更好。"许秀琴淡淡地说道。

周大山看了许秀琴一眼，然后眼神中多了一抹异样的神采，代表着释然。

看着远处的那已初具雏形的公路，周大山的心里面升起了一种异样的感觉，就在这一刻，他感觉到属于自己的时代好像已经结束了，而属于年轻人的时代已经来临，就像那一个个的桥墩一样，他们那一辈人是要打洞修路，而周楠这一辈的年轻人则是想着架桥修路。

或许时代真的变了！

此时周大山平静地说道："是啊，我要是以我的标准去要求他，就是在无形之中给他套了一层束缚和枷锁，而或许他能够发挥的空间比我大，眼光比我远，我把我的想法强加给他只能是禁锢他的思想。"

　　"没错。正是因为如此，你才要去信任小山，相信小山一定能够以你为目标和榜样，带领着大家走下去的，而这，不也正是你周大山费尽心机地把儿子弄回来的最终目的吗？我相信小山一定能够做到的！"许秀琴坚定无比地说道。

第九章　世界那么大

一

孟小敏下定决心要离开了。

在溪山的这段时间，是她过得最快乐的时光。孟小敏感觉在这里，自己找到了作为教师的价值与意义，即便再苦再累，她也没有任何的抱怨，更没有撂挑子，总是以热情饱满且高涨的态度去面对每一天。

孟小敏和周楠，这是一对欢喜冤家，两个人每天都在上演着"相爱相杀"的戏码，但随着相处时间的增长，孟小敏对周楠的态度也渐渐发生了变化。现在周楠已经深深地烙印到了她的心里。虽然她也很舍不得离开，但是有时候有些事情并不是自己能够决定的。

马上就要离开溪山了，孟小敏的心情很沉重，原本脸上一直都挂着的笑容也渐渐地消失了。

周楠知道这终究是要来的，虽然他已经有了心理准备，但是当这一天真正到来的时候，周楠的心里面还是有些异样的情绪在蔓延着。他默默地替孟小敏打包好行李，然后把孟小敏送出了门。

入了秋的山间清晨，总是会夹杂一种令人心生凉意的寒气，而此时山间的秋叶黄一片、红一片、绿一片，层层叠叠，如同一幅绝艳的油画一样展露在了孟小敏的眼前，映照着远处的褐色绝壁，还有一重又一重的山。孟小敏看到这一切的时候，忍不住深深地吸了一口气。无比眷恋又无可奈何，孟小敏还是踏上了归程。

"就这么走了吗？"这个时候的周楠问了孟小敏一句，"不让那些娃娃知道，这样不太好吧？那些娃娃可是很喜欢你的，要是让他们知道你偷偷地走了，不知道会哭多长时间呢！"

孟小敏坚定地点点头："不能让他们送，我最受不了离别了，我还是悄悄地走吧，正如我悄悄地来，我挥一挥衣袖，却是带不走这一片油彩！"孟小敏说的油彩就是溪山这美艳如画的风景。她没想到真正到了要离开的时候，却没有丝毫开心，反倒是充满了遗憾，没错，就是不能留在溪山的遗憾。

周楠带着孟小敏来到了村口，现在挂壁公路还在修着，通向市里的农村客运也只会在山上停一下，没法往村里面绕。两人沿着挂壁公路缓缓往上走，孟小敏这一次走得非常慢，此时的她也在等着周楠开口让她留下来，只要周楠说出口，那么她肯定会想办法留下来的。但是，自始至终，孟小敏压根就没有听到这一句话。女孩子都是矜持的，这种事情不是男孩子主动的吗？等周楠这句话就这么难吗？

"我走累了，你背着我走好不好？"这个时候，孟小敏突然停下了脚步，对着周楠说道。她的心里面满满的都是埋怨，是对周楠的埋怨。

周楠看了看远处，然后点点头："好！"

周楠蹲下身，孟小敏很快地就爬上周楠的背，动作非常娴熟。感受到熟悉的温暖和味道，孟小敏的心在这一刻又被融化了。孟小敏有些动容地说道："周楠，你是不是真的希望我快点儿走呢？你知道我在等什么，为什么不给我一句话呢？"

周楠不傻，他自然知道孟小敏在等什么，但是他不敢做出这样的承诺。孟小敏是城里人，而他是乡下人，差距必然存在，而且周楠已经决定了这辈子就留在溪山村，真要是说出那句话，对于孟小敏实在是太不公平了。

"咱们俩这也算是同事一场了，我只希望你能够一帆风顺。"良久，周楠克制住内心的冲动说出了这么一句绝情的话。

孟小敏也没有接话，眼泪从眼眶里面涌了出来，顺着脸颊滑过，滴在了周楠的后背上，而此时的周楠并没有感觉到。或许这就是缘分，相识的时候彼此心中都是恨，但是等他们要分开的时候，两人心里都已经有了彼此，却又无法忍心让对方放弃，所以最后只能留下深深的遗憾。

孟小敏的目光顺着远处望了过去，远处是溪山，是所有故事开始的地方，而近处是溪山村，容纳着自己最快乐的时光。只是现在，故事结束了，自己这个外来人也要踏上归途了。但是为什么她心里面如此难过呢？难过到即便哭出来了，心里面的痛却半分未减。

"你说，我们以后还会不会再见面？"孟小敏忍不住地带着一丝丝奢侈的期盼，哽咽着问周楠。

周楠已经习惯了就这样背着孟小敏，听见孟小敏的话之后，周楠并没有立刻回答，过了一会儿之后，他说："席慕蓉有一首诗，《一棵开花的树》。我想这应该就是我的答案了。"

孟小敏的眼泪再一次不争气地落了下来，她轻轻地吟诵道："如何让你遇见我，在我最美丽的时刻。为这，我已在佛前求了五百年，求它让我们结一段尘缘，佛于是把我化作一棵树，长在你必经的路旁。阳光下慎重地开满了花，朵朵都是我前世的盼望。当你走近，请你细听，颤抖的叶是我等待的热情。而当你终于无视地走过，在你身后落了一地的，朋友啊那不是花瓣，是我凋零的心。"

这是一首很美的情诗。但是此时孟小敏只感到一种淡淡的悲伤。

孟小敏最终还是踏上了归途，不是周楠不想挽留，而是周楠不知道应该如何去挽留孟小敏。其实放手也是一种爱，周楠不想让孟小敏这辈子都和自己一样待在这小小的山沟沟里面。

望着那远去的中巴车，周楠的心中五味杂陈，他的心仿佛也被这辆车带走了，他呆呆地站在原地，心里空落落的。

二

周楠浑浑噩噩地回到了村里，回到了溪山小学。没有孟小敏，周楠觉得自己的世界一下子变得暗淡了许多，甚至失去了所有的色彩，只留下了黑与白。周楠知道，今天一别，日后再相见已不知是何年。

周楠并没有时间疗伤，孟小敏走了，学校的一切事务都需要他来操心，溪山村的那条挂壁公路的修复工作也在如火如荼地进行着，工地上的事情也需要周楠去主持。周楠故意把自己弄得很忙碌，这样的话他就没有时间去想孟小敏了。

只不过有时候夜深人静，周楠还是忘不了那个从山上滚落下来的女孩，只要一想到孟小敏，周楠的嘴角就忍不住地扬起一丝甜甜的笑意。对于周楠来说，这是属于他一个人的最美好的回忆，就算再来一次，周楠还是会坚持把孟小敏送走。爱情这个东西，绝对不能自私，尤其是对于所爱之人，要想尽一切办法为对方考虑，只为自己着想的爱，就是自私的。

溪山的桥墩已经立起来了，在那绝壁之上如同几根擎天的柱子，将挂壁公路冲毁的那几段全部都给接上了。而且这一次周楠采用了龟裂纹路面来增加摩擦力，而这前所未有的路面，确实是征服了施工方。经过周密的计算之后，挂壁公路确实存在着一定的安全隐患，而周楠的这种解决办法也把风险直接降到了最低。

"周工，你这设计实在是太神了！"工程队的技术员在面对周楠的时候，更是忍不住对周楠竖起了大拇指。

周楠很是自信地说道："没办法，现有的情况就是这个样子的，既然不能改变参数，那只有通过其他的途径来减少安全隐患了。这种龟裂纹的路面，无形之中增加了路面与轮胎之间的摩擦，会让车辆的速度一点一点地降下来，只要车速下来了，出事故的概率那可是要大比例下降的。"

　　"果真是厉害！周工，像你这样的技术员，我们公司可是很缺的，无论是路面的设计，还是桥墩的选择，我们那里可没有一个人敢这么做，你是当之无愧的第一人。"技术员毫不掩饰对周楠的赞赏。

　　"梁工，你客气了。"周楠笑着说道，"这里是我的家乡，我对这里的一切都无比熟悉，这对我来说其实不算是一件难事。"

　　周楠的谦虚并没有让这位年轻的技术员就此打住，而是继续追问道："周工，看你这么专业的样子，你应该也是学土木工程的吧？"梁技术员一脸好奇的样子，让周楠感觉到有些好笑。这位梁技术员一看就是刚从大学毕业的学生，脸上还带着一丝丝稚嫩，对一切都充满了好奇和激情，周楠很喜欢他身上的这种朝气。

　　"没错，我是咱们省理工大学土木工程专业的毕业生。"周楠一本正经地说道。现在村里人只把他当成是溪山小学的校长，哦，对了，只有自己的老爸才会记起自己的另外一重身份，那就是溪山村的护路工。但其实这都不是自己的专业，自己的专业那可不仅仅是盖小学、护路修路。

　　"哦？居然是师兄啊！"听了周楠的话，梁技术员更加兴奋了，但是心里也更加疑惑了，"师兄，你毕业后怎么没去那些大的建筑公司啊？怎么还跑回这个小地来了啊？"

　　周楠无奈地叹了一口气："这个嘛，是家里人的意思。不过这个不重要，梁工，这几个桥墩我所选的位置都是很牢固的点，但是在施工的时候你要多注意一下，千万不能出现任何的偏差，要及时地进行数据修正，一旦偏差越过了稳定值，就必须要立刻停下来。桥墩的墩身强度、基底应力、偏心以及桥墩的稳定性那些参数都是很重要的。"

　　"请师兄放心，具体的参数出来的话我会第一时间给你的，这些参数只有交到师兄手里面才能够验证是否合格。"这个梁技术员对周楠十分崇拜，毕竟这样的设计他别说是着手做了，连设计都不敢设计，周楠的这个设计理念无比超前。

"嗯，好，麻烦你了！"周楠笑着说道，"哦，对了，这条挂壁公路可是我们溪山村的象征，有时间你多去那里看一看，或许放到现在这些不算什么壮举，但是三十年前，我们连一台大型的设备都没有，这挂壁公路可是我们村里的人一锤一凿修出来的，你看一看，或许会对你有所启发。"

梁技术员感激地答应着。

公路的灾后重修工作应该能够赶在冻土之前完成，这给周楠吃了一颗定心丸，别的不说，至少村里的父老乡亲们应该能过个好年了。

之后，梁技术员第一时间将参数反馈给了周楠，周楠此时正在学校对其展开研究。周楠一点也不敢马虎，毕竟这桥墩是按照他的设计立的，周楠要对自己的设计负责，更要对这条承载很多的挂壁公路负责，这份责任沉甸甸的，压得他有些喘不过气来。

停下笔，周楠轻轻地吐了一口气，所有的参数一切正常。当然，这仅仅是第一阶段，要是再加上支撑的路面的话，这些参数是否还能够保证在正常数值之内，周楠还需要花大量的时间去论证。不过过了第一阶段，周楠的心里面充满了信心。

就在周楠准备站起来揉揉眼睛、伸个懒腰时，一个人从外面跑了进来，看到周楠，他急急地说道："小山哥，支书要在村委会开会，这次特意让我来喊上你，说是有重要的事情要讨论，而且要求务必要参加，不允许缺席、不允许迟到，更不允许请假。"

三

周楠没有想到，自己居然被村委会拉来开会了。

周楠更没想到的是，自己被拉过来的原因居然是要履行承诺。至于要履行什么承诺，周楠不清楚，他就像丈二的和尚，摸不着头脑。

"好了，开会！"

此时，周大山神色平静地从屋外走了进来。村委会的会议室并不算大，大家坐得更是满满当当的，周楠坐在一个角落里，今天开会，他是一点儿准备也没有。

"前段时间长时间的降雨，引发了严重的泥石流和山洪水，对我们溪山村造成了极其严重的影响。县里面对我们溪山的受灾情况很是重视，当下便成立了专项工作组，专门负责救灾和灾后重建的相关事宜。想必大家这段时间也看到了，咱们村口的路正在修。"周大山说到这里的时候，还专门把目光望向了周楠，两人这段时间各自忙各自的，有时候回到家里甚至连说一句话的时间都没有，"据说修路的进度非常顺利，这次很有可能会在冻土前彻底地完成，这样的话，外面的救灾物资也能够及时地发到每个人的手中，大家也能够和往年一样过个祥和的春节了。"

说到这里，会议室里面立刻响起了雷鸣般的掌声。

周大山压了压，然后继续说道："要感谢党和国家能够想着咱们老百姓。今天去县里开会，我也带回来了县里的指示。县里的领导非常重视大家，我告诉领导大家的精神并没有受到打击，而是在积极地组织重建家园。"

周大山说到这里的时候，稍微地顿了一顿，然后继续说道："回来之后我也询问了几家受损严重的村民的意见，他们一致提出把自家房屋的复建工作交给周楠来做。"

周楠一愣，现在他终于明白自己为什么会出现在这里了，原来是因为这个。此时的周楠也有些哭笑不得了。原来如此，自己在指挥防汛的时候确实说过那么一句话，没想到朴实的村民直到现在还记在心里面呢。

"周楠，你怎么说？"周大山直接把所有人的目光拉向了周楠，此时的周楠瞬间就成了大家的焦点。

周楠毕竟是接待过市里和县里的大领导的，自然不会在这个时候怯场，此时的周楠清了清嗓子，稍微顿了顿，组织了一下语言，便说道："这个嘛，我确实是答应过大家的。当然，这个承诺我是绝对会履行的。"

周大山的眉头皱了皱，其实此时周楠的道路已经偏离了自己的预期，他可不希望自己的儿子只是一个替人盖房子的泥瓦工。但是当着这么多人的面，周大山又不好对着自己儿子发火，只得尽量让自己声音平静地说道："你现在手上头的事情也不算少，饭要一口一口吃，路要一步一步走，别想着一口吃成个大胖子，也别想着走三两步就能够找到捷径，没有捷径是那么容易走的。"

"这个请村委会放心，我保证完成任务。"这个时候的周楠心中已经有了主意，这可是一个好机会，一个可以离自己的梦想更进一步的机会。

周大山的脸色已经变得很难看了，不过周楠的话说得也很强硬，周大山只好淡淡地说道："这个事情下来再继续讨论吧！"

很明显，整个会议室的人都明白，周大山并不想让儿子替村里的人盖房子，可是为什么呢？

周楠已经暗暗地下定决心了，这是一个绝佳的好时机，而且还能够节省一大笔的开支，这对于整个溪山村来说，将会是一次翻天覆地的改变，到时候一定会让所有人都惊讶。想到这里，周楠的脸上露出了一丝迫不及待的焦急神情。

但是在会上，周大山的态度已经很明显。只不过这一次，周楠想要坚持自己的想法，自己老爸那一关是必须得过的，但不是现在。拿定了主意的周楠便不再言语，他相信只要自己的方案一出来，必定能够争取到周大山和村里所有人的积极响应和支持，周楠有绝对的信心。

当天晚上，周楠便开始策划。

"小山！"这是周大山第一次主动找自己的儿子谈话，他只是希望儿子能够放弃，"有事找你好好地聊一聊。"

周大山在面对儿子的时候，心里面一直都有一种难以言状的愧疚，在儿子最需要自己的时候，自己在带着村里的人修一条史无前例的路，而在儿子成长的过程中，自己又错过了他的一切，初中、高中，甚至是大学。而且即便后来自己把儿子千方百计地给弄回来了，两人之间的嫌隙也就此产生了。可以说，周大山和儿子之间极度缺乏沟通。

"爸，你来得正好，我也有事要找你聊一聊。"周楠的心里很是兴奋，从他回到这个小山村以来，他并没有气馁，更没有抱怨，他能够理解父亲把自己弄回来是为了什么，但是周楠也有自己的想法。

父子俩第一次面对面坐着，而此时的周大山轻轻地咳了两句，然后稍微地掩饰了一下自己内心的尴尬，这才继续说道："小山，我知道我把你弄回来，你心里面肯定会有许多怨言，我也希望你能够理解我。"

周楠点点头："老爸你就放心好了，这件事我早就已经放下了。而且我到外面学习的目的，就是要回来建设咱们溪山村，其实我回来了也好。"

"哦，你能理解就好，那我也就放心了。"周大山尴尬地点了点头，"我一直希望你能够把自己的本职工作做好。现在小学已经逐渐地步入正轨，我倒是觉得你应该抽身出来了，好好地把养路护路的工作做好，至于其他的，你是不是可以先放一放了？我倒是觉得，既然你在护路工这个位置上，那就得在其位谋其政吧？"

周大山话里话外的意思，已经让周楠明白了自家老爸找自己谈话的目的和用意了。

四

周楠此时面临着两难的选择。自己的老爸周大山希望自己把护路工的工作做好，而周楠想要做的事情还有很多。

"爸，护路工的工作我会做好的，但是我也承诺了村里的乡亲们要帮他们盖房子的。"周楠在知晓了自己老爸的用意之后，索性也不藏着掖着了，直接把话头给挑明了。他知道父亲对自己的未来肯定是有规划的。不过话又说回来，没有一个人愿意过被安排好的生活，周楠亦是如此，哪怕给自己规划人生的人是自己的老爸也不行。

周大山的眉头皱了起来："盖房子那是泥瓦匠的活计，周楠，溪山村的以后可是要交到你手里面的，你也说你要把溪山村给建好，如果只是盖几个房子，这不是建设溪山村。"

周大山的话，周楠并不赞同，他一本正经地说道："爸，这你可就说错了。大厦之成，非一木之材也；大海之阔，非一流之归也。我给大家盖房子，那就是在建设溪山村，其实我并没有觉得这二者有什么不一样。至于我的本职工作，我在这里向你保证，我一定会做好的。至于给乡里乡亲盖房子的事情，我也会一并做好的。"

"贪多嚼不烂！"周大山见儿子固执到不愿意听取自己的意见，却也是无可奈何，自己的这个儿子在性格方面和自己如出一辙，要是硬劝，那么只会适得其反。周大山第一次妥协了，而且还是在自己的儿子面前妥协。

父子俩这次谈话并没有达到理想中的和谐结果，毕竟这是时代与时代之间不可逾越的鸿沟，更是理念和时代之间的碰撞，结果就是谁也没能够说服谁。

周楠把大量的精力全部都投入到了改造溪山村的宏伟蓝图之中，这次村里的房屋有一半被山洪给冲走，却是让周楠把自己的计划提前了。溪山村未来的发展，自然不能仅仅靠农业支撑，想要让溪山村的经济有长足的发展，就必须要发展多样化的经济模式，而周楠一直认为最适合溪山村发展的是休闲度假的经营模式。

周楠一直都想要把溪山村的经济发展上去，这个构思从周楠回到村里来的时候就已经形成了。周楠的心中充满了抱负，并且无比坚定地认为，只要自己是金子，无论在哪里都是会发光发亮的。

溪山村一直都处在省城、市里、县里的中间地带，有着得天独厚的地理条件，再加上溪山的自然风光优美，植被的覆盖率达到了70%以上，可以说溪山就是天然的氧吧。山上有溪，山前有河，有连田阡陌，有青山碧水，从山脚的溪山村起就是溪山连绵起伏的山路，一路盘山而上，青山、绿水、飞瀑，满眼的绿意。约三五好友爬爬山、钓钓鱼，再尝一尝溪山当地的特色农家美食，好吃好耍，安逸得很。

最重要的是，溪山村离三城区最远的也就两个小时的车程，只要把路修好了，这里就是城里人周末休闲度假的好去处。

周楠一直都在心里规划着溪山村，想通过发展旅游、餐饮经济来带动溪山村的发展，甚至还能够打造成一张特殊的"名片"。之前周楠之所以没有操作，是因为他觉得时机并未成熟，溪山村的人已经习惯了那种种地的生活，真的要让他们放下锄头，他们一时半会儿是不会适应的，只能循序渐进来操作。

这场山洪冲垮了一半的房屋，县里出钱进行修复，而对如何修，自己可是有主动权的。想到了这里，周楠的心里便忍不住地激动了起来。他觉得自己仿佛是一个画家，面前摆着一张白纸，自己可以在上面随心所欲地挥毫泼墨。周楠之所以毫不犹豫地接下了这个有挑战性的工作，也是出于这个原因。

溪山村的发展，必须得靠一代又一代人的辛苦付出才行。周大山懂这个道理，所以才会不遗余力地把周楠给弄回溪山村；而周楠同样也懂这个道理，所以才会千方百计地想着要给溪山村改头换面。

父子俩的目的是一致的，但是却有着不同的理念，而这也是父子两人产生矛盾的最主要的原因。

周楠并没有放弃，而是坚持着自己坚持的。一想到自己的规划和蓝图，周楠的心里更加热血澎湃，属于自己的时代必将到来。周楠仰起头，仿佛看到自己的梦想已经实现，嘴角忍不住露出了一抹浅浅的笑意。

无论前路会遇到多少的艰难险阻，他周楠定然不会退缩。

此时的周楠脑海中突然间出现了一道靓丽的身影，每当周楠闲下来都会想到那个一直以来爱和自己拌嘴的女孩。人就是这个样子，在你身边的时候你会觉得烦，等离开了，你却又不舍，甚至还无时无刻不在想念。

孟小敏，那个女孩的一个笑容就能够给周楠带来无穷的动力和无限的信心。

可惜，人生总有聚的时候，也总有散的时候。

人非草木，孰能无情？无论周楠再怎么忙碌，想要用工作去遗忘一个女孩，但心里面已经有了她的位置，谈何容易？不过是自欺欺人罢了。

五

丁零零！

上课的铃声响了起来，孟小敏下意识地抱起书和教案往教室走。而等她反应过来，还是自嘲地坐了回去，然后看了看时间，脸上的表情看上去略微有些呆滞。回到省城的重点高中，在这里当起了一个还算是清闲的行政老师，事情少了许多不说，时间也充沛了不少，但是孟小敏还是感觉到了从身到心的疲惫。从溪山村回来之后，孟小敏就感觉到了这种疲惫。

孟小敏听从了父母的安排上了班，天天朝九晚五，准时准点地上班下班，但她对这工作一点儿激情也没有。

唉！

此时的孟小敏忍不住地叹了一口气，无奈地望了望窗外，是那自己百看百厌的"水泥森林"。而此时的她更像是一只被困在笼子里的鸟儿，想要飞却飞不出去，想要逃却逃离不了。

一想到这就是自己后半辈子生活的缩影，孟小敏的心里就升起了一种强烈的恐惧感，她都有些害怕自己真的会一辈子在这里碌碌无为。她忍不住地想到了那个让她一直都怀念不已的溪山小学，想到了那个即便是条件再艰苦自己也工作、生活得很开心的小学教师，现在的她一直在怀念自己在溪山村的一切。

唉！

孟小敏这个时候又不自觉地叹了一口气。

此时的孟小敏翻开手机，自从自己回来之后，周楠就一直没有理会自己，而且他的头像好像也总是灰暗的一样。手指在手机相册里面滑过，看到里面的那一张张照片，孟小敏的嘴角才悄悄地爬上了笑意。

看着照片里面的自己，还有和自己朝夕相处的那群山里的娃娃们，孟小敏此时更是抑制不住想要回到溪山的冲动。在那里，孟小敏才能够找到属于自己真正的快乐，而这份稳定而又安逸的工作，孟小敏并不喜欢，做得并不开心，甚至还有很强的抵触情绪夹杂在里面。在这里，她活得不像是一个活生生的人，而是行尸走肉。

翻看着手机里面的照片，孟小敏脸上的笑意愈发地浓了。她对现在的工作和生活是真的很不喜欢、很不适应，从来这里的第一天起，她就能够预料到自己十年后、二十年后的生活。

唉！

这已经是孟小敏第三次叹息了，这三声叹息，仿佛把她心里面所有的郁闷全都抒发了出来，但是很快地，她的心里面又被新的郁闷所填满。

突然间，孟小敏的手指停住了滑动手机屏幕的动作，她看到眼前的那张照片的时候，整个人都呆住了。手机屏幕里面的那个人站在一块石头上面，满怀激情地说着什么，从他的眼中折射出来的光芒，充满着精气神，是藐视着一切而又满怀着希望和动力的眼神。这个人是孟小敏熟悉的人，而这个场景也是孟小敏熟悉的场景，耳中，仿佛又听到了周楠的声音：哥几个，能让那几把老骨头把咱们年轻人的风头都抢了吗？我可是忍不了，我要让他们知道，谁才是年轻人！谁才是主力军……

扑哧一声，孟小敏忍不住地笑了出来。或许是感觉到了环境不对，孟小敏又赶紧捂住嘴巴，然后忍不住吐了吐舌头，此时的孟小敏心情一下子好了大半。

望着手机里的照片，自己的笑容无比灿烂。孟小敏的眉头突然间深深地皱了起来，而此时此刻她的心里面一直在纠结个不停，最终也不知道过了多久，孟小敏好像拿定了主意，脸上露出了释然的神色。

第二天一大早，孟小敏所在学校校长的办公桌上面，摆着一封信。

校长有些疑惑，而当他拿起那封信的时候，脸上的表情瞬间变得无比凝重，因为信封上面赫然写着三个字：辞职信。

这里可是省里的重点中学，每个人都挤破了脑袋想要在这里就职，而突然间有人要辞职，校长只觉得这人实在是太不理智了。

校长拿出里面薄薄的一张纸，上面只写了短短的四行字："世界那么大，我想去看看；梦想那么远，我想去试试！"

看到孟小敏这个名字的时候，校长根本就没有任何的印象，当他知道辞职的女孩是一名行政老师之后，只是在心里面忍不住地嘀咕了两句：实在是可惜了，也实在是过于冲动了，这么好的工作岗位，那可是打着灯笼都找不着的，这个女孩子居然就这么轻而易举地把这个岗位拱手送了出去，实在是太傻了！

很快地，孟小敏这个名字，在整个重点高中一下子就出了大名，甚至引得许多个性鲜明的老师也想要效仿她，可惜的是，当下便被校长严厉地制止了，当然这些都是后话了。而孟小敏的这封辞职信比她自己更出名，没有人知道的是，交了辞职信的孟小敏，只觉得浑身上下无比轻松，套在自己身上的那重重的枷锁仿佛在这一瞬间全部都卸掉了，她自由了。

她在这里实在是待不下去了，溪山小学和那里的娃娃们仿佛有一种神奇的魔力，在吸引着她回到那里。在那里，她有割舍不下的感情，更有无法放弃的事业。或许在那个小地方，做的事情无比平凡，但是在孟小敏的眼里，能够将平凡的事情做好，就是伟大。

孟小敏的父母对于女儿这样出格的举动，也是无可奈何。他们是最熟悉自己女儿的人，只要女儿认准了，就算是十头牛都拉不回来。而且他们看着女儿天天并不开心的样子，心里面也隐隐地有些担心。到了后来他们释怀了，与其让女儿这么不开心地活着，还不如让她选择自己想要的生活，只要她开心就好。

得到了父母的同意之后，孟小敏就这样辞职了。

第十章　我又回来了

一

　　"你疯了？"

　　此时，在一间别致而又安静的西餐厅里，孟小敏和她的两个关系最好的闺密正在吃着饭。孟小敏准备回溪山村了，所以在临行之前和最好的朋友坐在一起吃个饭，而孟小敏也当众说出了自己的打算，结果换来的却是自己闺密的不理解。

　　黄玲、董林苒和孟小敏一起长大，从小学到大学，三个人基本上都在一起相互陪伴着。她们三个好姐妹可以说是无话不谈的好朋友，对于孟小敏的这个听上去就不可思议的决定，两个闺密都觉得孟小敏是疯了。一般来说，别人都是拥进城里生活的，鲜有人从城里往农村钻，她们不知道孟小敏这是被什么吸引，认准了死理非要去那里。

　　"你可想好了，那里可是一个穷地方，真要是在那里生活的时间长了，你想回来都不一定能回来。"董林苒有些担心地说道。农村那个地方她还算是比较熟悉，每年陪着老爸回老家的时候，董林苒都能够感觉到诸多的不方便，孟小敏真的要住在那里，她习惯得了吗？

孟小敏听了董林莳的话，平静地反驳道："你这是戴着有色眼镜了。现在的农村建设得一点儿都不比我们城里差，而且我所在的那个小山村，景色迷人，环境优美，要是你们去过那里的话，肯定会爱上那里的。"

两个闺密看到孟小敏那一副深深陶醉的样子，对视了一眼。对于孟小敏的决定，两人并不能够理解。

"我说，看你这样子，不会是那里有什么让你迷恋的帅哥吧？"突然间，黄玲想到了一种可能，直接脱口而出。在这两个闺密的认知中，能够让孟小敏如此义无反顾、不顾一切地跑到一个穷乡僻壤、交通不发达、经济更不发达的地方，除了这一种解释之外，还真的不好理解孟小敏这种令人费解的行为。

孟小敏忍不住地俏脸一红，心事被自己的好闺密给说中了。其实她想回到溪山村，其中有一部分的原因就是周楠。

看到孟小敏的样子，两个女孩也都懂了，很有默契地对视了一眼，眼里都快要闪出星星来了："不会吧，真的是帅哥？"

"帅倒是不至于，不过有时候倒是还算可以。上次我在溪山遇险的时候，就是他救了我。"孟小敏也不作隐瞒，大大方方地说道。

"叫啥名字？家里是干啥的？"黄玲迫不及待地想要知道一切，董林莳早就已经摆开了架势，看那个样子，也是要打破砂锅问到底了。

孟小敏对这两个闺密实在是太无语了："名叫周楠，就是溪山当地人，省城理工大学土木工程专业毕业的。至于长成啥样，到时候你们就知道了。"

看着自己两个闺密一副意犹未尽的样子，孟小敏赶紧转移了话题："当然了，这次我回溪山，最主要的原因可不是他，而是那些想要上学的孩子们。"

孟小敏继续说道："我知道你们俩要劝我，但是我的性子你们是最清楚的，只要我认准了的，没有人能够劝得动。或许在省城，有没有我这一份力量其实都不重要，但是在溪山，我这一份力量就显得很重要了。"

黄玲和董林莳想要说什么，直接被孟小敏给打断了。孟小敏说："其实这段时间回来工作之后，我就一直在考虑，留在省城有一份稳定而又安逸的工作其实也挺好的，但是我不想这辈子就这么过，这不是我想要的生活，当个行政老师也不是我的理想，我宁可在三尺讲台上，虽然累虽然苦，但是那是我喜欢的。"

"溪山村虽然经济发展速度不算太快，但是那里的人们活得比我们有精神头儿。你们知道吗？在溪山村有一条挂壁公路，那是溪山村的村民在三十年前用锤子和凿子一下一下修成的路。他们活得有目标、有激情，我喜欢那里的环境，更喜欢那里的氛围。"

孟小敏一口气说完了。

"小敏，看来你是下定决心了。"董林苒欲言又止，"如果你在那边过得不快乐的话，欢迎你随时回来。现在你还年轻，作为你的好朋友，我们希望你做任何决定之前一定要慎重，有时候草率地做出了决定，就要承担这种草率带来的苦果，我们不希望你到时候后悔。"

黄玲在一旁关切地附和着。

孟小敏郑重地点了点头，继续说道："这个嘛，我是绝对不会后悔的，无论如何，我是一定要回去的。我放心不下那里的一切，我这不是脑门一热，而是经过深思熟虑之后才做出的决定。在辞职后的这几天我也一直在考虑，也在问自己想要什么，经过这么多天的考虑，我得出了答案，那里有我心中一份沉甸甸的责任。"

看着孟小敏吃了秤砣铁了心，两个闺密也没有再劝什么，只是把这次聚会当作了孟小敏临别前的送行。三个女孩有说有笑地聊着天，从她们那里传出了欢声笑语，尤其孟小敏是最开心的，因为现在没有什么能够阻拦她回到溪山村，回到那个一直都让她魂牵梦绕的地方，回到那个寄存了她许多快乐和开心的地方。

几天后，孟小敏就独自一个人踏上了去往溪山村的大巴车，陪着她一起的，是她给溪山小学的娃娃们带的两大箱子图书，这是孟小敏用来丰富娃娃们的知识的，也算是送给娃娃们的"见面礼"。

此时坐在大巴车上的孟小敏心里无比激动，她又可以回到溪山村了，而这一次，孟小敏放下了所有的包袱和枷锁，轻装上阵的她感觉到格外兴奋。马上就能够见到周楠了，而这一次，她要给周楠一个大大的惊喜。

二

周楠这些天除了要去视察挂壁公路那里的工程施工情况之外，将自己大部分的精力全部都用到自己心中的那个梦想上去了，几乎是没日没夜。周楠表现出来的无比的热情，即便是周大山心里面也是惊诧不已。

"大山，你说小山这孩子不会魔怔了吧？"这个时候，许秀琴通过窗户望着屋内的周楠，看到周楠坐在桌子前，面对着自己的笔记本电脑，手指不停地敲着什么，一会儿抓耳挠腮，一会儿眉头紧锁，一会儿又展颜大笑，看得许秀琴心里更是有些跌宕起伏，正好周大山路过，她便忍不住一把拽住了周大山，关切地问道。

周大山没想到自己的儿子居然如此固执，看来自己那天的劝说并没有任何的成效，周楠依然坚持着自己的想法，并没有丝毫要放弃的意思。

"没事，别管他。"

周大山竟在自己儿子身上感到了一丝挫败。

许秀琴自然没有理会周大山赌气的话，而是继续说道："你看你把孩子给逼的，他要是想给村里人盖个房子就让他做好了，你还怕他盖不好啊？看看他盖的小学，既结实又美观，难不成你还一直让他当那个啥都不是的护路工啊？"

周大山摇摇头："其实，我只是想要让他有点儿责任心。我对小山可是寄予厚望的，但是年轻人嘛，有时候不能被捧得太高了，必须得先吃点儿苦头，只有吃够了苦头，以后才不会被任何困难打败。"

"你想要'磨刀'？"许秀琴这个时候才明白了周大山的意思。

周大山笑着点点头："没错，就是要'磨刀'。他和其他的孩子不一样，其他孩子可以考个好大学就留在省城里，为了自己的前程，为了改善一个小小家庭的生活质量而努力拼搏。小山身上背负着溪山村未来的发展，在他做好准备之前，我会一直给他压担子的，直到有一天他能够有足够的力量和心境承担起这份重任，而那个时候，我才能放心地把溪山村交到他的手上，让他带领着溪山村完成全面建成小康社会的任务。"

许秀琴并没有想到许大山还有着如此的心思，只是有些心疼地望着屋子里面的周楠，然后满脸关切地说道："那现在怎么办？小山这个样子，确实是让人挺担心的啊！"

周大山摇摇头，缓缓地说道："你不用管他了，我绝对不会允许他这么做的。一件事情还没有办好，就想着要办另外一件事，贪多嚼不烂，到最后肯定会既丢了西瓜，又丢了芝麻。"

"你别一直指责孩子呀，倒是出个主意吧！"

"没别的好办法，这小子可是执拗着呢，不撞南墙不回头。等他把头撞烂了，他也就知道放弃了，你现在劝他，他根本就不会听的，也听不进去。这小子，我还是很懂他的！"周大山平静地说道。

"那你就忍心看着自己儿子这样啊？"许秀琴忍不住地埋怨着周大山，毕竟周楠是自己看着长大的，她心里真的是有些着急。

周大山还想要说什么，就在这个时候，一个让两人熟悉的声音突然间从门外响了起来："要不行的话让我来试一试？"

两人抬眼朝门口的方向望了过去，便看到了拎着大包小包孟小敏出现在了面前，两人均是一愣，显然还没有反应过来呢。而这个时候，孟小敏则是大摇大摆地走了进来，对着他们笑眯眯地说道："周叔叔、许婶儿，你俩的事情还没搞定呢啊？你们俩这进度着实有点儿慢了，加油，加油！"

周大山、许秀琴这两个见惯了世面的长辈被一个后辈小丫头给搞得有些不好意思了，孟小敏则是直接不管不顾地朝周楠的房间走去，然后直接朝着屋里面吼了一声："周楠，我回来了，快出来帮我拎东西！"

听到这个声音，周楠突然间抬起头，然后像是被定住了一样，喃喃地说了一句："大白天的，我这一定是见鬼了，怎么突然间还幻听了呢？也许是这段时间太累了，应该休息休息了！"

周楠正准备关电脑，而房门口的孟小敏看到了周楠那神经兮兮的样子，顿时忍不住直接一下子就蹿到了周楠的身后，在他耳朵边大喊大叫了起来："恭喜你，你没见鬼，是我'胡汉三'又回来啦！"

周楠被孟小敏吓了一大跳，扭过头来正好看到了孟小敏那姣好的面容。伸手在这张俏脸上捏了捏，感觉热乎乎的、软绵绵的，确实是个活物，周楠神情变得有些不镇定："还真的是个活人！你咋给跑回来了？"

"怎么，不欢迎啊？嗯，不过不管你欢不欢迎，我反正是回来了，这一次，本姑娘我打定主意，就不走了。我这回去吧，思前想后，总是觉得被你这个家伙欺负的次数太多，本姑娘欺负回来的次数太少，我这心里面气啊，本姑娘啥都吃，可就是不吃亏。这么越想越气，我就跑回来报仇了。哼，反正我就是决定要和某些人斗到底了！"孟小敏很开心，同样也很激动。

周楠听完之后，摸着下巴，若有所思地说道："你这不会是在和我表白呢吧？嗯，确实挺特别的，不过我接受了，我也觉得和你捉对厮杀很有意思。"

孟小敏自己说完之后脸就有些红了，她不是个扭捏的人，相反骨子里很爽快，不过这种近乎直白的告白方式，孟小敏还是有些害羞的。毕竟，自己可是一个女孩子，这种事自己应该是被动方，怎么见到了周楠之后就完全乱了方寸，稀里糊涂就成了主动方了呢？

三

孟小敏回来了。

这可是给了周楠一份大大的惊喜。人往往就是这样，失去了之后才会知道珍惜，失而复得之后更是会加倍地珍惜。周楠此时此刻就是这样的感觉，和孟小敏两人天天在一起几乎从来没有不开心的时候，即使不开心了，小小地"欺负"或是"捉弄"一下孟小敏，立刻就会变得很开心了。

同样地，孟小敏也很喜欢看周楠吃瘪的样子。

两人活脱脱一副欢喜冤家的样子。

"你最近不会是把自己关在屋子里面以泪洗面呢吧？"看了看周楠那一副不修边幅的样子，孟小敏更是和之前一样直接调侃了起来。

周楠没有理会，而是兴奋地拉起了孟小敏的手，对着孟小敏说道："嘿嘿，你能回来那可实在是太好了！走，我带你去看一个好东西，你看了之后保证会高兴得不得了，这段时间我可是一直在鼓捣这东西呢！"

"啥？"

此时的孟小敏一脸的费解，这家伙在自己离开的这段时间做了什么？看着周楠那一副故作神秘的样子，孟小敏急急地说道："先等等，先帮我把这些书给带到学校去，我看咱们图书室的书太少了，所以在省城的书店里买了一些回来。"

看着门外的那两个大皮箱，周楠点点头。

"放心，没问题，正好我的东西也在学校里面放着呢，你看了之后保证会大吃一惊的，嘿嘿，做那个东西可是耗费了我不少的精力啊！"周楠乐呵呵地说道。他感觉孟小敏就好像是自己的太阳，孟小敏回来了，光就回来了，周楠被这和煦的光照耀着，心里面暖暖的，整个人也变得开朗了起来。

周楠拉着孟小敏的手就朝门口走，等他出了屋门之后，便看到了周大山和许秀琴两个人。周楠有些疑惑地问道："爸，你咋和秀琴婶儿在这儿呢？"

周大山狠狠地瞪了周楠一眼，没好气地说道："我一直都在这儿，是你压根就没看见我！"

周楠把目光转向许秀琴，许秀琴朝着周楠点了点头，没说什么。周楠又把目光放到了孟小敏的脸上，孟小敏同样点了点头，估计自己刚才那一幕有"观众"了，而且还是很负责的观众，至少没有起哄。

"一直都在？"周楠此时有些狐疑地问道。

"是的，一直都在！"这个时候，三个人异口同声地说道。周楠觉得很尴尬，尤其是刚才的那一幕被自己的老爸看到，周楠感到十分丢脸，恨不得地上有条缝能钻进去。

周大山这个时候却是毫不客气地说道："你有啥好东西呢？我们也看一看，没关系的吧？"

看到周楠那般兴奋，而且还不想轻易展露出来的那一副小心翼翼的模样，周大山的心里面也很好奇，他是真的想要知道儿子这段时间在鼓捣什么，每次碰到儿子的时候，他都是一副神神秘秘的样子。

"这个……"周楠有些犹豫了。

其实，周楠并不想要让自己的老爸知道自己究竟在做什么，不是因为父子俩之间的隔阂，而是因为自己要给孟小敏看的这个东西和自己即将要做的事情，他心里并没有十足的把握能够说服自己的老爸去支持自己，而这也是周楠心虚的原因所在。

许秀琴看到这一对父子又陷入僵局，便出来打圆场，对周楠说道："小山，怎么着，连我们俩也准备瞒着啊？反正啊，丑媳妇总是要见公婆的，你这躲得了初一还能躲得了十五不成？其实也没啥，我和你爸呢就纯属好奇，就想要看一看你到底藏了什么好东西。"

周大山点了点头，许秀琴想要表达的意思，其实也是他的意思。

孟小敏这个时候也在一旁劝道："既然叔叔和秀琴婶儿都想要看一看，那你就别藏着掖着了啊，反正看一看又不会少一块肉。"

现在的比分是"三比一"，周楠也无法再坚持自己的主张了，他有些妥协地说道："那好吧。不过首先说好，这只是我自己的一个想法，仅此而已。"

周楠带着三个人来到了溪山小学，今天小学放假，学校里很安静。一行四人先是将孟小敏带来的书放到了图书室，然后这才在周楠不情不愿的带领下来到了一个上着锁的空教室。这间教室位置不算太起眼，而且一直都被周楠锁着，没有人会想到这里，也没有人知道里面究竟藏了些什么。

周楠的心情有些低落，原本只是自己再次见到孟小敏之后，想要向她炫耀一下的，没想到又多了两个锃光瓦亮的"电灯泡"，而且这两个灯吧，周楠还没有办法给灭掉，毕竟一个是自己的老爸，一个是自己视若亲妈的秀琴婶儿。

周楠极不情愿地打开了门上的锁，然后对着眼前的这三个人说道："先说好，这东西其实并不能代表什么，只是我做的一个小玩具而已。"

"让开！"周大山极度不客气地对着周楠说道。

而此时的周楠便一个闪身，直接躲开了，这个时候，周楠所说的那个"小玩具"才映入了三人的眼帘。而当他们三个看到眼前这个所谓的"小玩具"的时候，显然被惊呆了。

"这……这就是你所说的'小玩具'？"周大山当下就直接有些结巴了，他的话语里面还夹杂着一丝丝的激动，眼睛更是看得有些直了。就连许秀琴看到眼前这一幕的时候也惊讶得连一句话都说不出来，神情也是无比诧异。三个人之中，只有孟小敏的神色还算正常，她只是深深地吸了一口气，对着周楠问道："这是你一个人做的？"

四

周楠心满意足地看着众人的表情。

此时，出现在三人面前的是一个沙盘，沙盘上面的构造他们很熟悉。沙盘占地有近五米长、四米宽，青山叠翠，群山环抱，而山沟里是一条河，整个结构被一分为二，河这边为村，村舍规划得错落有致，绿树围绕；河对岸为田，田地也是一马平川，阡陌纵横。

让孟小敏、周大山和许秀琴三人都惊讶的是，这沙盘上所展示出来的溪山村和现在的溪山村并不一样，沙盘上的河道被景观所覆盖，村中的所有房屋都是青瓦白墙，而且看上去古色古香的。河上有三座桥，一座颇具古风的廊桥，一座简朴至极的青石板桥，一座能够供车辆通行的现代风格的桥。这三座桥让村子与田地相连。

河在山间拐了一个U形的弯，而在河的拐点弯角处是一个看上去挺宽阔的广场和公园，河中青波粼粼。虽然只是沙盘的效果，但是在场的人都知道，以前溪山村的那条小河的水质，完全比这沙盘展现出来的要更加美丽。

溪山上也有一条青石板铺成的登山路，山上有凉亭庙宇。周大山发现这山上插着一个又一个的小旗子，上面写着一个又一个景点的名称，这应该就是被开发后的溪山应该有的样子。

看到这里，就算是再不明白的人此时此刻也明白了，眼前的这一切，就是周楠心中规划的溪山，而这也是周楠一份隐藏起来不想为人所知的野心。周楠把自己的野心小心翼翼地收藏了起来，今天要不是见到孟小敏实在是太过于激动，他是不会这么早就把这东西展现在其他人的面前的。周楠此时更是提心吊胆，而这种提心吊胆最主要的还是因为自己的老爸。望着自己的老爸，周楠的眼神中多了一丝担忧。

良久，周大山深深地叹了一口气，没有说话，而是走到了这间教室的门外面，关上门，颤抖地掏出了烟，然后点燃了，靠着墙深深地吸了一口。此时的周大山心里满满的都是欣慰，这是对自己儿子的欣慰。看来有些东西，即便自己不说，儿子也是能够感受到的。周大山一直都希望自己的儿子能够心中有天地，而他说的"天地"，自然就是指溪山村。今天看到了这沙盘，周大山释然了。

周大山吐烟圈的动作渐渐地变得放松了许多，自己几乎是独断专行地把儿子从省城里面弄回来做一个小小的"护路工"，没想到儿子没有表现出十分强烈的抵触，反而是乖乖地按照自己的要求回来了。周大山一直都觉得儿子嘴上不说，心中颇有怨言，但是儿子也并没有表现出来，对安排给他的工作更是积极地去做。直到现在，周大山才明白，更是要承认，自己确实是有点儿看轻自己的儿子了，他比自己想象中的还要厉害、还要有胸襟、还要有担当。

将这根烟抽完，周大山的心里面只剩下了满意。

"这是溪山村？"许秀琴吃惊地看着眼前的一切，她的心里面满是欢喜，但还是忍不住地想要跟周楠确认一下。

周楠满怀信心地对着自己的婶婶说道："没错，这就是溪山村，只不过这是我规划中的溪山村。秀琴婶儿，之前为了对咱们溪山小学进行翻修，不是欠了村民的钱吗？这钱如何还大家，我的信心就在这里。这沙盘是我三年的规划，咱们溪山村想要发展，光靠春种秋收那几乎是不可能的，所以咱们哪，就必须得另找出路。而这个沙盘，就是咱们溪山村的出路。"

回到教室的周大山也听到了周楠的话，突然间，他对自己儿子的这个规划产生了非常浓厚的兴趣，因为这个沙盘带给他的震撼实在是太大了，而且他也想要听一听周楠要怎么做。

周楠认真地说道："咱们溪山村呢，一没有农副特产，二没有矿产资源，所以，想要让咱们溪山村的经济发展，能靠的只有两个，第一是溪山，第二是农业。先说说溪山吧，溪山的风景可是很秀丽的，我刚回来的时候就一直到溪山里头转悠，一来是为了放松心情，二来嘛，就是为了能够考察咱们溪山。"

说到这里的时候，周楠直接望向了孟小敏，孟小敏也突然间明白了什么，脸瞬间就红了。当初他们的相遇，就是在溪山里面，而当时的孟小敏可是一个资深的"驴友"，要不是那一次鬼使神差的相遇，他们大概也不会产生任何的交集了。

"咱们溪山可是风景独特，只要稍微地开发一下，就能够给咱们溪山村带来一笔不菲的收入，到时候只要咱们再推动发展一下溪山的旅游相关产业，也能够让父老乡亲们又多一份收入。"

说到这里的时候，周大山直接打断了周楠："发展旅游业是个不错的构思，只不过你如何确保咱们溪山村能有游客过来？"

周楠仿佛早就想到了这个问题，他笑着说道："其实吧，这就要借助咱们'奇迹'的挂壁公路了，有这么大的一个旅游牌面放在这里，我们一直都没有用，实在是太可惜了。挂壁公路、溪山旅游、农家乐三种旅游模式组织绑定，对于我们来说，完全就能够在最短的时间内建立起一张旅游宣传的大网络。"

周楠继续说道："而且，哪怕是最远的省城，到咱们溪山村也才两个小时车程，到时候完全有可能弄个周末团来咱们溪山村放松一下。年轻人爬爬山，老年人钓钓鱼，都是一种不错的体验。只要我们把价格定得亲民一点，服务质量能够跟上去，这客源、客流和收益自然是不在话下的。"周楠的话语中透露出了一种深深的自信，而这个，也是让孟小敏对周楠刮目相看的原因所在。

五

周楠的介绍很详细，即便是面对三个人提出来的各种问题，周楠都能够极尽详细地对答如流。很显然，这个沙盘是周楠的心血所在，更是他对溪山村的整个规划，这个规划的实施方案他在心中已经演算过数百遍、数千遍，甚至都已经融入他的大脑之中。在场的每一个人都能够体会到，周楠为了这个沙盘付出了多少。

"那么钱呢？钱从哪里来？如何支持你想要实现这个规划的开销？"周大山深思了片刻，然后郑重无比地问道。

周楠笑了笑，认真无比地说道："爸，我想问你一个问题，当初你们修路的时候也没有钱，你们是如何把那么一条'奇迹'的道路给修起来的？"

周楠的话让周大山很明显地一怔。

突然间，许秀琴在这个时候直接笑出了声，她笑着对周大山说道："是啊，如果所有的困难都能够迎刃而解的话，那还有什么挑战，还有什么难度？老周，当初我们不也是一穷二白的吗？"

周大山也释然了："你这次想要把修缮房屋的工作接下来，难不成也是想……"

周楠无比认真地说道："没错，就是这个原因，能省一点儿是一点儿。而且这次也算是先做个尝试吧，要是能够实施成功的话，那么后面再做动员就容易了许多。想要全面铺开这个工程，不太容易，所以只能是一点一点地来改变。"

"嗯，你要是早拿出这个沙盘来，或许我就同意了。"周大山说完，望向儿子的目光之中带着一丝丝的埋怨。而且周楠这小子更过分的是，今天要不是自己觍着这张老脸硬跟过来的话，说不定就看不到这个沙盘了。

"其实现在也不晚，至少这样我可以有机会迈出第一步了。"周楠灼灼的目光满是期待地望向了自己的老爸，他并没有想到自己居然还有这样的意外收获，实在是太让人惊喜了。

周大山点了点头，缓缓地说道："明天去村头的刘强家给我配上两把钥匙。"

"干啥？"周楠有些摸不着头脑地问道，而一旁的许秀琴却是捂着嘴乐了起来。就连孟小敏转了转眼珠子，也一下子回过味儿来了，乐呵呵地说道："让你干啥就干啥，磨叽这么多做什么？"

周楠也突然间就想明白了，只怕从现在开始，这沙盘就不属于他了，而是属于自己的老爸了。

周楠赶紧乐呵呵地应承了下来，然后和孟小敏两人出了门，这教室里面只留下了周大山和许秀琴。周大山一直盯着眼前的这个沙盘，驻足而久久不语，他的思绪则完全沉浸其中，甚至就连那条挂壁公路都在这沙盘上展露了出来。那条路是他的杰作，更是溪山村每一个人的杰作。

"这就是溪山村的未来吗？"过了很久，周大山才喃喃地说道。

许秀琴就站在周大山的身边，对于周大山的这种感慨能够理解，毕竟为了溪山村付出了一辈子的周大山，还是第一次能够从这个角度好好地察看溪山村的全貌。看着为之奋斗的溪山村，不用说是周大山了，就算是她，在看到这个沙盘的第一眼起，就已经深深地被吸引住了。

"小山这个臭小子，不知道还有多少瞒着我呢！"到了最后，周大山千言万语全部都汇集成了这么一句无奈至极的话。

许秀琴淡淡地说道："这是好事，说明小山这孩子长大了。而且你也别总想着要'磨刀'，这小家伙比你还要有雄心壮志呢，这下你也应该能够放心地把事业交给他去做了吧？你呢，就可以好好地歇一歇了。"

周大山点点头。确实，周楠所谋所图比他更大，而周大山当然是支持自己儿子的。

此时，出了门的周楠和孟小敏则是来到了图书室，他们先要把这里的图书全部都摆好。

"周楠，事先说好，这一次回来，我可是要'抢班夺权'了！"孟小敏一边说着，一边把那些图书全部都分类归到了图书室的书柜之中。孟小敏直截了当地发表宣言，没有任何的拖泥带水。

周楠愣了愣，有些费解地看着孟小敏："夺什么权啊？我手上有啥子权力啊？"

"我这段时间认真地想了一下，省城的工作很是清闲，但是我却不是很开心，从一开始我就知道那根本就不是我想要做一辈子的工作。我想要让更多的孩子能够上学，想要像姜老师那样能够当一名普通而又伟大的乡村教师。只要能够和孩子们在一起，我就是快乐的。"孟小敏满是真情地对着周楠说道。

周楠郑重地点了点头："我知道，要不然的话你也不会跑回来了。"

"没错。但是我要当溪山小学的校长。"孟小敏平静地说道，虽然话说得很平静，但是周楠知道，孟小敏说出这句话应该是经过深思熟虑的。"要是让我来当这个校长的话，我一定能够把学校管理好，我有这个信心。"

"我相信。所以，我们努力促成这件事，然后一起努力。"周楠仿佛漫不经心地说道。

"啥？！"孟小敏还以为自己听错了，惊讶地问道。

周楠一本正经地抬起头，然后无比认真地说道："姜老师委托我，那是因为我是唯一一个回村里的大学生，但是要论起专业来，和你差了十万八千里，我要管也只能够勉强地管理，不过既然你愿意接手，我当然很开心。而且，我马上还有很多其他的事情要忙。"

听到了这话，孟小敏愣住了。没有想到，周楠竟然如此信任自己。

经过一系列任命流程，孟小敏正式上任了。

第十一章　上级的支持

一

溪山小学的师生们惊讶地发现学校发生了两件大事。一件大事是惊喜，那就是已经离开溪山小学的孟小敏老师又回来了，而且这一次孟老师不打算走了；而另一件大事那就是惊讶了，周楠卸任了，接替周楠担任溪山小学校长的不是别人，正是孟小敏。

"同学们，下面欢迎孟校长给大家讲话！"周楠脸上挂着轻松的笑容，对着那些惊讶得嘴里面都可以塞得下鸭蛋的全体师生说道。

孟小敏站了起来，然后狠狠地瞪了一眼周楠，目光扫过溪山小学的全体师生，轻咳两声，平静地说道："从今天开始，我就是溪山小学的校长。在这里我要宣布两项内容，一是关于……"

周楠离开了学校，他就像是在凝视着自己的孩子一样，久久地驻足在小学的校门口。这里的一砖一瓦周楠是最熟悉不过了，毕竟，这学校是他盖起来的，而且还欠了一屁股的债呢。但是周楠的心里并不后悔，更没有任何的失落。姜老师的遗愿周楠已经帮他完成了，溪山小学不仅保了下来，而且还变得越来越好了。如果姜老师地下有知，那么他一定会无比欣慰的。

终于，周楠还是走了，他不能把自己的所有精力全部都局限在溪山小学，他要改变的可是整个溪山村。

周楠来到了村委会，今天他又再一次列席参加支委会会议。

"周楠，你确定要给村里面的乡亲们盖房子？"周大山再一次地问道。而这一次，周大山的话里面并没有半分怀疑的意味，甚至还带着一丝丝期许。在见识过了周楠的那个沙盘之后，周大山的态度也发生了变化。

这一次，周楠还是和之前一样，没有任何的犹豫，坚定地说道："没错，我希望村里能够把这个重担交给我，我也一定会让大家满意的。"

"那么咱们今天就这件事来好好地议一议吧！"周大山对于周楠的表现很是满意，然后笑吟吟地望着开会的众人。

众人内心都很疑惑，之前明明是支书自己不愿意，怎么突然改变主意了呢？

周大山的态度转变也实在是太快了，不仅是快，而且还令人始料不及，与上一次开会简直就是判若两人。

周大山之所以如此，只怕在场的所有人里面，也只有周楠才能够明白。

"其实，我觉得这事交给小山来做也没什么。小山在给小学翻修时水平不错，要是小山来盖房子的话，那我是放一百个心的。"这个时候，已经有人出声了，而且态度很坚定，已经认准了周楠。

"就是就是，反正是修房子，谁修都是一样的。小山这孩子盖房子我也放心，没有意见。"

……

这次支委会，最终确定了由周楠来负责组织对灾后被山洪冲垮的房屋的重建工作，县里争取的经费已经到账了。而重修房屋的时间也很短，离入冬很近了，要赶在这之前把房子给盖好，不能让村里的父老乡亲们到了冬天还没有一个暖和的地方住。

资金一到位，实施起来就快捷了许多。周楠此时俨然一个小小的"包工头"，不停地指挥着重建的工作，村民的热情也是极度高涨，而且每个人都投入了大量的体力和精力。开始的几天，村民并没有感觉到任何的异样，但是越往后面盖，村民们越感觉到周楠盖的房子以及整体的规划和受灾之前有些不一样了。

不过村民们并没有异议，他们只要房子结实、漂亮，除此之外，别无所求。

时间过得很快，挂壁公路的施工也已经完成了，那几个如同立在悬崖上的桥墩支撑起了被冲塌的挂壁公路，更给溪山村平添了几分奇迹和险峻感，远远地望去，更是多了一抹难以名状的雄壮。而且细心的周楠更在道路上多盖了一层崖顶，也对绝壁安装了防山体滑坡的边坡防护网，这样就能有效地防止落石、泥石流对道路的破坏。

看到加固后的挂壁公路，就如同是一个张开怀抱的人，将原本的挂壁公路给紧紧地抱在怀里，死死地护住它不受到一丁点儿伤害的样子，周大山的心里面忍不住地感叹不已。而一想到这一切都是他儿子弄出来的，周大山的心里更是欣慰不已。

挂壁公路通车要剪彩了，这一次邀请到的领导是溪山村的老朋友、市委的祁东平副书记，以及市交通局秦汉文副局长和县交通局的叶洪局长。

当一行人来到溪山村的时候，周大山、周楠和其他代表已早早地来到了村口，也就是挂壁公路的起点来等待诸位领导。当几辆小轿车缓缓地驶过来之后，周大山赶紧迎了上去。

从车上下来几个人，为首的正是祁东平。

"大山同志，我们又来了！"祁东平依旧是那副样子，红润的面庞上带着浅浅的笑意，看到周大山之后更是亲切地伸出了手。两人握住了手，祁东平笑呵呵地说道："听闻溪山受灾，我这心里也是牵挂得很。灾后重建工作做得怎么样了？"

周大山朝着周楠望了一眼，然后信心百倍地说道："进度还可以，能够保证村民在冬天前住进新家。"

"嗯，好！咱们这些党员啊，就必须得时时刻刻地替老百姓们着想，你考虑得很全面，也很周到啊！我要谢谢你，只有无论什么时候都把人民放在心里的党员，才是一个合格的党员。"祁东平激动地说道。

"祁书记，都已经准备得差不多了，现在是不是可以开始剪彩了？"一个瘦高个头的中年人缓缓地询问道。

"来来来，汉文局长，我来给你介绍一下，这位就是当初带着溪山人民开凿挂壁公路的周大山同志！"祁书记笑呵呵地介绍了起来。

二

秦汉文听到祁东平的介绍之后，眼前一亮，激动地握住了周大山的手，感叹道："幸会幸会，久仰大名啊！大山同志，你修的这条路是个奇迹路，你更是我们这些铺路架桥人的楷模啊！"

"不敢不敢，秦局长客气了！"周大山谦虚道。

周楠站在人群之中，心里腾起一丝自豪，看来自己的老爸名气太大了。一条路，一条充满艰辛而又困难的路，却代表着国家最质朴的群体一种不屈不挠的精神。周大山做到了，做到了史无前例的成功。

什么是英雄？在战争年代能够冲锋陷阵、马革裹尸的就是英雄；而在和平年代能够百折不挠、勇于拼搏的人同样也可以称之为英雄。周大山成就了所有人都敬佩、称赞的事业，那可不仅仅是一条挂壁公路那么简单，而是一种象征、一种精神的榜样。

周楠渐渐地理解了父亲，理解了老爸为什么要把自己弄回溪山村来，为什么要让他去做一名再普通不过的"护路工"，老爸希望自己能够把这种精神延续下去。想到这里，周楠的心里面顿时感受到了莫名的鼓舞。别人可以为己求名、求利、求财源广进甚至是求仕途坦荡，但是他周楠不行，因为他是周大山的儿子，他必须带着这一村人共同达到小康，这是周大山的志向，更是周大山想要儿子继承的志向。

秦汉文是第一次见周大山，就如同见到了偶像一般激动："不客气，一点儿都不客气，周大山同志可是我们的楷模和榜样啊！不是我吹，在咱们省里，只要是交通系统的，谁没有听过周大山这三个字，那就是不合格！"

秦汉文越说越激动，对着身边的另外一个人说道："叶洪叶局长，你来说说，我这句话说得有没有道理，是不是夸大其词？"

叶洪是县交通局的局长，在听到秦局长的话之后，更是配合地说道："那是必须有道理的啊，绝对没有夸大！我刚来到安顺的时候，就一直想要见一见这位传奇人物，没想到在我们安顺，居然还有如此名人，可惜机缘不巧，一直都未得见啊！"

周大山被这几个人一通夸，到底是有些不好意思了："我只不过是做了我自己应该做的事情，其实没什么大不了的。"

秦汉文摇摇头："大山同志，你可是说错了，只要我们这些交通人都能够像你一样，我相信咱们的交通环境会大大改观。现在省里有个方案，最近要在咱们市里修一条高速公路，这对我们的经济发展那可是至关重要的。咱们那个时代都讲一句话：要想富，先修路。这句话到现在也不过时，要是没有这条挂壁公路的话，咱们溪山村就发展不起来，所以说，修路是大事啊！"

秦汉文的一番话，让在场的所有人都点头称赞。

"好了，秦局长，别感慨了，咱们还是先看看这挂壁公路有何变化吧。"祁东平此时有些期待地说道。

周大山点了点头，不需要人解释，只要从挂壁公路上走过去，就能够感觉到它的变化和与众不同。和上次来的时候一样，祁东平带着大家再一次地走在了这条堪称"奇迹"的挂壁公路上。

"奇怪，有点儿意思。"祁东平看到了路面那龟裂纹一般的设计，有些诧异地问道："大山同志，这是怎么一回事？不会是有质量问题吧？"

周大山看了一眼儿子，然后略带着一丝无奈地对周楠招了招手，然后就见周楠从人群中走了出来，来到了周大山的旁边。周大山继续说道："这是他的设计理念，当初我也不能理解，但是现在看来，是我错了。"

"咦？如果我没记错的话，你是周楠，周大山的儿子？"祁东平的记忆力很好，只不过是见过一面，就已经记住了周楠的名字。

"祁书记，您好，我就是周楠。"周楠大方地说道。

"哈哈，这小子胆子挺大，跟村民借钱盖小学，弄得我们这些个当政的很没有面子啊！我们的工作可是都被他抢了，上次可是把刘向原市长给弄得灰头土脸的，我听说回去之后刘市长可是没少反思自己的错误啊！"祁东平笑着打趣道。

此时所有人都把目光落在了周楠的身上，而秦汉文笑着说道："这个嘛，我听说了，刘市长回去和教育系统的人拍了桌子。刘市长生气可是很罕见的，现在整个市里的教育系统已经开始行动起来了。刘市长说了，要好好地整顿一下全市的教育系统。"

"嗯，我是支持刘市长的，当官的就是要为民做主，急民之所需，想民之所想，要是连这一点都做不到的话，还要我们这当官的做什么？我看还不如自动辞职的好，省得浪费国家财政。"祁东平认真地说道，"小周同志，这次你还是和上次一样，不要有顾虑，该说什么就说什么，我们不搞防民之口那一套，我们倒是更欢迎你们能够多讲话、讲真话、讲实话。"

"没错，欢迎小周同志给我们交通系统提意见啊！"秦汉文也是满脸真诚地说道。

周楠点了点头，缓缓地说道："其实吧，这些都是我经过论证之后才做出来的方案。毕竟溪山的挂壁公路当初设计的时候是以通行为主，但是从现代的建筑角度来说，还是有很大的缺陷和安全隐患的。就比如说普通公路的最大坡度为10%，高速公路的最大坡度为5%，积雪寒冷地区的最大坡度应不大于6%。我曾经测算过，我们溪山村的这条挂壁公路的最大坡度达到了17%，有着很大的安全隐患。而这一块块如同龟裂一样的纹路，其实就是提高安全系数的一种方法。"

所有人听了之后都忍不住地点了点头，在铺路架桥方面，周楠肯定算是专业的。

三

"你这么做是为了增加阻力？"一旁的叶洪突然问道。

周楠点了点头："没错，就好像是轮胎要带上花纹一样，可以增加轮胎与地面的摩擦力，这样就能够把速度给降下来，而只有慢了才会安全。尤其是在这挂壁公路上面，司机的视线很容易受阻，根本就满足不了行车的视距要求，这也就会导致安全隐患的增加。我们还在挂壁公路上安装了多个拐角镜，可以有效地增加安全视距。"

周楠带着一行人走上挂壁公路，而此时映入他们眼帘的是那如同插在绝壁上的几个桥墩，桥墩上是挂壁公路，而公路上面则是设计的顶，整个绝壁被山坡防护网牢牢地包裹着，在阳光的照射下折射出如同鱼鳞一般的光芒。

"咦？奇怪，咱们刚才就是从那里走过的吗？"这个时候，秦汉文指着那几个桥墩，吃惊地问道。

周楠笑着说道："没错。前段时间连着下了几天的雨，泥石流把一段挂壁公路给冲毁了。为了能够恢复交通，把已经冲毁的部分和完好的部分连接起来，我就想了这么一个办法，在绝壁上架桥。"

"你的这个想法很是大胆啊！"这个时候，祁东平也忍不住感叹道。

"各位领导请放心，我的这个设计方案看似大胆，但是却是很安全很牢固的。我把我的实施方案拿到了省理工大学土木工程学院请我的导师帮我论证过，结论就是完全可以实施，而且每一个桥墩的受力点也是经过严密的推算的，为的就是确保万无一失。"

"给道路加个顶和给山体加防护网，也是你的主意？"秦汉文继续问道。

周楠点了点头，认真地说道："没错。毕竟吃一堑就要长一智嘛，而且给道路加顶这种设计有两个好处，一是防止落石散落到道路上，对道路造成破坏，对过往的车辆造成伤害；二是可以起到导流的作用，一旦山洪和泥石流暴发，可以通过道路顶上的排洪沟槽进行泄洪排出。"

"嗯，不错，不错！这个值得推广。"秦汉文赞叹地说道。

周楠继续说道："给山体加防护网，目的也是要保证落石不会掉下。而且加固绝壁，这种防护网的成本不算太高，却能够大幅度减少落石和塌方所带来的强烈的破坏，减少对道路的破坏。"

周楠侃侃而谈，丝毫没有怯场。周楠的实力祁东平可是见识过的，而且看到秦汉文局长和叶洪局长那一副虚心而又认真听着周楠介绍的样子，祁东平对周楠这样的年轻人更是投过来一丝赞许的目光。时代要发展，而队伍建设也要跟得上，不仅仅是在政府，在基层队伍建设上面也绝对不能落下。祁东平对周楠这种年轻人展现出来的活力和激情颇有感触。

"小周在这方面是专业的，就连溪山小学也是小周同志带队翻修的，算是给溪山村及周边的十几个村子做了一次好事吧。"祁东平忍不住地称赞周楠。

秦汉文和叶洪两人眼前一亮，如此说来，这周楠确实是不可多得的人才啊！而且更难能可贵的是，周楠在学成之后并没有为了个人的发展前途留在省城，而是选择回到乡村，将自己的学识与智慧运用到了建设乡村振兴的事业当中，单凭着这份觉悟，两位局长对周楠更是再一次刮目相看了。

周楠听到了赞许，心里面像是吃了蜜一样甜，他笑着说道："谢谢祁书记的夸奖，我会再接再厉的。"

"嗯，年轻人懂得谦虚是好事啊！看来大山同志教导出了一个好儿子啊！"叶洪说着说着也和周家父子俩开起了玩笑。

"听县里的同志汇报，溪山村在这次灾害中也遭受了山洪的冲击，村里有近一半的房子都冲垮了。不知道村里的房子复建得怎么样了？有什么困难可以提出来，我们一定会想办法解决的。"祁东平关心地说道。

周楠眼珠子一转，既然领导们给机会了，那么他也就不客气了："祁书记，既然您都发话了，那我就提点儿要求吧，这次赈灾款好像给得有点儿少了。"

"你小子这点就没和你老爸好好学一学，就不能跟你客气两句！你看看，还没怎么样呢就直接顺竿爬了。钱的事情啊，大家都比较紧张。不过既然你开口了，而且你对溪山的贡献大家都有目共睹。这样，我从市里的经济建设基金里面拿出来一些，多了没有，三十万拨给溪山村！"祁东平并没有真生气，只是在和周楠开玩笑。

周大山眼前一亮，三十万，那可是一笔不小的数目啊，有了这三十万，能够干的事情还有很多，而且他现在也明白了自己儿子的规划，自然是希望钱越多越好。溪山村能够早一点儿发展起来，这也是他这个村支书最乐意看到的。

"谢谢祁书记！"

周楠心里乐开了花，脸上也露出了灿烂的笑容。

"这钱你得给我省着点儿花，别败家！"祁东平好意地提醒道。

"那当然了！"周楠赶紧应承了下来，这样的好事自然是越多越好，所以下一秒钟的时候，周楠便把目光落在了秦汉文身上，"秦局长，交通局可是个大户啊，祁书记都答应要为我们溪山灾后重建贡献一份力量了，您也不能落后了是吧？"

"哈哈哈！"

此时所有人更是瞬间大笑了起来，就连秦汉文也是忍不住地笑着拿手指着周楠："你这个小滑头啊！看来这一次我和祁书记一起来，是主动送上门来让你这臭小子'吃大户'的啊！"

"不敢！"

"好啦，既然祁书记都带头了，我要是再抠门就说不过去了。这样，我们市交通局出五十万吧，连路带修房子，怎么样，这下你满意了吧？"秦汉文爽快地说道。

四

满意！

周楠的心里面自然是十分满意，这一下子就有了八十万。周大山此时此刻也不得不佩服自己的儿子。不过当儿子又把目光转向叶洪的时候，周大山恨不得此时直接钻到挂壁公路那一条条龟裂的缝隙里面了。

这孩子，又把主意打到叶局长那里了。

"好吧好吧，市里领导都表态了，那咱们县里也不能落后。二十万，给你凑个整。还是你小子有本事啊，这几句话没说，就要到了一百万的建设资金，我都想把你给挖到县局里去了！"还没等周楠开口，叶洪就直接主动地说道。

"谢谢市里和县里领导的关心！"周楠乐呵呵地说道。一百万可不是个小数目，自己的改造计划应该能完成了。

"好了好了，小周同志啊，你这习惯可不好，这雨过地皮湿啊，你这一来一回就整了一百万回来。不过要提前说好，这钱我们是出了，但是你得让我们看到你的成效啊！"祁东平乐呵呵地说道，"好了，走吧，先去看看你们村的灾后重建工作做得怎么样。"

一行人来到村子里，那些村民的房子都已经打好了地基，此时正在盖着呢。看着热火朝天的工地，祁东平一下子就发现了有些不一样的东西："咦？小周同志，你这房子盖得好像和之前不一样啊？"

经过祁东平这么一点拨，其他人也发现了不一样。

周楠这个时候笑呵呵地说道："果然还是让祁书记看出端倪来了。其实这一次我们重建是有所规划的，反正是要给咱们溪山村的老百姓盖房子，那么怎么盖、盖成什么样的自然是要好好地谋划谋划的。这里先容我卖个关子，一会儿大家伙儿就知道了。不过有一条，所有工程的质量是必须保证的，这是一条铁律，这一点还请各位领导放心。"

所有人都点了点头。

秦汉文提醒道："周楠，关于灾后重建市里可是有明文规定的，在这方面你可不能打马虎眼儿。"

周楠重重地点了点头，一本正经地说道："请各位领导放心，我周楠是不会胡来的，就算是我想要胡来，周大山同志也绝对不会允许我这么干的。"

"请领导放心，我会监督这个臭小子的。"周大山这个时候也赶紧站了出来给自己的儿子"背书"。

巡视完工地，众人被周楠带到了溪山小学。秦汉文和叶洪看到溪山小学之后，对周楠更是放心不已。有了这个工程打底，周楠肯定能够做好溪山村灾后重建的工作。

"溪山小学换校长了？"祁东平疑惑地问道，刚才周楠让孟小敏去拿钥匙，可是称呼孟小敏为校长的。

"没错，刚刚换了。我在溪山小学的任务已经完成，接下来就是要提升溪山小学的软实力了。孟校长家是省城的，同时也是省里师范大学的优秀毕业生，擅长的就是教育工作，所以专业的事情交给专业的人去做，而我就主动承揽起了咱们溪山村灾后重建的工作。"

"原来是省城来的女娃娃啊，不错不错！"祁东平同样赞许不已。

周楠带着一众领导来到了放着沙盘的那个教室。当祁东平、秦汉文和叶洪看到溪山村的整体规划沙盘的时候，每个人的脸上都露出了惊讶的神情，就跟当初周大山第一次见到沙盘时的表情一样。

"这原来就是你要卖的关子啊？"祁东平激动地说道。

秦汉文满是赞许地说道："嗯，怪不得要从我们这里鼓捣钱呢，原来是这个原因。嗯，小伙子，你挺有想法的啊，你规划的这个真的能够实现？真要把你们溪山村建设成这个样子，并不是一件容易的事啊！小伙子你有想法是好的，但是实施起来的话肯定是困难重重，一百万可是远远不够的。"

"有三位领导的支持，我的梦想是一定能够实现的。"周楠又在给几位领导下套了，但是很明显这一次，没人会上当了。

"具体说说你的想法吧。"这个时候祁东平神情变得严肃了许多。周楠的这个沙盘里面可解读的东西不少，但是最主要的是让祁东平看到了发展农村经济的一条比较成熟的道路，这也勾起了祁东平的兴趣，所以他才让周楠多解释一番。

周楠把自己的规划一并说了出来，众人听得更是津津有味，好像是在消化着周楠所讲述的一切至关重要的信息。过了好一会儿，祁东平满意地点了点头："想法是好的，但是想要完全建成的话，一要时间，二要资金，三要政策的支持，四要长远打算的眼光。周楠，听了你的汇报之后，我对你的这个经济发展模式很感兴趣，我会持续关注的，如果你遇到什么困难，可以跟我提，钱和政策，我都会想办法的。我只要求一点，那就是要尽快地见到成效。你们溪山村完全可以成为一个试点，如果实施得好，卓有成效的话，我也一定会在全市把你的这种模式推行开来。发展农村经济是我们最主要的课题，从你这里我掌握到了解题的思路。"

周楠并没有想到祁书记给出的评价如此之高。听到这样的评价，周楠比刚刚从三位领导那里要了一百万的资金支持还要开心。这是对他规划溪山村的肯定，也是对他发展农村经济的信任。

此时的周楠无比激动地说道："请祁书记放心，我一定会完成任务的！"

"嗯，好！从你身上我看到了希望，看到了年轻人朝气蓬勃的一面，甚至还让我感觉欣慰，我们的事业可以说是后继有人了。周楠，好好干，把自己十二分的力气全部都给我拿出来，一定要给咱们市里农村经济的发展树立一个好的标杆！"祁东平越说越激动，更对周楠寄予厚望。

周楠重重地点了点头。有了祁书记这一番话，他感觉自己肩上的担子更重了几分，但是周楠并不畏惧。对于他来说，祁书记的话既是肯定也是鼓励，他周楠一定会拼尽全力的。

五

溪山挂壁公路的剪彩仪式圆满完成，周楠只是默默地看着，他的心里面同样激动。这条路是他老爸修的，是他老爸心目中引以为傲的存在，而这条路同样也是他的。周楠渐渐地明白了这条路对老爸的意义，对整个溪山村的意义。

这不仅仅是一条路，更是一个时代的缩影，一个时代的精神。周楠将这个时代缩影牢牢地记在了脑海之中，并下定决心将这种时代的精神继承下去。就在挂壁公路重新开通的那一刻，周楠对这条路也有了深深的感情。

同时，也就在这一刻，周楠明白了父亲对这条路的感情。

周楠将自己极大的热情全部都投入到了给村民们盖房子这件事上，他的速度很快，而且大家伙的热情也十分高涨，那毕竟是给自己盖的房子。

不过当一半的房子盖得大概有了个轮廓的时候，村里那些房子没有被山洪冲毁的村民立刻不淡定了，因为他们发现，周楠新盖的房子，好像要更漂亮一些，而且从整体的规划和布局上来看，也要比他们现在住的房子好一些。当越来越多的人看出端倪来的时候，他们发现了，周楠这搞的哪里是灾后重建啊，分明就是要重新规划整个村庄啊！结果就由原先的不淡定变成了现在的极不淡定了。

那些没有被山洪水冲毁房子的村民原先还庆幸老天保佑没把他们的房子给冲没了，可是现在每个人心里面都懊恼死了，看到别家的新房子，心里别提多羡慕了。

后来，终于有人坐不住了。有一天，所有人都堵在了周大山的家门口。

"小山，你个小兔崽子，你给你二大爷滚出来！"来人都是乡里乡亲的，而周楠的辈分又小，再遇到这么一个脾气火暴的二大爷，自然就出现了眼前的一幕。

听到这火暴脾气的二大爷一嗓子吼出来，大家伙更是忍不住地哄笑了起来。

说是来兴师问罪的，其实是想问一问周楠这是怎么一回事。

听到有人叫自己的名字，周楠迷糊着眼睛往外走，没想到刚走到门口就被大家伙团团围住了。那位二大爷更是一巴掌直接打在了周楠的后脑勺上，虽没有用太大力气，但嘴里可是不留情面："臭小子你在搞什么鬼？"

周楠被这一巴掌打醒了，然后看到了这黑压压的一片人，有些不解地问道："咋了这是，二大爷？"

"你说，你这新房子盖得这么好，我们那旧房子还怎么住？"二大爷气哼哼地说道。

周楠一听，百思不得其解："怎么了，二大爷，您家的房子也让山洪冲走啦？不应该啊，统计损失的时候可没有您家那户啊！"

"咒我呢是吧？我家房子没冲走！不过你看看你给二狗家他们盖的什么房子！"

周楠一听更糊涂了："盖得不是挺好的吗？比原来要宽敞，要是住进去那肯定是很舒服的啊。当然了，质量我是能够保证的，毕竟大家都是抬头不见低头见的乡里乡亲嘛，我可不会十什么被人戳脊梁骨的事情。"

"废话！就是要怪你把二狗家的房子盖得太好了！那我们的房子呢，你准备怎么办？不会让我们盼着下一次山洪给冲走了再盖吧？"二大爷气哼哼地说道。

"就是就是，一个村的，连住的房子都有区别，我们惹谁了？你给二狗把房子盖那么好，我们家就活该住老房子啊？要不要我把我们家也给推平了，你来给我们盖？"

"我现在就回去推平了去!"

……

人群叽叽喳喳地叫唤了起来,这个时候周楠才明白了是怎么一回事。不过这也在他的意料之中,房子肯定是都要推平了重修的,只不过那些被冲毁的房子刚刚有个大概模样,剩下没被冲走房子的人就已经不乐意了。看来周楠的计划又能提前一些了。

周楠摊了摊手,无可奈何地说道:"二大爷,您这可就说错了啊,谁还盼着山洪把房子给冲走呢?这也太不吉利了。其实吧,这次灾后重建呢只能是先把咱们村毁掉的房子给建起来,这得一步一步来吧?"

"少给我这里打马虎眼儿!老子吃过的盐比你吃过的饭都要多得多,你这点儿小心思我见多了!给句痛快话,我要是把我家房子扒了,你负不负责再给我盖?盖得至少得和二狗家的一样。"二大爷也是气得不轻,这臭小子从小就滑头得厉害,自己也只能拿这个长辈的身份压一压他了。

"这不太好吧?眼瞅着要入冬了,您老要是把自个儿家的房子扒了怎么能行?难不成要一家子人喝西北风去呀?"周楠急急地说道。

二大爷也是来劲儿了,冷哼哼地说道:"跟你要是说不通,那我就去找周大山去,行不行?让你老子好好地收拾收拾你,你看怎么样?我记得上次拿笤帚抽你的时候,你可是满村乱跑,都跑到我们家躲起来了,要不是我给你这臭小子说好话,你的屁股都可能被打成八瓣了!"

轰!

二大爷一揭周楠小时候的短,村里的其他人笑得更不得了。

周楠也忍不住地摸了摸鼻子,然后无奈地说道:"大家别急嘛,心急可是吃不了热豆腐。咱们溪山村可是一个整体,我是不可能厚此薄彼的。不过眼下嘛还是得先解决遭了灾的那帮人的过冬问题,咱们总不能看着都是乡里乡亲的挨饿受冻吧?等弄得差不多了,明年开春,我就帮大家把房子都翻修了。二大爷,您看这样行不行?"

　　人群中传来了窃窃私语，而周楠并没有急，而是在等着他们商定个结果出来。过了一会儿，二大爷才被人群推了出来。二大爷脸一红，说："臭小子你说话得算数啊，要不然我可是要告诉你老子让他拿笤帚再打你屁股！"

　　轰！

　　村民这个时候又笑了起来。周楠也乐呵呵地说道："行，没问题！不过有句话我可是得说在前头了，既然要翻修，那到时候这费用可得大家来承担了。你们也知道，我还欠着一屁股的债没还呢。而且，我还有一条要讲，盖房子可以，但是怎么盖、盖成什么样的，那可得我说了算！"说完，周楠的眼里露出了狡黠的光芒，很有一种阴谋得逞的感觉。

第十二章　父辈的爱情

一

周楠的计谋有效果了，全村仿佛一下子注入了极大的活力一般，开始了对溪山村的改造，而且进展非常顺利。周楠对溪山村的改变也在一点一点地进行着，这种变化的速度非常惊人。

入冬。

第一期的房屋改造工程已经完成了，村里的那些受灾的村民也已经住进了宽敞明亮的大房子，住进去的人们对周楠盖的房子十分满意，不仅仅是干净，而且每一家院子里的布局都各有不同，村里所有人对周楠更是交口称赞。当然了，也惹得其他那些房屋幸存的村民们眼红不已，又堵了几次周楠家的门口才悻悻作罢，周楠再三承诺明年开春就给他们盖房子。

冬天的溪山村又是另外一番风景。以往的学校到了这个时候总是很难熬，而今年，在这么明亮的教室里面，还有着温暖的暖气，学生们一个个都不想离开学校了。

冬天的第一个月，半夜时分，正在睡觉的周大山被一阵急促的敲门声给惊醒了，他披了衣服来到院子里，有些迷迷糊糊地问道："谁呀？"

"老周，是我！秀琴！快开门，家里的老太太不行了，你快过去看看啊！"许秀琴的声音中多了一丝慌乱，周大山也立刻急了起来。乔家老太太的岁数不小了，而且今年的状况也不是很好，许秀琴这话只能说明，老太太只怕是挺不过去了。

"好，你别急，你等我给你开门。"

说着，周大山又把儿子给喊了起来，三言两语交代了几句之后，急急地就陪许秀琴来到了隔壁。

周大山自从妻子去世后，从未踏足许秀琴的家门，毕竟这门挨着门地住着一个寡妇一个鳏夫，道理周大山当然懂。所以就算是两人想要在一起，周大山也从来不敢越雷池半步。这是他的原则，更是他的底线。

周大山在许秀琴的带领下来到了老太太的屋子。虽然已经是后半夜，但是老太太的屋子里面却是亮堂堂的，而此时的老太太脸色蜡黄，连半点儿血色都没有。老太太躺在床上，听见了脚步声之后，这才缓缓地睁开了眼睛。

看到了眼前的两人之后，老太太并没有说话，而是先长长地叹了一口气，目光盯着许秀琴，然后又微微地闭上了眼睛，好像是在极力地思考着什么。随即，老太太再一次地睁开了眼睛，声音有气无力地说道："秀琴啊，你都嫁到我们乔家二十三年了吧？"

"是的，妈，您说得没错。"许秀琴不明白老太太为什么这么问，而且在这大半夜的还死活逼着自己要把周大山给找来。虽然她知道老太太已经时日无多了，不过这和周大山有什么关系？

老太太点点头："我那儿子走得早，是个福薄的人，这二十几年来倒是辛苦你了。秀琴，之前我一直都不同意你改嫁，其实是我这个老太太有私心。那会儿佳宁还小，你这要是改嫁了，我那小孙女肯定不会有好日子过的。这二十多年来，辛苦你了啊！"

老太太说到了改嫁，许秀琴一副欲言又止的样子。

"妈，您说什么呢！佳宁那也是我女儿，我这个当妈的自然是会疼她的。"许秀琴郑重地说道，"我明白您的意思，放心吧，我这后半辈子就守着佳宁过了。"

老太太伸出手，颤巍巍地在许秀琴的头顶轻轻地抚摸了两下，然后握住了许秀琴的手，平静地说道："傻闺女，说什么呢！你当了我二十多年的儿媳妇，也叫了我二十多年的妈。你的事情等我走了之后，就遂了你的心愿吧！"

"妈，您知道的，我没那个意思。"许秀琴急忙辩解道。虽然她的心里对周大山很有好感，但是他们之间的那种爱情，却是发乎情、止乎礼，两人一直都是堂堂正正的，从来没有做过出格的事情。

老太太又接着叹了一口气："我知道，我知道。周大山这小子是我从小看着长大的，人实在，没有什么坏心眼，你喜欢他我能够理解。"说到这里，老太太则是直接扭过了头，对着周大山认真地说道："大山哪，秀琴是个好女人，这么多年婶儿一直都怕你们俩做出什么出格的事情来，你会不会怨你婶儿？"

周大山被老太太这么一问，瞬间明白了老太太的意思，急忙说道："怎么可能？婶儿，我确实是喜欢秀琴，但是我可以跟您保证，我和秀琴之间是清白的。"

"这个不用你说我也清楚，你小子性子忠厚，秀琴也是贤惠。我这个老太太也活不长了，趁我还清醒的时候，我就把秀琴交给你了，你小子可不能欺负她，更不能因为她是个寡妇而轻待了她。你要是敢欺负她，我就是到了阴曹地府也不会原谅你！"老太太一本正经地对着周大山说道。

周大山神色凝重地说："婶儿，您就放心吧，有我在，没有人敢欺负秀琴。我一定会把她们娘儿俩都照顾好的。"

"你的话，婶儿信！"

说完，老太太艰难地握住了周大山的手，然后将他们两人的手轻轻地搭在了一起，平静地说道："等把我老太太埋了，你和秀琴就把证给领了。从今往后你们俩就能光明正大地在一起了，也没人敢说闲话。"

"是！"

周大山和许秀琴异口同声地说道。

"嗯，好了，这下我就可以放心地走了。秀琴，我这把老骨头的事情你们看着办就好了，佳宁那孩子就不用回来了，她回来也帮不上什么忙，还耽误孩子的学业。"

老太太要安顿自己的后事了，周大山悄悄地站了起来，然后走出了房门，站在院子里掏出烟，点了一支之后吐吞了起来。一缕青烟随着屋里的灯光轻轻地飘入夜空之中，轻轻地散了。

二

周大山的睡意这个时候已经被扫荡一空了。此时他的思绪早就已经回到了之前，那是他和许秀琴的第一次见面。周大山第一次见到许秀琴，是在许秀琴嫁入乔家的时候。那时候的许秀琴看上去还有些青涩，而周大山早就已经结婚了。后来听说许秀琴的男人摔下崖死了，而第二次见面的时候就是许秀琴抱着个刚出生不久的婴儿，那个时候许秀琴并没有哭，但是周大山能够感受到许秀琴的悲伤和绝望，就像是自己当初失去妻子一般绝望和无助。再后来，自己带着村里的人开山凿壁修路，家里的孩子没人照看。也就是在这个时候，周大山和许秀琴才渐渐地接触得越来越多，而渐渐地，两人之间的话也越来越多，到了后来，两人之间的关系越来越密切。

虽然周大山和许秀琴两个人都对彼此渐生爱意，但是对于他们来说，束缚实在是太多了，重重阻隔迫使他们不能在一起。在一起的话闲言碎语太多了，在一起的话对孩子们影响不好，在一起的话只怕是乔家的那位老太太不能同意……有无数无数的理由阻止他们在一起，所以周大山和许秀琴虽然住在隔壁，却并没有在一起，礼防之墙将他们俩完全给隔开了。

而现在，阻止他们在一起的一道障碍已经没有了，但是周大山的心里却是半点儿都高兴不起来。

很快地，屋里面传来了许秀琴的哭声，周大山知道，乔家的这位老太太，走了。

乔家老太太的葬礼很简单，操办得也很朴素。对于溪山村来说，每年都会有几个老人离世，其实大家都已经习惯了，生老病死那都是无法抵抗的。乔家这位老太太很快地就下葬了，周大山和往常一样帮着许秀琴，把老太太给安葬了。

安葬完老太太，许秀琴回到了家，偌大的家里只剩下了她一个人，此时的许秀琴只感觉到了一种前所未有的孤独。周大山此时此刻就站在自己的院子里，一个人静静地抽着烟。他想要过去看一看，但是他并没有行动，只是在自己的院子里不停地抽着闷烟。

虽然乔家的老太太最终还是同意他们两人在一起了，但是对于周大山来说，两人能走到一起的可能性非常小，不为别的，就为这人言。

人言可畏！

时间过得很快，马上就要农历新年了，这段时间许秀琴好像一直都在躲着周大山，而周大山也好像是害怕别人的风言风语，避开了许秀琴。两人都这么僵着，谁也不敢迈出这一步。

此时的周楠在溪山小学的校长办公室里面找到了孟小敏。

"孟校长，找你来解决问题了！"周楠毫不客气地坐在了孟小敏的对面，然后看着孟小敏那装腔作势的样子，继续说道，"我现在遇到了一个极大的难题和挑战，你有没有好的解决办法？"

孟小敏对着周楠连着翻了三个白眼，没好气地说道："说什么都可以，只要是除了你那个老爸和你那个秀琴婶儿的事情之外，其他都可以！"

周楠没想到孟小敏现在这智商是噌噌噌地往上蹿啊，一会儿只怕就要捅破天花板了。不过现下的周楠看着自己父亲和秀琴婶婶那谁也不搭理谁的样子，顿时心烦意乱。尤其是这几天因为入冬盖不了房子，周楠这段时间几乎是处于冬歇状态，每天只要自己待在家里面，那种让人无比压抑的感觉就会时不时地传来。周楠过得很不开心，他现在只想着能够替自己的老爸和秀琴婶儿尽快地解开这个疙瘩，要不然的话，这难受的是自己啊！周楠实在是没怎么应对过这种情况，所以才找孟小敏来帮忙。

只不过周楠没想到的是，自己才一张口，孟小敏就猜到自己想要说什么了。不过周楠可是没有这么容易放弃的，他笑呵呵地说道："人嘛，就是要做有挑战性的事情，这样才能够体现出人生的意义和价值。"

孟小敏站了起来，就好像是看小丑一样看着周楠一个人在自己面前唱"独角戏"。周楠也觉得自己这演技确实是有些拙劣了，他尴尬地笑着说道："这样怎么样，你要是能够帮我这个忙，我可以送你一支大牌口红，色号由你来选。"

听到口红，孟小敏立刻就像是变了个人一样，整个人都警觉了起来。她眼珠子瞪得大大的，对着周楠热情地说道："真的假的？不是拿我来开玩笑的吧？"

"前提是你帮我解决这个大麻烦。"周楠无比认真地说道。

孟小敏听到这里，顿时像是泄了气的皮球一样，无奈地说道："好吧，别坑我，你的这个忙啊，我还真的是帮不了。讲真的，这是人家俩的事情，和你有什么关系啊？你就这么急着给自己找个后妈啊？"

周楠无奈地摊了摊手："我也没办法啊，你是不知道我天天待在家里面，气压超低啊，气氛冷得都快赶上西伯利亚的强冷空气了。你说俩人之前无法在一起，但心里想着的全是对方。现在倒好了，明明能够在一起了，两人反倒是拘束了起来，都不想往前迈一步，也就无法在一起了。你说这叫什么事儿啊！"

孟小敏想了想，忍不住问周楠："事成之后真的给我一支我可以随便选色号的大牌口红？"

周楠郑重地点头应道："没错，我大丈夫一言既出，那可是什么马都难追得很啊！"

"成交！"孟小敏眼珠子一转，自信满满地说道。

周楠顿时兴奋了起来，然后忍不住凑了过来，对着孟小敏说道："这么快就有主意了？别藏着掖着了，快给我说说……"

三

周大山这段时间都躲着许秀琴，仿佛这样便能够躲一辈子。许秀琴是个不错的女人，以前自己喜欢她，也只能放在心里面默默地喜欢，但是现在，两人终于有机会可以在一起了，却因为忌惮流言蜚语而无法真正地在一起。周大山也想要勇敢地迈出这一步，只怪自己在感情方面太过于被动。

"爸，秀琴婶儿有事儿找你！"周楠突然间对正在自己屋里面抽烟发愣的周大山说道。

周大山抬头看了一眼儿子："有啥事？"

周楠挠了挠头："不知道，反正这事儿吧还挺着急的。我刚才可是看到秀琴婶儿又在河边偷偷地抹眼泪了，你说秀琴婶儿是不是也太可怜了？现在乔家奶奶不在了，可就真的只剩下她一个人了。爸，你说秀琴婶儿会不会想不开啊？"

"怎么可能？这么多年她都坚持下来了，还会在这个时候想不开？"周大山继续低头抽着烟。

周楠看着自己的老爸，心里很是无奈。都已经给他创造机会了，他怎么还退缩了啊？这个时候他就不能傻一些吗？

"也是。以前吧，日子再苦再难，我还能从秀琴婶儿脸上看到笑容，可是这些日子也不知道是什么原因，秀琴婶儿脸上的笑容少得可怜了。你说会不会是因为这件事想不开啊？我听孟小敏说了，女人啊，有时候特别容易走极端，真的要是想不开了啊，那什么蠢事傻事都是有可能做出来的啊！"周楠随口说道。

周大山再一次抬起头，瞄了周楠一眼，然后低下头，就连他自己都没有发现，自己的手一直在不停地轻轻地颤抖着。不过这一幕却是被周楠给看到了，周楠心里暗自高兴，看到老爸这样子，只怕是鱼儿快要上钩了。

周楠不再多说，离开了。

周大山则是陷入了纠结之中，越想越觉得自己儿子的话是有道理的，越想越觉得可怕。周大山猛地站了起来，然后直接朝门外走去。而此时偷偷躲在自己屋里的周楠看到这一幕，则是忍不住会心地笑了起来，看来自己这一支口红确实是不白送，真要是能够把自己老爸和秀琴婶儿凑到一起，那自己花再多的钱也是值得的。

此时许秀琴正在家里面收拾着，没想到孟小敏直接走了进来。她来到许秀琴的身边，对着许秀琴说道："秀琴婶儿，你能帮我一个忙吗？"

"什么忙？"

"我妈给我买的一个戒指掉河里了，我又怕水，那个戒指还挺贵的，要不然你帮我到河里找找？"孟小敏此刻装出一副伤心欲绝的样子，仿佛那枚戒指真的存在似的，这演技可以得满分了，"我这在溪山村人生地不熟的，实在是找不到其他人来帮我了。秀琴婶儿，你能帮帮我吗？"

"一个戒指而已，能有多贵？丢了就丢了吧，再买一个就可以了！"许秀琴此时没有心情，淡淡地说道。

"纯金的戒指，好几万呢！"孟小敏演技爆发，好像自己真的有好几万的戒指给丢到了河里面。

许秀琴一听这价钱，立刻放下了手里的活计，然后急急地找出了水衣裤，唠唠叨叨地对着孟小敏说道："你这孩子怎么就这么不省心呢，好几万块钱的东西说丢就丢啊！你这心也实在是太大了！还愣着干什么？还不赶紧跟我去找找，别到时候真让水给冲走了，那可就真的找不着了，你这傻孩子！"

孟小敏委屈地跟着许秀琴出了门。不过在许秀琴的身后，孟小敏则是忍不住地扮着鬼脸。

"在哪儿掉的？"许秀琴急急地问道。

到了河边，孟小敏朝河中间一指，然后急急地说道："就在河中间！秀琴婶儿，你真的可以吗？这河还挺深的，你一定要注意安全。"

现在可是入了冬了，虽然河面还没有结冰，但是冰冷而又刺骨的河水也能够没过腰，甚至最深的地方能有两米，完全够把一个人淹没了。孟小敏指的地方那肯定不是深水区，但是离两米也不远了。

许秀琴一咬牙，然后就下了水。刺骨的河水虽然没有涌进水衣裤里面，但是那种寒意还是渐渐地透过了水衣裤向自己的双腿袭来。许秀琴忍不住地打了一个寒战，心里面更是一刻不停地埋怨着孟小敏的马虎。"是这里吗？"

"对对对，差不多了！"岸边传来了孟小敏的声音。

许秀琴低下头开始摸了起来，此时在岸边的孟小敏早就已经不知道跑到哪里去了。

而恰巧就在孟小敏消失后的几分钟内，周大山则神色匆匆地跑了过来，看到独自一个人站在冰冷的河水中的许秀琴，周大山终于是慌了神，不管不顾地直接就蹚着河水朝着许秀琴飞奔过去了。

等许秀琴听到动静抬起头的时候，却发现了飞奔而来的周大山，神色还有些疑惑的许秀琴直接被周大山一把给揽住了腰。许秀琴的身子一僵，这还是周大山第一次积极主动。不过许秀琴心里面开始犯嘀咕了，这好像有些不对劲儿啊！他怎么来了？

"秀琴，你说你有啥想不开的啦，怎么就要跳河呀？"周大山急急地说道。

许秀琴努力地想要挣开周大山的双手，但她毕竟是一个女人，挣扎了半天却是没有任何的成效，腰就被周大山这么搂着。许秀琴这个时候也感觉到了委屈，那是对自己前半生的委屈。想到了这里，许秀琴更是忍不住地直接啜泣了起来，到后来这啜泣变成了哭泣，仿佛在这一刻，自己真的是要准备跳河了。

"是我对不起你，以后我绝对不会去骚扰你的！"周大山一本正经地说道，"你也别想不开啊，真要是有个三长两短的话，佳宁怎么办？"

想不开？

许秀琴听到了周大山这话，也不哭了，直接就愣在了那里，脸上的神色满是不可思议："你先松开我，你说谁想不开了？我活得好好的，为啥子要死啊？你为啥子要咒我死啊，你这个浑蛋！"

啪！

许秀琴一巴掌直接拍在了周大山的脸上，仿佛在宣泄着自己心里积攒已久的怒火。

四

清脆的巴掌声让周大山整个人都呆呆地愣在了原地，看着许秀琴那微微颤抖的肩头和顺着脸颊流淌下来的两行清泪，周大山的心里面更如同蚊虫叮咬一般难受。这个女人已经走进了他的心里，她的一颦一笑同时也牵连着自己的心。周大山这个时候也想明白了，原来一切都是自己的错。去他的风言风语，自己喜欢就要和她在一起，根本不用管别人说什么！

突然间，周大山二话不说，直接抱住了许秀琴。周大山这突如其来的一下子，瞬间就让许秀琴整个人都僵在了原地。周大山的动作实在是太大胆了，只不过这种感觉，很特别。

"你干什么？！"回过神来的许秀琴声音有些颤抖地问道。

周大山认真地说道："不管了，我娶你！他们愿意说什么就说什么，连老天爷都管不了，谁敢管？"

"你在胡说八道什么啊！"虽然置身在冰冷的河水里面，但是许秀琴的心里面却如同吃了蜜一般甜。周大山其实就是个闷葫芦，能够让他鼓起勇气、壮着胆子说出这么一番话，可是很难得的。而许秀琴明白了周大山的心思之后，也终于放下了自己心中的顾虑，然后从心底泛起了一丝蜜意，对着周大山说道："你刚才在胡说八道什么啊？我没有听清楚！"

周大山无比认真地说道："我说了，我娶你！现在，马上，立刻！明天咱俩就到县里面把证给领了，到时候我看村里人谁敢说半句闲话，你是我明媒正娶的人。"

"到时候你可别打退堂鼓！"许秀琴也是满心欢喜。等了这么多年，终于等到了周大山的这句承诺，许秀琴觉得自己这一路走来，确实是辛酸不已。

"骗你我是狗！"周大山无比认真地说道。

许秀琴一拳打在了周大山的肩头，脸上露出了灿烂的笑容，这是这些日子以来她最想要听到的一句话。许秀琴毕竟是一个女人，无论她再怎么坚强，依旧需要一个男人结实的肩膀来依靠。周大山为了避嫌不理会自己，这让许秀琴觉得心里面空落落的，而现在，许秀琴知道自己多年来的坚持有了结果。

"好了，好了，放开我吧，我给孟小敏那个马虎丫头找戒指呢，我才不会那么想不开呢！"许秀琴的心情大好，就算是这冰冷刺骨的河水在这个时候也不觉得冷了，好像还有一丝丝的温暖从自己的脚底涌上来，瞬间就填满了整个身体。

"找戒指？找什么戒指？"此时的周大山更是一番奇怪的表情。

"孟小敏把戒指丢到河里了，我这不是来替她找呢嘛。这孩子，奇怪，她跑哪里去了？"而就在这个时候，许秀琴突然间摸到了一个四四方方的东西，摸到的那样子根本就不像是河底的石头。

许秀琴直接把那东西拿了出来，捧在手里面。这是一个用防水袋包着的红色盒子，盒子上面还有一张小纸条，看到上面的字的时候，许秀琴的脸直接就变得通红，只见上面写着："祝周叔、秀琴姊儿百年好合！"

瞬间，这两人便明白了是怎么一回事。两人对视了一眼，而许秀琴则直接将那个盒子从防水袋里面拿了出来，打开盒子，一枚纯金的戒指出现在了面前，此时的周大山即便是再木讷也知道了这个时候要给自己的女人戴上。

戴上了戒指的许秀琴心中满满的都是蜜意，这一刻，从前所受的委屈全部都得到了释放，从今天开始，她就要和周大山一起迈向新的生活了，而这也是她多年以来一直的梦想，许秀琴藏在心里的"包袱"也终于放下来了。

此时，躲在远处的周楠和孟小敏会心地一笑，孟小敏更是毫不客气地对着周楠说道："怎么样，我出的主意还算不错吧？这下子这俩人彻底圆满了。记得你欠我的口红啊！"

"不会忘记的！"周楠一本正经地保证道。

"不过，你说咱们俩这么做，他们要是反应过来了，会不会收拾咱俩啊？"周楠突然间有些心虚地说道。

孟小敏此时站了起来，哈哈大笑，拍着周楠的肩膀乐呵呵地说道："秀琴姊儿肯定是不会的了，我帮了她一把，她自然是会记得我的好的。但是你估计就不一样了，你想想，你把你老爸骗得团团转，老周同志是一定不会放过你的，毕竟你可是他的亲儿子啊，你说他不抽你抽谁？抽秀琴姊儿啊？怎么可能，人家现在甜蜜着呢！所以，周楠同志，为了你老爸的幸福，忍着点儿痛吧！我会替你祈福的。"

孟小敏的话让周楠一怔，自己也是关心则乱，没承想一不小心就掉进了孟小敏设计的陷阱里面去了。

孟小敏乐得像是一个六岁的小女孩一样，周楠看着孟小敏那得意的样子，更是恨得牙根直痒痒，大意了啊！

"周楠，本姑娘等这一天可是很久了啊！"孟小敏此时笑得很是猖狂。

两人打闹着回了村，不过周楠的心里并没有生气，自己和孟小敏之间打闹惯了。更让周楠欣慰的是，经过了这么多年，自己的老爸和秀琴婶儿终于能够走到一起了，这也算是圆了他们的心愿吧！

　　果然，回到家的周楠直接就被恼羞成怒的周大山请吃了一盘"竹笋炒肉"。当然了，周楠毕竟长大了，真打是不可能的了，但是丢了脸面的周大山也只能气哼哼地追着周楠满院子跑，没办法，人总是要发泄的嘛，谁让儿子要诓老子呢？

五

　　周大山和许秀琴两个人到县里领了结婚证，这一次，周大山并没有任何的犹豫。

　　两人回来了，许秀琴的脸上瞬间就铺上了红霞，尤其是在孟小敏和周楠的目光注视之下，更是变回了小女人，娇媚了几分。周楠也是替自己的老爸和秀琴婶儿欢喜不已，毕竟也算是有情人终成眷属了吧。

　　孟小敏搬出了周家，住到了学校的校舍。

　　许秀琴这个女主人住进来了，孟小敏要是还住在周家确实是不太合适了，虽然周楠觉得无所谓，但是在许秀琴的坚持之下，孟小敏只能搬出去了。

　　孟小敏的心情稍微有些不好，毕竟自己可是被赶出去的啊！当她大包小包地拎着行李在周楠的帮助下搬了东西来到校舍，忍不住直接捶了周楠两下："看到了吧，啥叫过河拆桥？"

　　"其实吧，秀琴婶儿说得也没错，你住在我们家里，确实是不合适了。"周楠尴尬地笑了笑，这个时候他终于体会到为什么人人都说"婆媳是天敌"了，这关系确实是不好搞啊，看看许秀琴和孟小敏两人就知道了。而且这一个是后妈，一个是关系还没有明确的女朋友，真要是到了一起，那整天就只剩下鸡飞狗跳了。

周楠笑呵呵地说道："你别生气，其实吧，我觉得住在学校里面挺好的，这里清静，没人吵你，我每天都会过来陪你的。"

孟小敏直接对周楠翻了一个白眼，没好气地说道："陪我？你就是我最大的威胁！不过这事儿还不算完，周楠，你啥时候见过这么忘恩负义的人？要不是我，她能够直接住进你们周家？好嘛，你老爸也真是够可以的，媳妇这才刚娶进门，我这小媒人就扔过墙啊？"

不得不说，孟小敏确实挺生气的。

周楠也不知道应该如何去劝了，只是赔着笑说道："这不也是为了你好嘛，你想想，你要是一直住在我们家也不合适对吧？你是什么身份，我媳妇？还是我老妹儿？"

孟小敏直接对着他翻了一个白眼，没好气地说道："啥都不是！"

"好了好了，别生气了，你也犯不着和秀琴婶儿生这份闲气啊。要不然我请你吃大餐，怎么样？"此时的周楠更是变戏法似的从口袋里面掏出了一份牛油火锅底料，对着孟小敏说道，"这就算是我的赔罪了，怎么样？"

没有什么事情是一顿火锅解决不了的，如果有，那就两顿、三顿、四顿……

周楠已经做好了打持久战的准备了。

孟小敏看到火锅底料，脸上的怒气瞬间就消散得无影无踪了，她乐呵呵地说道："这还差不多……不过，你可别想着一顿火锅就能够让我消气啊！我这心里的怒火可是没消完呢，至少……至少得……"

没等孟小敏把话说完，周楠直接摆出了一个了解和明白的手势："明白，绝对明白！"这个时候，周楠又像是变戏法一样从口袋里面掏出来好几份牛油火锅底料，看得孟小敏更是口水直流。

说干就干，说吃就吃！

很快地，火锅的香味便在这个小小的校舍里面传开了，而此时的孟小敏和周楠两人围着一个锅，吃得那叫个津津有味。孟小敏好像也早就忘了之前发生的那些不愉快，而是把自己的精力全部都集中到了眼前的美食之中，吃得酣畅淋漓。

"你听说了吗？"孟小敏一边吃着一边对着周楠说道。

周楠正吃得开心呢，大脑好像都有点儿不够使了，满脸疑惑地问道："啥？"

"过了年，村里就要换届了。你说这次换届的话，谁有可能接替你老爸啊？"孟小敏一脸狐疑地问道。

周楠摇了摇头，一本正经地说道："我老爸可是在咱们溪山村当了二十多年的村支书了，你觉得谁有可能会替代他？放心吧，你就算是把手指头、脚指头都掰烂了都数不出来一个，我老爸他在村里面的威信，那可是顶呱呱的！"

周楠说得确实没错，周大山在溪山村确实是做了不少的贡献，而且村里的男女老少更是对周大山十分买账，只要周大山一动员，村民立刻就能拧成一股绳，而这也是周大山引以为傲的。周大山把村里所有人的力量全部都凝聚到了一起，只要全村人劲儿往一处使，那么无论要做什么，都无往而不利！

可以说，周大山的号召力在溪山村绝对是最高的。

"你觉得你有没有可能？"孟小敏突然间停了下来，然后压低了声音对着周楠说道，"你老爸确实是有他的优势，但你也有你的优势啊，你可是大学生。溪山村想要发展，可不仅仅是靠着老人们来拼搏奉献，也得有年轻力量的加入吧？你回到溪山村，难不成就真的只想要当一个小小的护路工吗？一个月挣着两千块钱的补贴？"

"算了吧，你可别开玩笑了啊，我怎么可能争得过我老爸呢？就算是我开上飞机都追不上我那老爸！"周楠笑着调侃道。

"总会有那个可能的。"孟小敏把脸往前一探，吃得红扑扑的脸蛋上更是露出了一丝认真，"你现在做得也确实不错，要是号召一下，想要和你老爸争一争，那还是很有可能的。你想想，溪山村的整体沙盘还在那个教室里面待着，你想要让它早一天展现在所有人的面前，你手里面没有足够的话语权和决定权，怎么能够尽快地实现？指望着你去说服别人，那可就真的耽误时间了。"

　　周楠陷入了沉默。孟小敏的话不无道理，虽然自己老爸这些年确实做得很好，但要是换上自己，自己那溪山村改造实施计划想要落实起来就更加容易了。想到这里，周楠确实有些心动了。

第十三章　头羊与头狼

一

冬去春来。

溪山那绿意内敛的山头，洁白的雪再也抵抗不过渐渐回暖的春日，而山间溪流的欢唱，一首渐渐然的歌声伴随着盎然的春意从云端唱到了山涧，从山涧唱到了焕发着勃勃生机的溪山村，唱到了村庄的篱落，唱到了鸭子的黄蹼，唱到了田间的春泥。

田畴间松软的泥土散发着清新湿润的气息，冬憩后苏醒的麦芽从湿润的泥土中穿出嫩绿，与河水欢唱，碧波清荡，柳丝婆娑，伴随着春风情影轻舞。风也在吹，吹动着洁白的云朵，还有白云那夹着风的甜脆笑声穿梭于湛蓝晴空之中，时而软语于燕雀，时而低喃于近在身前的那几只越飞越高的风筝，望着风筝被一根根细线牵扯着，那是在溪山村河畔青草地上的娃娃们，在孟小敏的带领下嬉戏着……

春暖开花，蜷缩在家里一冬天的人们也终于都出来了。孟小敏回家过了个年，便又迫不及待地跑回了溪山，弄得孟小敏的母亲心里面一个劲儿地埋怨，自己家的这个孩子好像把家当成是旅馆了，而溪山村那个小地方才是她真正的"家"。

周楠现在可不像孟小敏这么轻松惬意，春天来了，他又开始了忙碌。没有办法，二大爷在前几天的时候又堵了一次门，显得比任何人都要迫不及待。即便是自己花点儿钱也心甘情愿，毕竟他们可是羡慕了整个冬天了。

"我说小山啊，你可得保证这房子盖得比他们的好啊！"二大爷满意地看着自家的房子被推平，对着周楠一本正经地说道，"小山，你可得好好给我盖，盖成咱们溪山村最好的房子，你可不能糊弄你二大爷啊！"

"放心吧，二大爷，没问题的！"周楠拍着胸脯说道。

周楠此时此刻已经将所有的精力都放到了替村里的人盖房子的事业当中。当然了，也许没有人发现，此时除了每一位村民的家，就连溪山村也在悄然发生着变化。正如这春天的绿也在悄然不停地攀爬着，村里的路由原来的土路变成了青石板路，而每一位村民家的白墙青瓦，再加上装扮独特的小院，此时宛如一幅绝美的水墨山水画卷一般。

这个时候，所有的村民才发现，村里的环境是越来越好了，林荫环绕石板路，屋前屋后花草香。渐渐地，就连村里那不算太大的土场地也变成了一个平坦而且宽敞的小广场，广场上有可以休息的回廊，还多了许许多多的健身器械。河的两边修起了长长的护栏，护栏内是步行道和小公园。而这一切变化都在这一年的春天悄无声息地发生着。

整个春天，周楠都在忙碌着，而周楠的声望也在溪山村不断地提高着。市里把周楠的这种坡路面的设计在全县推广开了，这并没有让周楠感觉到意外。

周楠几乎每天晚上都要往溪山小学跑，没办法，谁让他还得求着孟小敏帮自己算账呢。

"怎么样？"周楠望着孟小敏，急急地问道。

孟小敏抬起头，对着周楠不客气地翻了一个白眼，更不理会这个家伙，而是又低下了头算了起来。

又过了一会儿之后，孟小敏才抬起头，对着周楠说道："这次的花销还可以。其实开销最大的那部分就是材料了，人工原本是大头，但是你这万恶的

'包工头'单凭嘴就把一群人全部都给忽悠瘸了，一分钱不要，全部都陪着你又拆又建的。"

周楠乐呵呵地说道："那是自然了，这说明我这人的人格魅力还是很强的，你说对不对呀？"

"就没见过你这样既自恋又不要脸的家伙！"孟小敏没好气地说道，"前两天我在村里面转了转，整个村子的容貌发生了翻天覆地的变化。但是呢，我总觉得咱们村子里面好像缺了点儿什么。"

"缺什么？"周楠疑惑地问道。

孟小敏摇摇头："不知道，总觉得怪怪的。不过也不急，等什么时候想起来了再和你说吧。哎，和你说个正经事吧！"说到这里的时候，孟小敏故作神秘地对着周楠说道："村里马上就要换届了，这可是一个千载难逢的好机会啊，你不试一试？我觉得你还是很有机会的。"

周楠上了太多次孟小敏的当，这种蛊惑自己去触自己老爸霉头，然后再看笑话的家伙实在是太无良了。周楠发誓自己再也不上孟小敏这个家伙的当了，自己也不傻，总不会在同一个坑里面跌倒无数次吧？

"算了吧，儿子和老子打擂台啊？"周楠警惕地说道。

孟小敏狠狠地瞪了周楠一眼："我和你说正经的！你想要让溪山村的经济快速发展，下一步你肯定得手中有话语权吧？村里建好了，溪山的景区也很快就建好了，那么接下来你是不是就要发展周末度假游经济了？你觉得你那个老爸能任由你来折腾？如果我是你爸，我才不会容忍你这么做呢！"

孟小敏眼看周楠快要被自己说服了，继续劝道："如果所有的话语权都掌握在你自己的手中呢？到时候你只需要动员大家就可以了。周楠，想要发展总是要有所牺牲的，时代在进步，观念也得改变，溪山村也是时候换个朝气蓬勃的人来当头狼了！"

孟小敏的话不无道理，周楠虽然知道自己老爸肯定会支持自己的，但是支持和主持可是差着十万八千里呢。孟小敏再一次说得周楠心动了，溪山村想要赶上农村经济发展建设的高速列车，那就必须得有所牺牲才行。只要是为了溪山村的发展，牺牲谁都可以，包括他周楠，也包括他老爸周大山。

<h1 style="text-align:center">二</h1>

"孟小敏，我发现你特别有给人洗脑的天赋。"周楠看着孟小敏那两眼冒光的样子，幽幽地说道。

孟小敏有些疑惑地说道："我的表演现在有这么浮夸吗？"

周楠用心地点了点头，一本正经地说道："嗯，比陈奕迅的《浮夸》还要浮夸百倍千倍呢，你不信啊？看看你这表情，实在是太明显不过了！"

"嘿嘿，不好意思，见谅啊！"孟小敏不好意思地说道。

周楠很喜欢和孟小敏待在一起，时不时地能够插科打诨、开个小玩笑。孟小敏也被周楠这个家伙给逗得咯咯笑个不停。两人分别忙碌了一天，拌个嘴，互相吐吐槽，都是一种释放压力的方式。

"说正经的，你可以好好地考虑考虑，别不当回事。"孟小敏玩笑过后，还是忍不住地提醒道。

这一次周楠没有反驳，更没有回绝："这个，确实得好好考虑考虑了。"

周楠确实是把这件事放在心上了。接下来的几天，除了继续组织大家建设溪山村之外，周楠就把自己关在溪山小学的那个放着沙盘的教室里面，看着自己的规划正在逐步地实现，周楠的心情很好。但是孟小敏的话也给他提了一个醒，那就是自己接下来应该怎么办。自己老爸把自己叫回来的用意，周楠现在是一清二楚，但是自己真的能成功吗？周楠不止一次地扪心自问。

而与此同时，在周家，周大山正坐在厨房门前抽着烟，脸上还时不时地露出一丝无奈和纠结。许秀琴则是在厨房里面炒着菜，时不时地看看周大山的背影，一副欲言又止的样子。

现在两人已经领证结婚，但许秀琴并没有要办婚宴的意思。周大山自然明白两人的特殊情况，也同意不办婚礼、不办婚宴。只是在春节的时候，周大山和族里的长辈们说了一声，然后周大山、许秀琴、周楠和回家过年的乔佳宁在一起吃了一顿饭，这事就算是成了。

"大山，村里是不是该换届选举了？"许秀琴憋了很久，最后还是忍不住问道。

周大山点了点头，神情有些失落地说道："嗯，马上就要换届了，月底就开始。"

"那天听别人说，有些人不希望你干了。"

"不用瞎听说，都是一些没影的事情。他们要是有这个本事，我倒是希望他们能够把我换下来，可惜，他们都无法带领溪山村往前走。"周大山之所以叹息，是因为事实如此。周大山不怕下台，他怕的是上台的人无法带领着溪山村的人继续发展经济，他怕的是溪山村的人生活质量下滑、倒退。

"听说，小山也想要竞争一下。你们这父子俩是怎么一回事？其实你来当这个村支书不就挺好的吗？小山怎么也想着要插一脚进来啊？"想到这里，许秀琴的心里面就有些不太高兴了，周家父子俩现在要争一个位置，无论谁上谁下，这要是成真了那可就是闹笑话了。

周大山把烟蒂轻轻地放在地上拧了拧，然后笑着说道："孩子大了，有他自己的想法，其实小山是想要做事的。小山这孩子想要做头狼，不想做头羊了！"

许秀琴没有听明白周大山话里面的意思，但是周大山知道自己的儿子一定懂这个道理。因为他给自己的儿子不止一遍地讲过头狼和头羊的差别。

狼和羊都是群居动物，也分别都有头狼和头羊。

狼这种动物呢，喜欢集体出动，超过五头的狼群一定不是临时拼凑起来的，其中必然有个首脑，它是狼群的优秀代表和象征，更是狼群的核心所在。在整个狼群遇到困境时，头狼必须挺身而出，用自己最锋利的牙刃将敌人扑倒，撕开纱网，率领狼群逃出生天。这就是头狼，集中了狼性当中最优秀的品质。在头狼的带领下，狼群呼啸山林、出没草原，所过之处，让天地为之变色，而这就是头狼的血性。

羊这种动物呢，也是群体性活动的动物。羊群在一起行走的时候，都有一只羊永远在前头，而且这只羊相对也是固定的，但它仅仅起到一个领头的作用。放牧时，牧人只要控制好这只羊，羊群就不会走失，这只羊就叫头羊。

周楠不想做顺利接班的那只"头羊"，毕竟这样下来靠的不是自己争取而来的，而是靠着父辈的力量传承下来的。而且头羊说了并不算，因为在它的上面，还有一个牧羊人。但是头狼可就不一样了，周楠想要靠自己的力量来争取，因为这个位置是靠着自己的本事挣来的，靠着别人对自己的实力发自内心的敬佩而推举出来的。

周楠想要做头狼了。

周大山的心里肯定是高兴的，但是同时他的心里也隐隐地有些失落，是为自己。周楠要争取，那同时也就意味着自己可能是真的老了。

"你说，小山平时也是一个乖乖的孩子，怎么憋着想谋权篡位呢？要我看啊，估计是孟小敏那个小丫头给支的什么招吧？"许秀琴忍不住地埋怨道，她实在是不想看到这种"父子相争"的戏码上演。

周大山摇摇头："秀琴，你对小敏这孩子有偏见了。她虽然有时候行事很怪异，但是她能够放弃省城里优秀的工作，到咱们这小山村里来当个小学老师，就冲着这个，我就很佩服她。而且这个女娃娃也值得咱们全村人尊重，毕竟，能够放弃优越的条件来这里工作，本身就值得敬佩！"

许秀琴不说话了，她也知道这个道理。但是不知道为什么，她和孟小敏两人还真的就是合不来，而且每每凑到一起，那也只有吵架的份儿。或许在许秀琴的眼里，她把周楠当成了自己的儿子，她一直觉得孟小敏和周楠不是一路人，两人也不可能走到一起，而她又不忍看到周楠被孟小敏给哄得团团转。这也许就是当妈的一片苦心吧？

三

周楠决定了，他要参选。

当周楠把这个决定告诉孟小敏的时候，他满脸的坚定，而孟小敏听完之后兴奋无比："不错，你终于下定决心了，现在你在咱们村里的支持率还是比较高的，除了你老爸，其他的候选人基本上对你都构不成威胁。"

周楠点点头："我老爸在村里经营了几十年了，想要赢他确实不容易，但是我是绝对不会错过这个机会的。接下来我会好好地准备，争取能够赢了我老爸。"

孟小敏挥了挥手，对着周楠鼓起了劲儿："加油！"

有时候，其实只要把你该做的事情做完、做好，那么你就是优秀的，就像是周楠一样。此时换届选举的事情透出风来之后，溪山村的村民就已经分成了两派，一派是支持周楠的，而另外一派则是支持周大山的。

选举的日子很快就来到了。

"小山，陪我走一走？"在选举的前一天，周大山叫住了正准备出门的周楠，然后对他说道，"正好咱们爷俩也说说话。"

周楠点点头，跟在自己老爸的后面，只不过此时的他心里面无比疑惑，这个时候老爸把自己叫出去说话，到底是个什么意思？难不成是想要让自己放弃吗？

周楠一路瞎想，一路跟着周大山，很快地，两人就来到了一个地方，这个地方有一块巨大的岩石，岩石上面很平坦，坐在这块石头上面，整个溪山村的山水村落全部都映入了眼帘，远处的挂壁公路更是看得一清二楚。此时的周大山对自己的儿子周楠说道："你决定要参与竞选了吗？"

这在溪山村已经不是什么秘密了。周楠重重地点了点头，然后神色坚定地说道："没错，我决定了要参加村支书的竞选。"

"那你做好心理准备了吗？当一个村支书，可不仅仅是表面上那么风光，那是一份责任，更是一份使命。我想你现在还理解不了这种责任和使命的含义，这个需要你慢慢体会和感悟。"周大山仿佛对周楠参选的事情并不是太过于生气，在周大山的眼里，更看重的是那份沉甸甸的责任和使命。

"我明白。"这个时候的周楠拿手一指，对着周大山说道，"就像那条路一样，对于你们来说，那就是你们为了让村里的人和村里的后辈都能够过上好日子的见证，有了那条路，溪山村才能发展。而且那不仅仅是一条路，而是一种象征，一种拼搏和奉献的精神象征。老爸，我说得对吗？"

周楠说得很平静，而且他的目光一直都凝视着远处的山峦。从秀琴婶儿跟自己说起这条路的意义，到市里、县里的领导对这条路的推崇备至，再到周楠见到老爸还有村里人对这条路的执着热情，最后自己参与进去，周楠就懂了，他明白自己的老爸心里面装的可不是一个人、几个人，而是一个村子。所以，周楠将自己的老爸作为榜样，他想要成为另外一个"周大山"。

周大山望着那条路，思绪万千，眼前的一切都好像是回到了从前，回到了自己热血无比的青年时期，回到了那个热火朝天的时代……

第一次狼道的失败，第二次羊窖的失败，并没有阻止周大山他们这帮年轻人的热情。他们白天干活，晚上则是坐在一起讨论，吸取经验，终于走出了盲目的旋涡，而逐渐地领会了"修路热情加科学发展观等于事业成功"的经验教训，并在一起制订了"依山就势，顺崖凿洞，盘旋而上"的方案。

而这一次，村委会把自己卖了个干干净净底朝天。这一次，干部、党员、群众纷纷凑钱，农闲时全村男女老少齐上阵修路。农忙时专业队不下山，炮声一声声不断，钢钎一寸寸缩短，而路在一尺尺延伸，三年的时间才凿了不到两百米，上千米的洞也不知道什么时候才能够修通。

周大山他们并没有放弃目标，更没有放弃自己的信念，在这个时候，他们心里想的只有一个问题，那就是如何把这条路给修成。

没有钱，买不来炸药、钢材、煤炭，全村人又把娶媳妇的钱、嫁姑娘的钱，甚至就连自己的棺材本也都一一地拿了出来，自始至终，溪山村的人没有一个信心动摇的。而周大山他们也想到了加快施工的方法，那就是多点开花，同时开了五个作业面。与此同时，作业面多了，困难、压力也就大了。向周边村民求援，向上级求助，向银行求贷，向外出工作人员求帮，向干部、党员、群众求借，等等。只要是能跪的庙门，周大山他们甚至都已经跪了个遍，修路工程一天都没有停下来。

在悬崖峭壁上筑路是非常困难的，最艰难最危险的路段是鹰嘴崖，岩质松软而且还容易塌方。周大山他们手上并没有工具，只能用老锤、钢钎以及知觉替代可以检测危险程度的仪器。施工的时候没有安全帽，只有头发顶着。一段时间之后，周大山发现每次塌方前，总是会先掉落一些小石子和灰尘，于是第二天的时候，工地上所有的男人都变成了光头，只因为这样就可以灵敏地感觉到岩洞上方的情况。

就这样，鹰嘴崖塌方了有近五十次，而且每一次都可以说是惊心动魄。

有一次大家干得正起劲儿，岩洞上的一块石头掉下来正好砸在了周大山的腰部，钻心地疼。旁边有人问周大山要不要紧，周大山强忍住疼痛，上气不接下气地说了一句"没事"。刚说完，周大山感觉头顶上头有些细微的响动，他抬头一看，是一条大青蛇在岩壁上爬行。周大山知道蛇是最敏感的动物，他脑子一转，知道这是要塌方了。周大山一跃而起，连喊带拽着乡亲们往外冲，刚跑出去，震天动地的大塌方就出现了，轰鸣的声音更是传遍了整个溪山村。当周大山睁开眼的时候，漫天的尘雾在身边滚动，什么都看不见，等尘雾渐散，看清乡亲们都安全了，周大山一颗悬着的心才缓慢地落了地。

四

第二年的山洪把山崖上凿的路全部都冲毁了，周大山看到那已经毁掉的路，第一次感受到了绝望。但这个时候的周大山并没有任何的气馁，他给自己加油鼓劲儿，但是大家却泄了气。修路修了几年，钱花光了，力气也出尽了，该受的罪不该受的罪都受了，甚至每个人都在死亡的边缘徘徊了好几次，修路工程也因此陷入了可怕的僵局。周大山挨个从党员家走到干部家，从干部家走到群众家，挨家挨户做工作，好说歹说，直到说通为止，然后又组织起修路队上了山，向峭壁吹响了拼刺的号角。

溪山村的挂壁公路呈现出了可喜的轮廓，为了加快筑路速度，溪山村全村的党员、干部卷起铺盖、带上锅灶，在周大山的带领下住进了山洞，发誓"路不通车，人不下山"。就这样，在山洞里面的四百七十八个日夜，他们汗一把、泥一身地干，累了就打个盹，渴了就喝一口山泉水润润嘴，烫热的钢钎烤烂了手心，就撒一把土，血夹杂着泥顺着钢钎一道道地往下流。就这样，钻在山崖里的溪山村修路队并没有退缩，有了危险，每个人也总是要把生的希望留给别人。

老支书和村民宋二平在峭壁上凿眼放炮后，去施工时哑炮炸响了，老支书和宋二平直接就倒在了血泊中。正在另外一个作业面施工的周大山听到爆炸声和哭喊声，赶紧跑了过来，死的死、伤的伤，哭的哭、喊的喊，乱成了一片，而周大山来到老支书的身边，老支书此时只剩下了一口气。

"大山啊，我这条命是保不住了，你一定要带着大家把这条路给修成了！咱们村世世代代住在这里，就是因为没有路，大家才穷呢。从现在开始，你要带领大家把路都修宽敞了，我们几个的死才有意义，我们几个的血才没有白流，你明白了吗？"老支书强撑着最后一口气，对着周大山说完这句话，就闭上了眼睛。

死了人，有人不理解，有人出难题，有人倦怠了。

周大山第二天就怀着悲痛的心情把溪山村的男女老少全部叫到一起开会，激励大家化悲痛为力量，完成他们未完成的事业，一定要让溪山村的这条挂壁公路全线贯通。就这样，在周大山的带领下，大家擦干身上的血迹，擦干眼角的泪水，拿起钢钎、炮锤，又一次地攀上了绝壁……

周大山平静地讲着自己修路的历史，周楠则是安静地听着。这还是周楠第一次听自己的老爸讲这条路是怎么修出来的。

"咱们溪山村这条挂壁公路长十五里，隧洞就有十四里，光是材料款就花了五十九万六千元，而村里的人义务出工十七万八千三百个，土石方清出了三十三万立方米，建了石桥五座。就这样，路修成了。"周大山对着自己的儿子说道，脸上满是自豪。

"你母亲怀孕的时候，我一心扑在修路上。生下你，你母亲大出血去世，我却什么也顾不上。没有好好照顾你母亲，是我这辈子最大的遗憾。"

这是周大山第一次对儿子说起自己的妻子，周楠眼角的眼泪也缓缓地流淌在了脸颊上。

"后来，我带着村里的人省吃俭用地修了溪山小学；冒着严寒和酷暑架通了一条四十里的高压线路，让村里人晚上点亮了灯，结束了煤油灯的历史；拓宽了咱们的挂壁公路，建成了一座小型的水电站，大坝高四十二米、宽十米、长三十米，并蓄满水；又打通了四百五十米的引水山洞、一百三十五米的压力管坡，水力发电站也建成了；四位一体工程沼气，三十五亩的鱼塘，百头猪场、养兔场、蔬菜大棚……"

周大山一件一件、一桩一桩地数着，而周楠越听心里面越惊讶，他没有想到自己的老爸居然做成了这么多事情。

"小山，我跟你说这么多，并不是想要在你面前表一表我有多少的功绩。我想要告诉你的是，这个村书的位置不是我周大山的，即便这一次不是你出来和我竞争选举，换了其他人我也会和他谈一谈的，不为别的，而是要让你们明白，你们的肩上要担负起多重的责任。当官不是为了风光，而是要脚踏实地地为老百姓办实事、办大事。"

周大山望着远处，好像是在回忆着什么，脸上的神色由凝重变成了伤感，又由伤感变成了坦然。

老支书，这个位置不好干，但是我没有让你失望，我在这个位置上一心只为公……

从山上下来，周楠便明白了自己老爸的意思，他这是想要给自己上最后一堂课，那就是"心系人民，不负韶华，大道至简，实干为要"。

而接下来就需要周楠他们辅之以行，珍惜韶华，继续奋斗。周楠要走的每一步都必须要脚踏实地，在自己的无私奉献中、在平凡小事的尽职尽责中方能将星星之火汇聚成造福一方水土、一方人民的曙光。

周楠明白了父亲的用意，他的内心十分感激。

回到家，周大山仿佛卸下了千斤的重担，忍不住掏出了烟，坐在门槛上面轻快地抽了起来。看到周大山的样子，许秀琴忍不住地问道："怎么样，是不是劝通了小山不和你竞争了啊？看你的样子怎么这么开心呢？"

周大山摇了摇头："老人家有这么一句话，你一定是听过的，大概意思是世界是你们的，也是我们的，但是归根结底是你们的。你们青年人朝气蓬勃，正在兴旺时期，好像早晨八九点钟的太阳。希望寄托在你们身上。"

许秀琴一听，这话里的意思好像不太对劲儿，她有些疑惑地盯着周大山："这么说，你没能够说动小山，到时候你们父子俩真的要同台竞争呀？周大山你咋想的啊？要不要我去给你劝一劝？小山那孩子平日里可是很听我的话的，说不定他会好好地慎重考虑的。"

五

周大山听到了许秀琴的话之后，无奈地笑了笑，无比认真地说道："不用了，我已经和周楠说了，我支持他。"

周大山的话一出，许秀琴更是彻底地愣住了。

"秀琴，小山那孩子别看话不多，但是心里面还是很有想法的。你知道吗？从他让我看对溪山村的建设规划的那个沙盘的时候，我就已经承认，属于我的时代已经结束了，以后就要看小山他们的了。"周大山并没有生气，依旧平静无比地说道。

"真的不争了？"许秀琴的话里面带着一丝丝的遗憾。

周大山却是笑着给自己点了一支烟："怎么可能？我也是不会放弃的，要不然的话，他怎么能够做成头狼呢？我可不希望我的儿子只是一只头羊。"

"那你要是输了呢？你这老脸可就丢尽了，死后想要转山转村的话，那可能做不到了。"许秀琴忍不住担心地说道。

周大山丝毫不在意地说道："没有关系的，那都是死后的事情了，我死之后又管不了他们要如何做，只要我自己问心无愧就可以了。秀琴，如果我选不上，那我就没啥子事儿了，到时候就有时间晒晒太阳了。累了这么多年，也应该好好歇息歇息了。"

"还没选呢，你就先认输了啊？"许秀琴也明白了周大山的意思，她心里面最后的那丝执念也放了下来。对于许秀琴来说，无论是谁来当这个村支书，只要能够全心全意地为溪山村的百姓办实事，那就是好的。有这种想法的不仅仅是许秀琴一人，村里面的男女老少都是这么想的。

"没有输赢，反正到最后我也是赢。相比于我被选上，我倒是更希望我儿子被选上。"周大山淡淡地说道。

选举开始了，尽管早有风声，但周楠真的参选还是让溪山村的人感觉到了一丝意外，但是更多的是支持，毕竟周楠给村里做的贡献大家有目共睹。

除了周楠之外，候选人里面还有周大山等四个人，而五个人的参选并没有让这场民主选举变得扑朔迷离。当周楠以高票当选的时候，村里所有人都激动了起来，而在会上宣布的时候，村里的那些人更是直接给周楠鼓起了掌。

"下面，请周楠周支书给大家讲话！"镇上的一位镇政府的工作人员对着溪山村的人宣布道。

周楠看了自己的老爸一眼，从那里得到了鼓励的目光。周楠来到讲台面前，脸上带着笑容，对着村里的男女老少说道："首先呢，谢谢大家对我的肯定和支持。我在这里先做个保证，那就是我一定会带领着大家实现全面小康的！当然，这是我的承诺，更是我在今后的任务和目标，所以还要请大家来监督我。"

"好！"

此时台下更是一片叫好声。

周楠又继续说道："这村里好不好、农民富不富，一看收入二看户，三看村庄四看住，五看环境六看路。现在咱们溪山村的环境和路那绝对是没有问题的，这是咱们溪山村的优势，也是咱们溪山村经济发展的关键因素。至于说村庄和房子的环境也已经发生了翻天覆地的变化，这是好事，我也希望咱们溪山村能够一直这样下去。而且我也会争取上级领导以及资金的支持，给咱们溪山村开个美颜！"

轰！听到了周楠这句调侃，所有的村民更是忍不住地大笑了起来，大家对于周楠这半开玩笑的讲话很是受用。

不过周楠确实有底气来说这话，这段时间溪山村的变化，就足以证明一切。

"接下来呢，我还会继续搞好咱们溪山村的建设。而想要让咱们溪山村每一家每一户都能够富起来，最主要的工作就是帮着大家提高收入。怎么提高收入呢？这里呢我先卖一个关子，等到时候大家就知道了。这一点还是要请大家放心，大家伙可别忘了，我为了给咱们溪山盖小学可是借了不少钱的，这钱怎么还，也得从这里来落实。"

听到周楠的话，所有人都点了点头，这才是他们选出来的村支书。

"到时候咱们还要在村里建农民科技文化图书室、广播室、老年人及党员活动室等文化阵地，建幼儿园、社区综合服务中心和文体广场。到时候咱们发展成果由全体村民共享，居民生活质量和幸福感将会持续提升。"

周楠望了望大家满是期待的眼睛，然后继续讲道："当然了，作为村支书，我要有'铜头'，那就是敢于碰硬，碰到问题不退缩；有'铁嘴'，善于做细致的思想政治工作；有'橡皮肚'，有能屈能伸的肚量和宽广胸怀；有'飞毛腿'，勤于深入基层了解实情；处事要懂'方、圆、度'，方是原则性，圆是灵活机动性，度是度量性。这十三字经是我对自己的要求，更是我对咱们村干部的要求。希望大家能够监督我们，如果我们有做得不够好、不够全的地方要给我们提意见。"

周楠的话，既立志向又立目标，说完之后底下村民都鼓起了掌。周楠的目光从溪山村每一张村民的脸上扫过，心中则是满满的感慨，当周楠的目光落在了自己老爸脸上的时候，老爸则是直接对着自己点了点头。周楠的目光在人群中找到了孟小敏，孟小敏的脸上一直都绽放着笑容。

周楠就这么正式地走马上任了，此时此刻他的心中满满的都是雄心壮志。继承了前辈们的光荣传统和不朽精神，周楠要继续带着溪山村全体村民往前走。而此时周楠的心里面那个已经规划很久的沙盘，正要一步一步地加快建设步伐。到时候，溪山村将会是整个乡村振兴战略中最亮丽的一道风景线！

周楠的目光望向了远处，仿佛在那里有他所描绘的最美好的未来，而他将会拼尽全力，带着全溪山村的人一起朝着那个美好未来奋进。

第十四章　自信的线条

一

春去秋来，两年的时间很快就过去了。

周楠在这短短的两年时间里，已经把溪山村建成了一个农业生态和旅游度假的现代农村。溪山也被开发成了一个景区，马上就能够对外营业了，周楠给大家盖的房子成了一个个休闲度假的民宿。

溪山村与溪山统一规划，苍翠延绵到了溪山村，村子被青石板路所覆盖，屋前花、屋后树，更是形成了一幅美丽而又和谐的宁谧小乡村的景象。周楠在路下更是铺设了供水、排水、燃气、热力、电力、电信、广播等管道，将一家一户彻底地进行了改造，现在留给村民的只有干净、整洁的院子和亮堂的屋舍。

村前小河清澈见底，河里有鱼，靠河岸两旁是塑胶铺成的健步道。靠河边的则是两个小小的公园和活动广场。河上面有三座桥，一座是供游人休憩的廊桥，完全仿古建筑，在桥上也能够驻足休息；一座是简朴而又简约的青石板桥，这桥连着河岸边的田地，方便村民下田劳作；而最后一座则是颇具现代风格的桥，这座桥的桥面很宽，供车辆通行。

此时整个溪山村的规划就和周楠之前做的那个沙盘几乎一模一样，而这两年来周楠更是不曾停歇地改造着溪山村，直到现在也已经算是初具规模了。

周楠一个人走在溪山村里面，这溪山村对于周楠来说，就好像是他最疼爱的孩子一般，周楠在细心地呵护着。而当他走到一处喧闹的地方之后，脚步渐渐地停了下来，看着一个身材曼妙的女人带着一群孩子，在村里面那洁白的墙上涂鸦。

看着孩子们兴奋地在白墙上面画着画，周楠的心里面更是满足不已。而这个时候孟小敏也看到了周楠，然后和一旁的老师交代了两句，就朝着周楠走了过来。看到周楠脸上露出了一丝怪异的笑容，孟小敏很不客气地说道："怎么着，周支书今天这么清闲啊？"

两人已经确立了关系，经过两年时间的沉淀和酝酿，两人的感情更是越来越深厚。孟小敏没想到阴差阳错地从溪山上滚下来，结果就一直赖在溪山村不走了。

周楠指了指自己的鼻尖，孟小敏这才意识到什么，从口袋里面摸出一张湿巾，将不小心弄到鼻尖上的颜料轻轻地擦拭干净。周楠很满意地望着墙上的那幅半成品，笑着对孟小敏说道："嗯，不错，挺有天赋的嘛！"

"嘿嘿，那是必须的啊，我小时候可是拿过全省绘画一等奖呢，这点儿对我来说完全就是小意思了。"孟小敏此时更是不客气地说道，"你怎么今天有空了啊？溪山那边不需要你去盯着了吗？"

周楠长长地松了一口气，笑着说道："不用了，溪山旅游区已经建设得差不多了，接下来就只等着省里、市里和县里旅游部门的工作人员进行评估定级就可以了。这段时间，我基本上没啥事儿做了。"

"果然，所以你就来烦我了？"孟小敏对着周楠翻了个白眼，没好气地说道。

周楠摇摇头："其实也不是，主要吧，是为了躲个清净。你也知道，秀琴姊儿家的姑娘，就是乔佳宁毕业回来了，这不是家里面不方便嘛，所以我就跑出来了。"

"啧啧，青梅竹马不是挺好的吗？也不知道你这个家伙怕什么……"女人嘛，天生就是优质的"醋坛子"。

看到了孟小敏这酸溜溜的样子，周楠苦涩地摇了摇头，无奈地说道："其实吧，我一直都把佳宁当妹妹来看待的，而且那都是小时候的事情了，压根就作不得数的，没想到这丫头对二十多年之前过家家的小事儿都记得一清二楚。"

"这不是正好，有情人终成眷属，那我是不是应该祝你们俩百年好合、早生贵子、白头偕老呢？"孟小敏阴阳怪气地说道。

周楠无奈地摇了摇头："咦？这空气怎么都赶得上老陈醋的味儿了？太酸了！"

孟小敏见说不过，直接一拳就砸在了周楠的肩头："你还说！要不是看她乔佳宁是你妹妹，以本姑娘这暴脾气，早就反击了，容得了她在本姑娘面前嚣张？"

孟小敏这么说，那也是事出有因。周楠当然明白事情的前因后果，只不过这个时候他可不想再回忆起这两个女人第一次见面的时候那剑拔弩张的画面了。周楠回想起来还忍不住地打寒战呢。

"好了好了，她还是个孩子，你犯得着跟她怄气吗？"周楠赶紧开解道。

孟小敏对着周楠翻了一个白眼，周楠这个时候还在自己跟前"和稀泥"呢。不过他的身边总有这么一个"不定时的炸弹"妹妹，孟小敏的心情瞬间就不美好了。

"我想着先成立一个旅游公司。"这个时候的周楠则是直接话锋一转，然后对着孟小敏说道，"咱们溪山村现在所有的旅游景点也建立起来了，而且基本上都已经成形了，如果能够通过审定，咱们就可以正式开张了。正好佳宁也回来了，我想跟你商量一下，要不然让佳宁试一试？否则她天天在家里面闲着，也不是个事儿。"

既然都说到了正事，孟小敏也收起了那份愤愤不平的醋劲儿，思索了片刻，然后缓缓地说道："嗯，确实是。村里现在的环境变得挺好的了，完全能够达到休闲度假的要求，成立公司统一管理也是不错的，也能够给村里人创收。别忘了，你现在还欠着一屁股债呢，也应该赚点儿钱还还债了。"

孟小敏所说的就是周楠在翻修溪山小学时欠下来的债。两年过去了，周楠没有一点儿动静，这也是孟小敏替周楠着急的地方，毕竟欠债还钱，那可是天经地义的事情。

"所以嘛，这事儿还得咱们三个人心平气和地坐下来好好地谈一谈才行呢。"周楠小心翼翼地说道。

孟小敏一听到这里，立刻就瞪圆了杏眼："原来你打的是这个如意算盘啊？我告诉你，谈工作可以，但是要我和她谈，门都没有！"

乔佳宁把孟小敏招惹得不轻啊！周楠在心里面默默地叹了一口气，无奈啊，三个女人一台戏，在他这里，不用三个，两个就够了。

二

乔佳宁今年大学毕业，毕业之后就回了家。乔佳宁和周楠两个人是从小一起玩到大的，乔佳宁的心里也一直喜欢着周楠，用乔佳宁的话来说那就是"初心不改"，奈何周楠已经和孟小敏谈着恋爱呢，所以性子泼辣的乔佳宁立刻就找到了孟小敏宣示主权。

但是呢，孟小敏也不是吃素的，对乔佳宁更是懒得搭理，这一来二去就把火气给拱起来了，结果就是"城门失火，殃及池鱼"。周楠作为那条可怜的"池鱼"，夹在两个女人之间确实受了不少的夹板气，一心想要说和，没承想反而给弄巧成拙了。

所以，孟小敏和乔佳宁两人根本就不能见面，要是碰到一起，那惨烈状况绝对堪比"火星撞地球"。

不过呢，今天又是"世界毁灭"的一天。

周楠坐在中间，有些头疼地看着孟小敏和乔佳宁，此时的他觉得把这两人叫到一起商量成立旅游公司的这个主意实在是糟糕透顶了，而现在看看这尴尬的场面，周楠觉得自己当时一定是大脑缺氧了才会想出这么一个主意来。

乔佳宁梳着一个干练的马尾辫，穿着一件蓝白色的格子衬衣，牛仔裤将她青春而充满活力的身形完美地勾勒了出来，一双洁白无瑕的运动鞋，精致的脸庞，炯炯的双眼正虎视眈眈地盯着孟小敏。乔佳宁的样貌有七分像许秀琴，但是性格和许秀琴完全不一样。乔佳宁从学校毕业没多长时间，其实原本在省城里也是有一个好的工作岗位的，但是她却放弃了这么好的一个机会回到了溪山村。

乔佳宁回来，却让周楠很是头疼。

"哥，有啥事你非得把我和她叫到一起说啊？"乔佳宁一上来就很不客气地说道。

"不愿意待着，可以走啊！"孟小敏也不示弱地说道。

虽然周楠有点儿后悔，但是该说的事还得说。他无奈地说道："今天咱们三个坐一起啊，是有个事情要商量的。咱们现在溪山景区和溪山度假村呢都已经建设得差不多了，而接下来就要正式运营了。"

周楠稍微顿了顿，然后继续说道："现在我是这么考虑的，为了能够统一进行管理，就必须要成立一个旅游公司，而接下来关于旅游方面的事宜就全权交给旅游公司去操作了，省里、市里和县旅游局也会对咱们这个项目进行评审的，而中间的接洽都由旅游公司来统一操作。"

"现在的情况是这个样子的，我们可以直接跳过立项，而接下来就要准备申报材料。佳宁，这件事我和小敏商量过了，准备交给你来操办。"周楠和孟小敏对视了一眼，然后才对着乔佳宁说道。

乔佳宁很明显地被吓了一大跳，她那杏眼带着狐疑的神情望向了周楠，语气中夹杂着一丝丝的颤抖："哥，你不会是在开玩笑的吧？"

周楠摇摇头，一本正经地说道："不是在开玩笑。现在你既然回到村里来了，正好我们也缺这么一个可以顶得上去的人，你又正好学的是管理，组建这个公司对于我们系统性地开发和维护、宣传都是很有必要的。"

"那人手呢？"

"你自己想办法，愿意招兵买马，还是自己一个人独挑大梁，都由你说了算。"周楠认真地说道。

乔佳宁没想到今天把她叫过来是说这事儿，她回来的最主要的目的其实很单纯，那就是把周楠从孟小敏这里夺回来。从小开始，乔佳宁就对周楠有一种感情，经过时间的发酵，这种感情并没有变淡，反而更加浓烈了。

乔佳宁只想要和周楠在一起，至于其他的事情，她并没有考虑。而现在听到周楠说要让她组建一个公司，然后负责溪山风景区和溪山旅游度假村的事宜，乔佳宁突然间觉得自己好像被周楠的这个决定压得有点儿喘不过气来。想拒绝吧，可是眼前还坐着孟小敏呢，这拒绝的话实在是说不出口。

看到乔佳宁一下子变得沉默了，周楠鼓励道："放心，我和小敏会帮你的。这个旅游公司对咱们溪山村很重要，也关系到咱们村子里面经济发展的转型能否成功。佳宁，我相信你有这个实力。"

孟小敏也看到了乔佳宁对自己信心不足的样子，这个时候她眼珠子一转，对着乔佳宁说道："怎么，怕做不好啊？周楠，要不交给我来做？"

乔佳宁被孟小敏这么一激，立刻回道："这有什么不敢的啊？哥，这工作我接了，你把咱们的发展规划和资料发给我，我先好好地研究研究。"

周楠点点头，他也知道把乔佳宁给拉出来，确实有点儿像是赶鸭子上架的意思，但是眼下必须得给乔佳宁找点儿事情做了，要不然她天天地烦着自己，这也让孟小敏心里很不舒服，让乔佳宁忙碌起来的话，周楠也能够清净不少。

"牛皮别吹破了！"孟小敏突然间来了这么一句话。

乔佳宁更是直接霸气地回道："放心吧，我一定能够做好的！"

周楠相信乔佳宁的实力。乔佳宁在省城农业大学里面学的是管理，是一个既懂农业又懂管理的人才，而看中她的那家公司可是全球五百强，所以周楠相信乔佳宁一定能够胜任这个新的岗位，更是能够接受挑战的，毕竟，溪山村人从来就不畏惧挑战。

乔佳宁收到资料就气哼哼地离开了，而此时的周楠和孟小敏两人不约而同地长长地松了一口气。两人刚才打的配合还算不错，他们两人也在一起合计过了，乔佳宁是最佳的人选。

"这样是不是就遂了你的愿了？"孟小敏意味深长地看了周楠一眼，周楠的那点儿小心思怎么能够瞒得过她？周楠这一手玩得确实是挺高明的，乔佳宁不想在孟小敏面前跌了份，所以就算是再不情愿，也会接下这个任务的。

周楠笑了笑，调侃地说道："这也是给佳宁一个展示自己能力的平台。既然她也准备回来建设自己的家乡，那么就不能挑三拣四的。革命工作嘛，可是不分高低贵贱的。"

三

听到了周楠那违心的话之后，孟小敏鄙夷地看了周楠一眼，没有理会周楠，而是直接换了一个话题："听说，省里要修一条高速公路，可能要经过咱们溪山。这条路对于省里很重要，真要是经过了溪山，恐怕会对咱们刚刚建好的溪山风景区造成破坏的。"

周楠沉默了，这个消息他也听说了，只不过他觉得不太可能，溪山的地形复杂，真要是在这里修一条路，成本很高，而且设计和施工的难度系数都是很大的，如果是他自己，根本没有把握能够修成这么一条"天路"。

"万一省里要真的有这个规划，怎么办？"孟小敏神色凝重地说道。

孟小敏提醒得对。周楠回到家里，面对着安顺县的地图看了许久。

第二天的时候，周楠接到了县里交通局的开会通知，周楠忧心忡忡地来到了县交通局，一种不好的预感从心底涌了上来。

县交通局，叶洪局长兴奋地对着这几个村里的村支书宣布了一个好消息："省里决定修一条高速公路，咱们几个村都要占些地，具体的方案呢由省路桥集团来负责制订。这是一件利国利民的大事，各位要是有困难的话一定要克服。"

周楠的心已经沉到了谷底。从叶洪的态度中就可以看得出来，他对这次高速公路的修建态度有些激进了，修路的话势必会对当地的生态造成一些破坏，有的甚至破坏得很严重，而这种破坏是不可逆的。

周楠看到叶洪那发自内心的无比兴奋的神色，心里面一沉："叶局长，我能看一下规划路线吗？"

周楠此话一出，叶洪没有犹豫地点了点头："呵呵，你看我，我倒是忘了咱们这里还有一个土木工程专业的高才生呢。没问题，小杨，去把高速公路的规划图拿来让小周支书看一看。"

很快地，规划图拿来了。周楠看完之后，脸色变得难看了起来，不得不说，这张设计图做得很好，但是却并不完美。

或许是周楠的神情让叶洪也感觉到了不对劲，叶洪忍不住问道："周楠，这有什么问题吗？这可是省里路桥集团的规划研究院做出来的规划图啊，应该不会有什么问题吧？"

周楠抬起头，神色无比凝重："叶局，这张规划图如果本着节约成本的目标来说确实做得没问题，这样修路确实是能够将成本降到最低。但是我敢保证，做这张规划图的人一定没有对咱们安顺县进行过实地的调查研究。修路是好事，但是要以破坏当地的生态环境为代价的话，那么这条路修得就没有多大的意义了！"

叶洪脸上的笑容一下子收敛了不少。周楠的话，他听进去了，但是他并不赞同，这条路对于安顺县来说很重要，反对的声音肯定会有的。但是仅仅一个高速路口能够给县里带来多少的收益，那是周楠所考虑不到的。而叶洪却知道，这至少能够让安顺这个小县城的经济上一个台阶。

"小周支书啊，修路其实还是很重要的，交通运输可是国民经济的基础，只要路通了，不仅能够提供多个岗位，而且从整体上来说，是合理配置资源、提高经济运行质量和效率的重要基础。亚当·斯密可是在《国富论》中就深刻地指出了'在一切改良中，以交通运输的改良最为有效'。咱们安顺的经济在市里面是比较靠后的，修通这条路，对于安顺的经济发展那可是至关重要的。"叶洪最后这一句话说得语气很重，那意思就是对周楠的反对很不满。

这个时候周楠已经顾不了那么多了，该坚持的时候他必须坚持，尤其是要对溪山的生态环境造成极大的破坏，这是周楠所不能容忍的。

周楠有时候是个"战士"，而且还是个坚持己见的"战士"，即便是面对强壮于自己数倍的"敌人"，周楠也绝不会退缩，只会据理力争。

"叶局长，这些大道理我都明白。我并不是反对在溪山修路，而是反对这张规划图。我看过了，上面要穿过的大多数的地方都是咱们的山里，其中就包括我们溪山、凤岐山还有万福山，这些山区都是自然生态区，如果按照这张图上的规划，势必会对这些山区的生态环境造成严重的破坏。经济发展固然重要，但是现在全国一盘棋，不仅要发展经济，也要保护环境。金山银山不如绿水青山，而且绿水青山就是金山银山。我不是反对发展经济，而且我也渴望咱们县里面的经济得到发展，但是要破坏山区的这些生态，我不同意。"

这次来参加会议的都是县里面各村的村支书，其实对于修路，大家的态度还是支持的，毕竟对于他们来说，发展经济要比保护环境重要得多，这是之前固有的观念形成的僵化思想。周楠就是要打破这个固有观念。时代在进步，他们的思想也必须改变。

"周楠同志，我听说你在开发溪山，这修路是全县的一盘棋，不能因为这条路可能会影响到溪山村的发展你就持反对意见。"叶洪也恼火了。

周楠摇摇头，他的犟驴脾气也上来了，直接站起来，更加不客气地说道："叶洪局长，您也太小瞧我周楠的格局了。而且我要再次纠正您一点，我不是反对修路，而是反对这么修。而且我一直都在阐明我的观点，我不赞同的是这么一个以破坏环境为代价的规划方案，这对于我们安顺县来说，是极其严重的损失！"

周楠的话说完之后，整个会场一片安静。

周楠这个小家伙完全就是一副初生牛犊不怕虎的样子。当面让上级领导下不来台，这下好了，这会开不下去了。

四

叶洪也没想到周楠会在这个时候对自己发难。修高速公路这本身就是一件造福一方百姓的大好事，他其实是很兴奋、很激动的，抛开自己的个人政绩不说，单单是能够给安顺县带来的好处，就让叶洪坚定地支持着。

叶洪这交通局不是"一言堂"，但是周楠即便是反对也不会起到任何作用，路是必须修的，这是从省里到市里，再从市里到县里面的统一规划，已经是板上钉钉的事情了。叶洪也不是那种听不进去不同意见的领导，只是如果周楠能够换个环境、换个方式，或许自己更容易接受。

这会，还是得往下开。

"周楠同志，关于规划路线的问题，我会把意见向上反馈的。"叶洪认真地说道。

会议接下来就按照议程往下走了，周楠也知道自己刚才确实表现得有些过于激动了，但是如果还有下一次，他还是会这么做的。

会后，周楠并没有走，而是被叶洪请到了局长办公室。

叶洪要说心里面没有气那是不可能的，但是多年的涵养还是让他把自己心中的怒火先收了起来，问题既然都已经摆出来了，那么接下来就必须要解决。让秘书给周楠倒了一杯茶之后，叶洪便坐在自己的位置上沉思了起来，并没有说话，他需要先整理一下自己的思路。

周楠同时也在思考着。在看到高速公路的整体规划图的时候，周楠心里面更是有些恼火，这份规划做得太片面了。其实昨天他已经对着安顺县的地图做了充分的研究和准备，他知道自己不是无的放矢。

"周楠同志，你这可是给我出了一个大大的难题啊！"过了一会儿，叶洪的脸上露出了一丝苦涩的神情，对着周楠叹了一口气，然后无奈地说道。

"对不起，叶局长，是我冲动了，我在这里向您道歉。"周楠诚恳地说道，"不过我该坚持的原则还是要坚持的。我不是反对修高速公路，我也明白高速公路对于一个地区的重要性。我只是觉得这规划设计方案做得很粗糙，甚至出发点也是不对的，为了节约成本而放弃了对当地环境的保护。我考虑的是能不能有一种方案，既能够发展经济，又可以保护当地环境。大领导说了，经济要发展，环境也要保护。"

周楠的话确实不无道理。实现全面建成小康社会的发展目标，加快现代化建设，需要一个与之相适应的安全、高效、可持续的交通运输系统，而在这个系统中，高速公路网占有极其重要的地位，同时也将发挥不可替代的作用。

有路才有商，有商才能发展。

高速公路网的建设对于缩小地区之间的经济差距、增加就业、带动相关产业的发展也具有十分重要的意义。

一条路，对于一个地方来说有多么重要，周楠心里非常清楚。他的老爸就是为了能够让村里面的人过上好日子，才不顾一切地修了一条挂壁公路，一条足以载入史册的奇迹之路。而现在，摆在周楠和叶洪面前的，并不是修不修路的问题，而是如何来修这条路的问题。

"我知道。但是这规划是省里定下来的，我们只不过是执行和配合单位，我们的话语权很弱啊！"叶洪无奈地叹了一口气。这也是问题所在。

周楠想了想，他明白叶洪局长的难处，他想要说服叶洪局长，甚至是想要说服市里的领导甚至是省里的领导，那他就必须要拿出能够让别人信服的理由，一个更科学、更合理、更有说服力的方案。

"叶局长，不知道咱们这里有没有安顺县的地图？"这个时候，周楠信心十足地问道。

叶洪抬起头，有些不明所以地望向了周楠。

"我需要一份安顺县地图。"周楠再一次肯定地说道。

叶洪赶紧让秘书送来了一份安顺县的地图。地图很大，甚至涵盖了安顺县所有的自然村。周楠二话不说，拿起放在桌子上的笔，然后自信满满地直接在这地图上面画了一道线，线的起点是入安顺县的高速路口，而线的终点就是出安顺县的高速路口。周楠这一笔画得奇快无比，在叶洪的眼里面，这一笔就好像是周楠随性画上去的一样。

叶洪被周楠这突然间的举动给震惊住了："周楠，你这是什么意思？"

周楠又在地图上确认了一遍之后，对着叶洪说道："叶局，昨天我在家里看了一晚上的安顺县地图，也对咱们县里面每一寸地方的勘察数据进行了汇总、整理、分析，我刚才这条线，才是最符合咱们安顺县实际情况的高速公路规划路线！"

叶洪抬起头，像是看怪物一样地看着周楠，这也太自大了吧？哦，只是这么随手在地图上一画，就这么有自信地说是最适合安顺县的高速公路规划图，换成是谁都不会相信的。

"小周，你没开玩笑吧？"叶洪半信半疑地说道。

周楠自信地点了点头，一本正经地说道："叶局，绝对没有问题。咱们局里也有交通方面的专家，您可以把我这份图拿给他们看一看，如果能够画出比我这条线更好的规划路线，我周楠就给您奉茶赔罪！"

周楠的样子实在是太自信了，就连叶洪的秘书也被周楠这样子震得有些呆住了。周楠平静地说道："叶局，我有这个自信，更有这个实力。"

叶洪当然不会立刻相信，他示意秘书拿着这张地图找局里的专家给看一看。

五

周楠此时就安静地在叶洪的办公室里面坐着，面色如常。周楠可是省城理工大学土木工程专业的高才生，经常蝉联年级第一，毕业论文就是研究路桥的，他对全省架桥铺路的情况、全省的地质地貌情况做过专门的课题进行研究，别说是在安顺县画一条架桥铺路的规划路线了，就算是全省的地图放在这里，周楠也不会畏惧。

叶洪也在等，不过此时的他等得却有些焦急。

正如周楠所说，要是能够有一条更好的路线，那么他就完全有理由接受更好的方案。他不是不想要保护环境，如果鱼与熊掌能够兼得的话，叶洪也肯定会选择更优质的方式。

十来分钟之后，突然间，叶洪办公室的门口传来了一阵争吵声。叶洪皱了皱眉头，让秘书去看一看是什么情况，等秘书神色怪异地跑进来在叶洪耳边低声说了几句之后，叶洪脸上的神色也变得怪异起来，望向周楠的目光更是充满了赞赏，甚至激动得站了起来，惊喜地对着周楠说道："你小子，真的是让人大吃一惊啊！"

这个时候叶洪从柜子里面拿出来一盒好茶叶，看叶洪那小心翼翼的样子，周楠知道这茶叶只怕是不一般。叶洪的脸上挂满了笑容，直接伸手抓了一小撮，放在一个空杯子里面，倒上热水，递到了周楠的面前，乐呵呵地对着周楠说道：“周楠啊，还是你小子深藏不露啊！”

“叶局，我的那个方案可行吗？”看到叶洪这个样子，周楠已经猜到了结果。

叶洪乐呵呵地坐在了周楠的旁边，欣喜地拍了拍周楠的肩头，丝毫不掩饰对周楠的欣赏，对着周楠说道：“行，当然可行了！那些专家看到你的方案的时候，都十分满意。小周，你说说你，要不别窝在溪山村那里当一个小小的村支书了，干脆来我这里，过来给我坐镇怎么样？”

周楠笑了笑：“叶局，我的方案可行就好，我也希望咱们县能够长远发展，这也算是我给咱们县出的一份绵薄之力吧！”

“别别别，这怎么可能是绵薄之力呢！小周，要不你考虑考虑？”叶洪显得有点儿急切了。周楠确实是有才华，这样的人如果只困在一个溪山村里，实在是有些可惜了。

周楠也没想到叶洪居然如此坚持，只不过现在的他确实无法答应叶洪，毕竟溪山村那里还需要自己，虽然溪山村的建设和溪山景区的建设都已经完成了，但是周楠要看着它们走上正轨才行。

“叶局，饶了我吧！我这才干了两年的村支书，要是这个时候就逃了，村里的人会戳着我的脊梁骨骂的。”周楠认真地说道。

叶洪想了想也是，便不再坚持。不过这样的人才已经被叶洪给惦记上了，他等得起，周楠这样的人才他可是绝对不能放过的。

周楠离开了交通局，叶洪却是美滋滋地坐在沙发上。看着叶局长那一脸兴奋的样子，秘书忍不住好奇地问道：“叶局，看您这高兴的样子，好像得到了什么宝贝啊？”

叶洪是真的开心，便对着自己的秘书开起了玩笑：“嘿嘿，确实是个宝贝啊，像这样的宝贝是越多越好啊！唉，以前没发现，咱们安顺县居然还有这样的人才。哦，对了，把那份规划图给我要回来，一会儿咱们就到县长那里，把那个东西给他看一看，到时候，咱们还要拿到市里、省里，还有路桥集团的那些工程师们那里，让他们也看看咱们交通局的实力！"

秘书实在是不好意思提醒叶洪局长，周楠还不是他们交通局的人，这叶局长高兴得是不是有些太早了？

出了交通局的门，周楠的心里顿时感觉到轻松不少，幸好昨天晚上有准备，要不然的话今天还真的无法说服叶洪。不过这样也好，如果自己的高速公路规划路线能够被上面采纳，那么他的目的就达到了，毕竟能够把这片绿水青山留下来，这也算是周楠所做的力所能及的贡献吧。

"哥！"

这个时候，乔佳宁的声音响了起来。周楠看了看乔佳宁，然后笑着说道："你的事情办得怎么样了？"

"差不多了，只要走个手续，公司就可以正式成立了，至于其他的手续还需要和县里面的旅游局、国土资源局等部门打交道。哥，这活可真的是累人啊！我这么辛苦，做得又这么好，你是不是应该给我点儿奖励啊？"乔佳宁此时在大庭广众之下，直接挽住了周楠的胳膊，撒娇的样子更是惹得许多年轻人频频回头。

周楠心里苦涩不已，看来这"战争"确实还没有结束，乔佳宁和孟小敏两人好像都认准了，这是要把自己当一块肉来抢啊！不过这也让周楠的虚荣心得到了一丁点儿的满足。但是，就这么一点点小小的窃喜，和其他的煎熬比起来，周楠宁可不要。

"嗯，那就好，先把公司的架子搭起来吧，一会儿我们就到旅游局和国土资源局看一看，尽快地把溪山风景区和溪山旅游度假村的手续批下来，这样咱们溪山村村民的收入今年肯定能够上一个大台阶了。"周楠想要把手抽出来，但是又怕让乔佳宁伤心，因此他的身子僵着，走路的姿势也很怪异。

乔佳宁认真无比地说道："哥，你就放心好了，我一定能做好，绝对不会给你丢脸的，更不会让孟小敏给比下去，我到时候要让她看看，谁才能配得上你！"

听了乔佳宁的话之后，周楠只觉得自己的头好像更加疼了，也许让乔佳宁来弄这个旅游公司是个错误呢？不过现在已经晚了，即便自己再难受，他也得忍着把这枚苦果给吞下去。

第十五章　同学再相见

一

虽然乔佳宁的事情让周楠心里很无奈，但溪山村想要建旅游项目的事情却进展得很顺利。在乔佳宁的努力下，溪山旅游有限责任公司已经挂牌成立了，接下来就是申请并开始筹备的事情了。

周楠也渐渐地闲了下来。乔佳宁有事要忙，孟小敏同样也要负责溪山小学的工作。倒是周楠现在闲得无聊，只能在村里面四处逛一逛，解决一下邻里遇到的小困难、小纠纷什么的。

直到有一天，县里面的叶洪局长突然来到了溪山村。

嘀嘀！

此时周楠正和孟小敏带着溪山小学的孩子们在村里的墙上面画画。经过这么长时间的涂鸦，现在的溪山村已经完全变了模样，无论走到哪里，都能够看到这些美丽的墙画，而这就是孟小敏的杰作。周楠对此也非常赞赏，这样又给村子里增添了几分吸引力。

一辆汽车停在了路边，车里的人对着周楠鸣了两声笛，周楠抬起头，看到叶洪局长从车上下来，脸上挂着灿烂的笑容。

叶洪想不高兴都难啊！这一次，他凭借着周楠画的那条路线在县里面、市里面甚至是省里面那可是出尽了风头，叶洪的脸上都是掩饰不住的笑容。看到了周楠，叶洪更是热情地和他打着招呼："小周啊，你看我把谁给你请来了！"

而就在这个时候，一个年轻人紧跟在叶洪身后下车，岁数和周楠相仿，看到周楠更是面带一丝兴奋的笑容，不等叶洪介绍，来人直接就对着周楠说道："想要找你还真的是挺难的啊，谁能想到你居然回老家了。怎么了，见到了老同学怎么一点儿都不惊讶，甚至一点儿都不开心呢？"

看到来人，周楠直接没好气地翻了个白眼："我弄的东西你要是再看不出来的话，你也别在这行混了。"

"唉，还是和当初一样让人生气啊！"来人也不客气，直接就来到周楠的面前，然后一拳捶到了周楠的胸前，乐呵呵地说道，"看来绝对乱不了了，还是那般心高气傲，还是那般让人不服气啊！"

"林强老二，你少来这一套！看到那高速公路的规划图的时候，我就在想了，这是哪个浑蛋弄的规划图！后来一想，这么浑蛋的事情也就只有你能够做出来了，当着你的面我更要好好地骂你一通了，这设计得确实很渣！"

林强，也就是站在周楠面前的这个看起来阳光帅气的大男孩，是周楠的同班同学，两个人在学校的时候，周楠是年级第一，而林强永远都是年级第二。所以在周楠面前，这林强永远都只能是老二，这也是林强永远的痛啊！

林强今天再一次听到周楠称呼自己为老二，更是忍不住狠狠地砸了周楠一拳："啥老二老二的啊，你还有完没完了？你知道上学的时候我过得有多么不容易吗？每天都活在你的阴影之下，好歹也让我拿个年级第一啊，你这浑蛋愣是一次机会都没给我。"

周楠望着林强那一副委屈的样子，更是不客气地说道："哎，我给过你机会了，可惜了呀，给你机会你不中用啊！"

"唉，既生瑜，何生亮啊！"林强无奈地感叹道。

"二位，这是认识？"一旁的叶洪感觉自己好像受到了冷落一般，看着两人在一起打闹，更是忍不住好奇地问道。

周楠点点头："叶局，这林强是我的同学。"

"怪不得，怪不得！林副总工，没想到周支书居然是你的同学，这可真的是太好了，大水冲了龙王庙啊！"叶洪乐呵呵地说道。他要改设计的申请已经递上去了，心中还有些忐忑能不能批呢，这下他的心便塞回肚子里面了，想都不用想，这方案看来是要进行改动了。

"叶局，对不起，我也想给周楠一个惊喜，所以就没提前跟您说我们俩的关系。"林强也客气地回道。

"没关系，这样的话那就好说了，我的任务也就完成了。林副总工，过两天我再来接你。"叶洪回到车上，乐呵呵地离开了。他知道事情已经成了，有了周楠和林强的这层关系，这应该是板上钉钉的事情了。

叶洪来得突然，走得也很匆忙，毕竟县交通局平时的工作还是很多的。

林强留了下来，这个时候他才注意到跟在周楠身边的那位美女，林强忍不住打了声招呼："你好，美女，我叫林强。"

周楠赶紧把这家伙给摁住了。林强这家伙的臭毛病一点儿都没改，见了美女就有点儿精神亢奋。周楠赶忙说："喂，警告你，这是我女朋友。她叫孟小敏，是我们溪山小学的校长，你可别瞎打主意！"

周楠这么一说，林强更是肆无忌惮了，脸上的笑容更灿烂了，他乐呵呵地说道："你好你好！"一边说着，一边就要伸出手。可是孟小敏却是理都没理这个家伙，然后对着周楠冷冷一瞥："既然你有客人，那就去接待你的客人吧，别在我这里捣乱了。"

"好嘞！"周楠笑着直接把林强给拽走了。

林强这个家伙更是乐呵呵地说道："还挺有个性的，是我喜欢的类型。周楠，你说说，现在的女孩怎么都这么有个性啊？"

穿过好几条街，直到连孟小敏的影子都看不到了，周楠才对这家伙说道："喂喂喂，别惦记了！我还不了解你？只要见个美女就说是自己的菜，上学的时候你就没少哄骗小姑娘，你这还真的是死性不改啊！"

"唉，没办法，这个毛病恐怕这辈子是改不了了。"林强厚着脸皮无奈地说道，这神情举止就连周楠都忍不住想要抽这个家伙一通了。

周楠松开了林强，然后这才有些惊讶地说道："你好好的不重新做你的高速公路规划，跑我这里来做什么啊？我这里可是个小地方，家里条件又不好，没工夫招待你啊。现在咱们老同学也聚过了，你还是赶紧走吧！"

二

林强走在溪山村的田间地头，望着已经被周楠重新建设过的溪山村，脸上自始至终都是满满的惊讶。林强坐在溪山景区的一个凉亭内，对着周楠忍不住地啧啧称赞道："毕业之后，咱们班的人大部分都留在了省城，仅有的几个外省人也回到了各自的家乡，但是全部都留在了城市发展。只有你，回了老家。"

周楠无奈地笑了笑："没办法，家里人要求我回来的。而且我考出去的目的就是要回来建设家乡的，这是我的使命。"

"是啊，后来班里的人也都没了联系，没想到你小子闷声不响地在家乡搞出了这么大的阵仗，而且还搞得这么好。周楠，说句实话，我真的很佩服你。"林强此时望着山下已经换了新颜的溪山村，对着周楠发自肺腑地说道。

周楠也同样望着溪山村远方那伴随着自己长大的挂壁公路，对着林强说道："来的时候你一定经过了那里吧？"周楠的手指向了挂壁公路，"那条路，是我老爸和村里的人一起修的。"

林强点点头，目光顺着周楠手指的方向望去："知道，来的时候叶局长已经给我介绍过了。那个年代想要修一条路真的是很不容易，能够做到这些，我们的前辈真的很伟大。"林强这句话没有掺假。刚刚进村的时候，他就看到了那条挂壁公路，从车上下来，林强久久地驻足于此，从那石壁上深深的凿痕，林强能够感觉得到当初修这条路的时候有多么艰辛、有多么困难。想想，那可是在三十多年前，什么现代化的设备都没有的情况下，居然能够靠着一双手和最简单不过的工具，修成了这么一条完全可以用惊世骇俗来形容的路，即便没有亲眼所见，也完全能够用心感受到其中的艰辛。

"是啊，刚回来的时候，我很不甘心当一名护路工，我觉得有点儿大材小用了。但是呢，后来的几件事让我改变了自己对它的看法。这条路就是我的榜样，而我再做多少的工作，和这条路比起来，都只不过是微乎其微的小事。"周楠缓缓地说道。

"后来我在想，其实我回到这里来，并不后悔，也不可惜，我找到了我所追求的，我也找到了我所想要的。"周楠一本正经地说道，"这里就是我要守护的。"

林强苦涩地说道："你是不是猜到了什么？"

周楠点了点头，认真地说道："我明白你的意思，更明白你这次来是为了什么，但是很抱歉，我不能答应你。"

"这就是你的答案？"

"没错。这里是我的家，我可以帮你，但是和你一起走，对不起，我还不能离开这里，至少现在不行。"周楠无奈地说道。现在溪山村的一切好不容易刚刚走上正轨，而且周楠的身上还背着债，他必须还的债。

林强笑着摇了摇头："咱俩可是同学，你的性格我是明白的，我的性格你也是了解的，我并没有这么容易被说服。你的那个规划路线我看了，我们领导也看了，和省里的领导也商量过了，这可是他们交给我的任务，我呢必须得完成我的任务才行啊！"

周楠沉默了。林强这一次来，一定是要邀请自己和他一起修通这条高速公路的。但是周楠并不喜欢做事半途而废，他还要带着溪山村的父老乡亲们一起努力实现小康呢，虽然他心里也很想和林强一起去修路，但是权衡之后，他还是决定留下来。

"你在安顺县地图上画的那条线，确实是太惊艳了，想要掩盖你的光芒也确实太难了，再加上我对你的了解，我只能在领导面前如实反映你比我强的事实。毕竟，年年年级第一嘛，这可是不争的事实！"林强并没有放弃游说，对于他来说，周楠这是舍大业为小家了，林强认为自己一定能够说动周楠。

周楠苦笑了起来。

林强突然间变得精神抖擞了起来，乐呵呵地拍着周楠的肩膀，对着周楠说道："要怪也只能怪你自己没藏好，要怪也只能怪我恰好是这次省里主持修建的高速公路的副总工程师。我劝你小子啊，别得了便宜还卖乖，你知道不知道我还真的是羡慕你羡慕得要死啊！这次一看，还有那么漂亮的女朋友。"

看到林强说话又不正经了起来，刚刚搞起来的氛围一下子被这个家伙直接给打破了，周楠直接叹了一口气，这就是林强这个家伙气人的地方了。

"我说哥们儿，能不能有点儿正形啊？"周楠无奈地说道。

林强丝毫不介意地说道："这个嘛，很难。实话告诉你，你的方案呢只不过是把安顺一个县的做出来了，这次修高速公路要经过全省三个地辖市十六个县，你的工作才完成了十六分之一。我可是跟领导说了，你在上学的时候就已经熟悉了全省的地形地貌，我可是在省里领导和我们路桥集团的老总们面前夸下了海口，想要把整条高速公路在既考虑建设成本又考虑环境保护的前提下做出来，那就只有你了！"

"所以说呢，我现在也算是吃了秤砣铁了心了，不把你带回去，我就住在这溪山村了。正好，溪山这么美，村庄又这么漂亮，我呢也正好给自己放个假，顺便找个女朋友，解决一下我这单身的问题。"林强得意扬扬地看着周楠。

碰到了林强这么一块"狗皮膏药"，周楠也确实是挺无语的，自己无论说什么他都不管不顾的。有时候周楠也觉得像林强这样的家伙确实挺招人烦的，估计他们领导也挺烦他的，想要清净清净，要不然怎么会把他派过来了呢？周楠无奈地摇了摇头："随你的便，你想留就留，反正我已经把我的决定告诉你了，我在短时间内是绝对不可能离开溪山村的，你最好死了这条心！"

三

林强的到来让周楠的生活发生了意想不到的变化。有一句话周楠确实是说对了，这个家伙真的就像是一块"狗皮膏药"一样，彻底地贴在了周楠的身上。

"这家伙真的是你同学？你怎么能有这样的同学？"孟小敏看到周楠的身边一直都跟着林强，忍不住质问起周楠。周楠无奈地耸了耸肩："没办法，这家伙就是这么个德行。你要是能把他给赶跑，今年情人节我送你一个包包，你看中又嫌太贵舍不得买的那一款怎么样？"

林强这个时候乐呵呵地说道："其实不用麻烦，我直接买给你就可以了。"

"算了吧，这个家伙段位太高，厚脸皮的程度已经达到了无人能敌的境界，我还想要多活两年呢！"孟小敏俏脸上立刻摆出了一副很是嫌弃的样子。

周楠和孟小敏两人正吃着饭呢，林强这个家伙死皮赖脸地跑过来要蹭饭，在溪山小学的校舍里，三个人无论做什么都无比尴尬。林强彻底地发挥了自己"狗皮膏药"的特性，简直让周楠不胜其烦。

"就不能让这家伙哪儿来的滚回哪里去？"孟小敏也被这个家伙弄得实在是有些不耐烦了，语气自然十分不客气。她原本想要和周楠商量一下关于村里白墙涂鸦的事情，结果看到了林强，想商量也商量不起来了。

周楠一脸苦涩，他是真的被林强这个家伙给弄烦了。没办法，想想看，一天从早到晚无论什么时候都有这么一个家伙跟着，陪在身边，即便是一尊"泥菩萨"，也是会忍不住想要发火的。可无论周楠怎么说怎么劝，林强依旧如此，周楠真的后悔让这个家伙给留下来了。

"让我滚回去也不是不可以，只要你能答应我两个条件，我立刻消失在你眼前：一是让周楠跟我回去，老老实实地跟我一起修路；二是让他和你分手，你这一朵鲜花插在了牛粪上，实在是太可惜了。"林强乐呵呵地说道。

孟小敏一听这话气就不打一处来，对着周楠说道："我实在是受不了这个家伙了，周楠，我能不能打人？"

周楠点点头："多揍他两拳，连我那份也一起揍！"

"美女，你这么暴力，周楠是不是也是这样被你降服的？"林强现在这个样子，哪里还有路桥集团副总工程师的样子，分明就是一个不着调的"陀螺"，真的是很欠抽啊！碰到这样的家伙，只能说周楠实在是太倒霉了。

就在这个时候，一个女孩子风尘仆仆地来到了孟小敏的校舍，一张俏脸上嘴巴噘得老高，当她看到周楠，脸上立刻换上了一副喜出望外的表情，直接跑到周楠的面前，挽住周楠的胳膊，很是亲切地说道："哥，我都已经找你好半天了，你怎么在这里啊？"

"哥？"林强愣住了，然后不停地在孟小敏和这个女孩的脸上切换着视角，一副无比吃惊的样子。这是哪门子的哥哥妹妹啊，亲兄妹不可能这么亲密，情兄妹的话，孟小敏这个女朋友又要搁到哪里去？

周楠看到林强那一脸疑惑的样子，忍不住说道："别误会，这是我隔壁许秀琴婶婶家的女儿乔佳宁，现在嘛，也算是我妹妹了。认识一下，这是我的好哥们，省路桥集团副总工程师，林强。"

林强一听周楠的解释，立刻换上了一副笑眯眯的神情，伸出手对着乔佳宁说道："佳宁妹妹，你好，我是林强，少林功夫强的林强！"

乔佳宁一听林强的自我介绍，顿时笑得连腰都有些直不起来了，咯咯咯地对着林强说道："你这个人好有意思！你是我哥的同学？怎么这么没正形啊？还路桥集团的副总工程师，不会是拿个名头出来唬人的吧？"

"怎么可能！像佳宁妹妹你这么聪明美丽的大美女，我能骗得了你吗？真的是如假包换的副总工程师。"林强一本正经地说道。

只不过听到了林强的话之后，乔佳宁更是笑得花枝乱颤的，指着林强上气不接下气地说道："好吧，你说我是聪明美丽的大美女，那我信了。至于说你骗没骗我呢，正好我有个问题要问你，你说是我好看还是她好看？"

乔佳宁指了指孟小敏，然后笑得弯弯的如同月牙一般的眼睛里面泛着狡黠的光芒，却是把林强给弄得尴尬不已。

这两个人，一个都没有正形。

林强这个时候突然间站了起来，戏份很足地瞬间捂住了肚子，假装着叫了两声："哎呀，肚子好疼！各位不好意思啊，肚子不争气，失陪了啊！"

林强狼狈地夺路而逃，乔佳宁则是笑呵呵地说道："嘿嘿，跟我斗，你还差得远呢！"说这话的同时，乔佳宁的目光直勾勾地盯着孟小敏，仿佛这话既是说给林强的，又是说给孟小敏听的。

此时的周楠也想和林强一样夺路而逃，但可惜的是，他没得逃，胳膊还被乔佳宁给死死地拽着呢！

看到林强跑了，乔佳宁松开了周楠的胳膊，然后略带着一丝丝嫌弃地对着周楠说道："这油嘴滑舌的家伙是谁呀？"

"林强，我同学，要请我去和他一起修高速公路，这几天一直都在咱们村里软磨硬泡的。可惜，他这么做只是浪费时间，我是不会和他一起走的，溪山村的建设刚步入正轨，我这个时候没办法离开。"周楠无奈地说道。

"修高速公路啊？那可是件好事啊，哥，你应该答应的。"乔佳宁认真地说道。

周楠不想在这件事上多说什么，立刻转移了话题："好了，这事以后再说吧。佳宁，还是先说说旅游公司的事情吧，现在进展到什么程度了？"

乔佳宁立刻恢复了一个精英女性的样子，认真地说道："哥，现在的进展很顺利，旅游公司的架子也已经搭起来了，现在最缺的就是人了。接下来等人员配备齐了，我们就着手开始正式提交进行审核和验收。"

周楠点了点头，乔佳宁做事情还是很靠谱的。确实，人才问题才是现在农村经济建设面临的最大问题。大量农村人口流向城市，导致人才也向着城市流动，农村更是人才的空缺地带，这是个普遍现象。

四

乔佳宁提出来的这个问题是个再普遍不过的问题。农村要发展经济、建设小康社会，靠的是人才，而人才的流失导致农村经济发展的停滞，这是所有农村面临的重要问题。国家正在推行"大学生村官"计划，即便是这样，愿意回村发展的年轻人也是寥寥无几，大学毕业后到农村工作的人才更是凤毛麟角。

这是非常普遍的现象，想要扭转这种状况，就必须要有大胆创新的举动。而想要发展农村经济，也必须要有相应的能够吸引人才和引进人才的计划。

乔佳宁说的缺人，确实让周楠头疼不已。而这个时候，孟小敏则是沉思了起来，过了一会儿才缓缓地说道："我倒是觉得有一个方案可行，那就是和这两三年即将毕业的咱们溪山村的大学生签订一个协议，可以资助他们完成当前的学业，等到大学毕业后回村工作上三五年，然后再向位于城市的那些国有企业或者是行政单位进行推荐，这样倒是能够解决一些人才不足的问题。每个学校都和国企、行政单位签订人才输送计划，如果我们能够利用这个计划，倒是能争取一些人才到咱们的旅游公司。"

"具体说说！"周楠一听，眼前一亮，然后示意孟小敏继续说下去。

"现在学校希望毕业生都能够实现就业，而现在国企和行政单位面临的问题就是，人才招进来，却没有相应的经验，无论是从事管理口还是从事技术口的。其实国企和行政单位都需要有经验的年轻人，如果我们把中间的这个衔接工作做好，首先从学校引进人才，然后培养人才，这样就有了实践也有了相应的经验。然后我们再通过学校输送到国有企业和行政单位，这样所有的问题其实就都解决了。而我们的旅游公司一来能够解决人才稀缺的问题，二来呢也可通过实际工作来筛选能够留下来而且也愿意留下来的人才，这样学校、我们和国企及行政单位三方不就各取所需了吗？"

孟小敏的话让周楠的思路直接打开了。没错，这个想法确实是可行的。无非就是在学校和用人单位之间增加一个让毕业生快速成长的实践途径，这样也保证了各方的利益，而且还能够保证农村建设这一块不缺人。

"嗯，是个突破口。佳宁，你可以试着走一走这条路，说不定还真有实施的可能性。如果做得好，还能够在县里面推广这种模式。"周楠对着乔佳宁说道。

乔佳宁点了点头，忍不住偷偷地打量孟小敏。虽然乔佳宁不愿意承认，但是她打心眼里也觉得这个想法是可以实施的。

"明白，我明天就去试一试。"乔佳宁一副年轻人雷厉风行的做派，"人才的问题暂时只能先通过这种方法解决了。哥，其他的问题就只剩下了一个，那就是如何做好宣传工作。我这里有几个方案，你帮我斟酌一下。"

"一是通过和省里的旅游公司接洽，安排合适的旅游线路；二是在省城和各大地辖市的公交、地铁及车站等人流量比较大的地方通过广告投放来进行宣传；三是可以在省城及附近市县通过流媒体、自媒体和传统媒体等方式来进行宣传。这些宣传方式，可以在前期给我们溪山风景区和溪山旅游度假村积攒一定的名气，等到时候我们正式开业，客流量也会随之而增加，不会出现客流量的真空期。"

乔佳宁和孟小敏斗气归斗气，却是把旅游公司的事情做得风生水起，周楠对自己的这个小妹妹还是挺佩服的。周楠脸上露出了赞许的神色，然后缓缓地说道："嗯，佳宁做得不错。接下来你要考虑的就是规划咱们的村民服务了。"

"没错，一旦溪山旅游度假村真的开始运行了，咱们的村民就必须得把服务这一块搞上去，这个可以事先做个培训。嗯，培训地点的话就定在我们溪山小学了，到时候我请几个朋友来，他们在服务行业干了好几年了，有着丰富的经验。"孟小敏认真地说道。

乔佳宁点点头。

三人正事聊得差不多了，这个时候乔佳宁对着周楠说道："哥，你的那个不着调的朋友，在咱们溪山村不会真的出事吧？这人生地不熟的。"

周楠刚要说话的时候，就听到外面传来了一声悠长的叹息，一道身影紧接着就蹿了进来："唉，这么长时间了，终于有人记挂起我来了，我还以为就我这风流倜傥的样子，会在芸芸众生中泯灭呢！佳宁妹妹，还是你有心了。"

周楠无奈地撇了撇嘴，林强这个家伙恐怕只有在同龄人面前才会展露出这种年轻人的习性，要是在工作中也这么油嘴滑舌的话，只怕这个副总工程师肯定是轮不到他的。这家伙在自己面前，太能放飞自我了。

"呵呵，林强哥哥，现在是不是想明白了，是不是可以回答我刚才的那个问题了？"乔佳宁眼珠子一转，然后来到孟小敏的身边，和孟小敏并排站好，一本正经地问道，"刚才那个已经用烂了的借口别再用了，太明显了！"

林强尴尬地笑了笑，然后摸了摸后脑勺："真的有这么明显吗？"

周楠点了点头："确实是挺明显的。"

林强根本就无视周楠，看了看乔佳宁，又瞅了瞅孟小敏，幽幽地叹了一口气："君生我未生，我生君已老。君恨我生迟，我恨君生早。君生我未生，我生君已老。恨不生同时，日日与君好。我生君未生，君生我已老。我离君天涯，君隔我海角。我生君未生，君生我已老。化蝶去寻花，夜夜栖芳草。"

乔佳宁扑哧一笑："这怎么还吟上诗了呢？"

"只能说明我女人缘差啊！"林强瞅了一眼周楠，又瞅了一眼孟小敏和乔佳宁，一副酸酸的样子对着周楠说道，"也不知道你小子是何德何能，唉，真的是羡慕你呀！有这么两个漂亮的女孩子相伴左右，啧啧啧，真让人眼红不已啊！"

五

周楠回到家，林强也跟到家。

此时的周楠看着这块"狗皮膏药"，更是无奈。林强这几年磨人的功夫倒是见长，只怕自己要是不答应他点儿什么的话，这家伙肯定是不会善罢甘休的，所以周楠也只能拿出点儿真东西来了。

周楠就这样一直盯着林强，把林强看得有些心里发毛。林强心虚地说："你咋一直盯着我看？是不是我'头上有犄角，身后有尾巴'呀？你这么盯着我看，怪瘆人的。"

"我发现几年的时间，你这不要脸的功夫是越来越娴熟了啊。好吧，我确实是被你给折磨到了。你把你在全省境内的高速公路规划图给我，我先帮你把图做好。至于说要离开溪山村去帮你，不好意思，我是真的走不了，这个无论是谁来劝都没戏。别的地方我管不了，但是溪山村必须发展，而我有义务发展好它。"

林强激动得站了起来，对着周楠说道："真的假的？实在是太好了！也不枉我这段时间以来的辛苦啊！不过你不要松懈，你不是一个容易放弃的人，我林强更不是一个容易放弃的人。主持修一条高速公路的话，还必须得有你才行，单凭我一个人是做不到极致的，咱们这叫'双剑合璧，所向披靡'！"

周楠对着林强说道："你们的规划图的电子版你带了吧？给我看看，咱们俩今天晚上也别休息了，先把整体规划的路线图做出来再说吧。"

林强很是兴奋，对着周楠说道："那种熟悉的感觉又要回来了吗？"

周楠笑了笑，没有理会这个家伙，而是打开了电脑，今天晚上他们要挑灯夜战了。

接下来的几天时间，孟小敏根本就没有见到周楠的身影。而乔佳宁看着周楠和林强两人一直躲在屋里不出门，心里虽然觉得怪怪的，但她还是忍住了没有去打扰他们。

　　四天过后，周楠终于满身疲惫地走出了门，然后对着正在收拾资料、打着哈欠的林强说道："我能帮你做的事情已经做完了啊，其他的就要靠你自己了，如果遇到什么困难的话，可以给我打电话。"

　　林强又忍不住地打了个哈欠，瞥了周楠一眼，然后收拾好资料，对着周楠说道："你要是真的关心，就来和我一起做，打电话什么的太麻烦了。周楠，有句话我一直憋着没说出口，但是今天我还是得和你说。你要造福这一村一隅，只能算是小功，但是你要造福这一省一地，那才是大功。想想我们当初上学时立下的志向。"

　　林强收起了那一副贱兮兮的样子，一时间还真的让周楠有点儿不太适应。林强的话让周楠有些心动。林强有一点说得没错，心系天下则众事皆微，心于一隅则众事皆悲。

　　周楠的脸上露出了一丝凝重，林强的话还是深深地烙印到了他的脑海之中。周楠深深地吸了一口气，虽然林强的话很有道理，但是他并不能理解自己对于家乡的眷恋之情，这是无关乎天下或者一隅的，周楠现在的心只能是系于溪山村这一隅，但是只要能把这一隅做好，周楠就心满意足了。

　　"周楠，我会等你的，我相信这次遇到的这块难啃的硬骨头，我们俩是一定能够并肩作战的。有了你的协助，这条高速公路一定能够修成的，而且你想想，这是要造福万民的大好事。好了，该说的话我说完了，我走了，记得我在那里等你，等你什么时候想通了就给我打电话。"

　　说完，正要出门的林强又突然间扭头回来，对着周楠说道："哦，对了，我的电话孟小敏和乔佳宁她们俩也都有，我们都互加微信了。你知道的，我们这些泡工地的人平时连个女人都见不到，有个人聊聊天也是很不错的。嗯，你要是定下来决定娶哪个了，别忘了和我说一声。"

　　"滚！"

　　好不容易刚刚建立起来的对林强这个家伙的好印象，在这句话一出口的瞬间，就在周楠的脑海里面被击得稀碎。

"好嘞！"林强乐呵呵地走了。

周楠坐在椅子上，微微地闭上了眼睛。好男儿志在四方，他周楠却是志在这一隅之地。但无论是在哪里，周楠都要把事情做好。周楠从小就梦想着能够做一番大事业，而修桥铺路造福百姓的好事，他周楠不是不想做，他心里面也是非常渴望的。但是现在的溪山村是周楠的羁绊，在没有见到成果之前，他是不能离开的。

林强离开了。

周楠仿佛丢了魂一样，这些天总是一副神不守舍的样子，有时候别人说话，周楠也不知道在说些什么，早就已经不知道神游到哪里去了，精神力好像有些无法集中到一起，孟小敏更是直接敲着他的脑袋说道："我看你的魂是不是让林强给勾走了？你看看你这几天无精打采的样子。"

周楠愣了愣神，然后缓缓地说道："表现得这么明显吗？"

"连村口刘大爷家的那条狗都看出来了，你觉得还有人看不出来吗？"孟小敏毫不客气地说道，"那个林强给你灌了什么迷魂汤，怎么你这几天都过得浑浑噩噩的啊？你没事吧？"

周楠摇了摇头："没事。哦，对了，省里高速公路马上就要开始修了，咱们也必须得做好准备，溪山的风景绝对不能被破坏，一旦破坏了，那肯定就是无法挽回的损失。我们得做个预案，有备无患。"

"乔佳宁那边你准备怎么办呢？"孟小敏担心地问道。

"佳宁怎么了？"

孟小敏像是看到了什么奇怪的东西一样盯着周楠看个不停："你不知道吗？佳宁的事情被她妈发现了，现在佳宁被禁足了。这事儿这两天闹得这么大，你居然不知道？你这个哥是怎么当的，也实在是太差劲了，这件事都快要闹翻天了，你居然什么都不知道！嗯，没错，看来你的魂儿确实是被林强给勾走了。"

第十六章　佳宁扛得住

一

周楠这段时间无论做什么事情都是一副心不在焉的样子，孟小敏说得没错，他确实是心动了。作为省理工大学土木工程专业的优秀毕业生，周楠并不甘心把自己局限于一个小小的溪山村，他的抱负很远大，他的理想很崇高。

"勾我魂的不是林强，而是他的事业。"周楠叹了一口气，无奈地说道。

"就知道会是这样的，溪山村这么一个小小的地方是困不住你的，你这只雄鹰还得翱翔于蓝天之上。"孟小敏鼓励着周楠。

周楠摇摇头："还是别说我的事情了，我自己会处理好的。现在溪山的两个项目眼瞅着就要启动了，我是不可能在这个时候离开的。佳宁那边怎么了？遇到什么难事了吗？"

"要怪的话也只能怪你。乔佳宁放不下你，也不想眼睁睁地看着你被我抢走呗。她原本是有机会留在省城工作的，结果不声不响地跑了回来。也不知道许秀琴是从哪里听到的消息，结果可想而知，直接就火星撞地球了。"

事情的起因还得从乔佳宁从学校回来之前说起。

乔佳宁是今年的应届毕业生，她的成绩在学校里面也是靠前的。之前她本来也找好了工作，是在一个全球五百强的企业，但她放弃了，不顾一切地回到了溪山村。

乔佳宁的老师很喜欢她，对她的选择很是惋惜，从入籍档案里面找到了乔佳宁的妈妈许秀琴的电话，一个电话便打到了许秀琴这里，希望许秀琴能够做一做乔佳宁的工作。

只不过这一通电话，却像捅了马蜂窝一样。许秀琴当下就火冒三丈，要不是周大山拦住了，就要找乔佳宁拼命去了。毕竟这可是一次极其难得的机会，要是放弃了，肯定会是一辈子的遗憾。

周楠一听，顿时大感头痛。站在周楠的角度，他理解秀琴婶儿，全球五百强的企业，那可是多少人梦寐以求的地方。放弃这一切回来，那绝对是不明智的。

"秀琴婶儿肯定气得不轻啊！"周楠忍不住地叹息道。

孟小敏点点头："确实是，秀琴婶儿直接就把她这宝贝女儿给禁足了。这倒好，咱们旅游公司这边的事情都得先搁置了，还不知道什么时候才能重新启动呢。"

周楠眉头一锁，乔佳宁把自己全部的精力都放在了溪山村的两个旅游项目上，而且现在已经到了要吃劲的时候，真要是这会儿耽搁了下来，只怕是会影响这两个项目的启动。

"周楠，现在怎么办？"孟小敏为这事都已经发愁好几天了。

周楠现在也不知道该怎么办了，没想到在这个关键时候自己家起火了，而且火势还不小，已经烧到自己身上了。

周楠无奈："还能怎么办？这个时候只能先灭火了。"

"那就看你的了。"望着已经走出门的周楠，此时的孟小敏突然间很想要抓一把瓜子，看看周楠这个家伙怎么来灭火，这种戏码可是不容易看到的啊！自从和周楠这家伙确立了男女朋友关系之后，自己就很少有这种看热闹的娱乐活动了。

周楠当然不知道孟小敏的小心思，不过他现在也顾不上了。周楠回到家，看到自己老爸独自一个人坐在院子里的凳子上抽着烟，一副事不关己、高高挂起的样子，就有些别扭了。自己这老爸自从退位之后，就很少管村里的事情了，每天就是喝喝茶、下下棋之类的，很快乐，很快乐，很快乐！

只不过这种很快乐让周楠很是不爽，但是又没办法，谁让人家现在是"无官一身轻"呢，周楠只有羡慕嫉妒恨的份了。

"爸，佳宁现在怎么样了？"周楠有些急切地问道。

周大山抬起眼皮看了周楠一眼，然后又抽起了自己的烟，徐徐地说道："被你秀琴婶儿关在隔壁了。唉，你说说你这孩子，佳宁回来这事儿本就有点儿奇怪，你倒好，不告诉我们就算了，直接就给佳宁安了一个旅游公司经理的虚职。这下好了，你秀琴婶儿连你也埋怨上了，你这几天啊最好到外面躲一躲。"

"躲？躲什么？"周楠疑惑地问道，老爸这是在跟自己打什么哑谜啊，自己怎么一点儿都听不懂呢？

周大山又瞥了自己儿子一眼，然后有些无奈地说道："当然是躲清净了，你还能躲什么？这事儿啊，你解决不了的，人家老妈管自己女儿，这事儿你也少掺和。要是没有你在中间瞎起哄，现在也不会这么难办。"

"没这么严重吧？"周楠有些不信邪地说道。

周大山摇摇头："唉，不听老人言，吃亏在眼前。你小子就等着吧，一会儿你秀琴婶儿就过来了，正愁找不到你算账呢，你自己要是主动地送上门，别怪你老爸没提醒你。现在这事儿就是无解，谁来都不行，只有等你秀琴婶儿把气儿消了，说不定就解决了，她总不能关自己女儿一辈子吧？"

周楠想了想，也确实是这个道理，此时的他倒是决定不蹚这趟浑水了。

看着儿子那心虚劲儿，周大山这才缓缓地说道："唉，年轻人啊，还是沉不住气啊！"

周楠这个时候来到了溪山小学的校舍，直接敲开了孟小敏的门："给我腾个空的校舍，我先在这里躲上两天。我想了想，这事儿绝对不能掺和进去，我要是掺和进去了，肯定会被打成筛子的。这几天我就先在咱们学校的校舍将就两天，正好也把两个旅游项目的申报材料先准备准备。"

孟小敏一脸平静，但是心里面却是失望至极。唉，自己本来想当一个"吃瓜"群众的，结果，这戏又没看成啊！

二

此时，乔佳宁正在自己的屋里生着闷气。

"你这个死丫头片子，真的是气死我了，怎么就这么不让人省心呢！本来大好的前程，你看看你都干了些什么？真不知道你是怎么想的！"屋外面说个不停的不是别人，正是乔佳宁的老妈。

乔佳宁其实不想留在省城，她也有自己的抱负。其实除了这个之外，乔佳宁的心里面更放不下的是周楠，那个一直陪自己玩到大、一直都呵护着自己的哥哥。

但是自从自己的老妈和周楠的老爸在一起之后，周楠和自己的关系也就变得有些尴尬了。这下好了，周楠真的成了自己的哥哥，这让乔佳宁心里面暗暗地不自在。雪上加霜的是，不知道从哪里跑出来一个叫孟小敏的女人，居然和周楠成了男女朋友，这让乔佳宁心中实在不服气。

所以，乔佳宁直接在毕业之后拒绝了全球五百强的工作机会，回到了村里面。一来是要争取自己的幸福，二来嘛，乔佳宁一直想要回来改变溪山村。当初她的分数能够上更好的大学，但她还是选择了农业大学，乔佳宁想要用自己的知识改变溪山村的经济面貌。等她毕了业，信誓旦旦地回到家的时候，却发现周楠已经提前做了自己想要做的事情。乔佳宁不是个容易服输的人，一旦下了决心，自然是不达目的誓不罢休。

乔佳宁早就知道自己放弃一切偷跑回来，肯定会有败露的一天，但是没想到这一天会来得这么早。

面对着自己的老妈，乔佳宁并不想解释什么，也无法解释什么。

"臭丫头，你倒是说话呀，气死我了！"许秀琴生气地说道。

"妈，你就别烦我了，这事儿已经定下来了。我留在村里面干活不也挺好的吗？现在咱们溪山旅游公司也已经成立了，我还有好多的事情要忙呢，你这么整天关着我也没用啊，我觉得我没错！"乔佳宁平静地说道。

"你还觉得自己没错啊？那是我错了？辛辛苦苦供你读书，我为了什么？你倒好，你就是这么回报我的吗？"许秀琴眼角又涌起了委屈的泪花。在和周大山走到一起之前，乔佳宁就是她全部的希望，而且也是能够陪着她过完这一生的唯一的亲人。许秀琴希望自己女儿的生活能够过得好，不要像自己这么命苦。但是这孩子，怎么就不能让她这个当妈的省心呢？许秀琴气得想哭。

"妈，我哥当年被周伯伯叫回来，他那时候的工作可是比我好太多了，他都能放弃高薪回来，我怎么就不能回来啊？"乔佳宁一本正经地说道。此时的她对于自己做的这个决定，并不后悔。

"周楠是周楠，你是你，能比吗？"屋外的声音又气又急。

"怎么就不能比了？我其实也想要像我哥一样。再说了，现在咱们溪山村的发展正需要我贡献一份自己的力量呢，我怎么就不能回来呀？妈，你就别再折腾了，我就算回到省城工作又能怎么样？我想回来，想守在你身边，不想离开咱们溪山村，这有什么不好的？"乔佳宁开导起了自己老妈。

"你这个孩子，怎么这么不让人省心呢……"说着说着，许秀琴更是忍不住地哭了起来。

乔佳宁心里满满的都是苦涩，她最怕自己的老妈哭了，老妈只有在最最困难的时候才会偷偷地躲起来哭，而且每次都怕自己发现，哭的时候更是连声音都不敢发出来。

"妈，你这样也是没用的，反正我已经回来了，老话说都是'木已成舟'

了，你还是放我出去吧，我还有事情要做呢。现在咱们溪山旅游公司正到了吃劲儿的阶段，这可是咱们溪山村的大事，要是坏了周楠哥的事情，你能担得起吗？"

外面已经没有了声音。乔佳宁无奈地叹了一口气，自己的老妈这下子是彻底对自己失望了。

许秀琴觉得自己的心又塌了一大块。之前自己老公离开的时候，天就已经塌了一块，而自己拼命咬着牙把最艰难的日子都撑了过去，原本盼着好日子就来了，但是谁承想自己的女儿居然放弃了城里无比优越的条件，一门心思地回到这穷山沟沟里面来。许秀琴想到这里，心就如同在滴血一样。

周大山看到许秀琴回来了，赶紧迎了上去，安慰地说道："秀琴，别生气了，气坏了身子就不好了。"

"老周，你说我这是造了什么孽啊，我的命怎么就这么苦啊！"许秀琴好像是找到了心灵的寄托，随即哭得更加伤心了。而周大山这个时候直接一把将许秀琴抱在了怀里面，用手轻轻地拍了拍许秀琴的后背："秀琴，孩子们长大了，他们有自己的思想了，我们不能拿自己的想法来禁锢孩子们了。"

"要是佳宁有小山那孩子一半让人省心就不错了。"许秀琴忍不住感叹道。

周大山摇摇头："秀琴，你可是说错了。你以为当初小山回来得心甘情愿吗？你错了，小山死活都不愿意回来的，是我逼着他回来的。因为这个，小山当初可是有很长一段时间没理我。"

许秀琴的哭声小了许多。无论是谁劝她，都没有办法让她改变主意，但是周大山的劝说，她听进去了。虽然大道理她许秀琴也懂，但是真正到了自己头上的时候，她还是忍不住地会生气、会伤心。她为自己的女儿付出了全部的精力和心血，如果女儿达不到自己的期望，她也会失望，但是却并不伤心，毕竟女儿尽力了。可是现在，乔佳宁原本有个好前途的，可是她却一声不吭地回到了这小山村里面，这绝对不是许秀琴想要看到的。

三

乔佳宁虽然心疼自己的老妈，但是她的心里一点儿都不后悔。此时的她虽然被锁在了屋子里，但是她的心全部都扑到了溪山旅游公司，那天孟小敏说过的话让她多了一些思路。那种人才培养的计划倒是可以先在她的母校农业大学实施，毕竟农大的学生们专业对口的方向就是农村、农民和农业等"三农"问题，"三农"问题主要解决的就是农民增收、农业发展、农村稳定的问题。

想到了这里，乔佳宁则开始准备实施方案，这样即便是被锁着，也不会闷，并且能够帮到周楠。

这让乔佳宁的思绪回到了去年暑假的时候，当她从通往村子里的中巴车上跳下来的时候，看到眼前完全不一样的溪山村，乔佳宁的下巴差点儿就被惊掉了，这还是她之前印象中的那个小山村吗？

静谧的小山村，绿荫环抱，河水潺潺清澈见底，河中鱼游虾戏，而河岸边野鸟栖息，河堤两边是看起来很精致的公园，河堤上有塑胶的跑道，河滨公园里面更是干净整洁，而且时不时地能够传来群众跳广场舞的声音。远远望去，河上三座长廊，一座仿古的廊桥更是直接吸引了乔佳宁的目光。

进了村，望着村民的房子，她更是惊讶不已。脚下是青石板的路，很平整，每一家房前屋后都种有月季花，院里有树，被设计成了风格独特而又迥然不同的小花园。乔佳宁看着这一切一切的变化，心里面更是诧异无比。

当乔佳宁知道这一切都是周楠的杰作的时候，她心里多种情绪夹杂，开心村民能够过上这么好的日子，敬佩周楠能够把溪山建设得这么好，懊恼自己原本也是抱着要让溪山村旧貌换新颜的理想和抱负出去读书的，没想到自己还没有学成归来，这就已经被周楠给抢了先。

不过，乔佳宁心里敬佩的那种情绪愈发强烈。穿行于村间的街巷之中，乔佳宁感受到了自己迫切想要回来和周楠一起建设家乡的愿望。

这次回家，更坚定了乔佳宁要和周楠齐心协力建设家乡的决心。所以即便是有全球五百强的企业给自己抛出了橄榄枝，乔佳宁还是义无反顾地拒绝了。

乔佳宁怔怔地望着窗外，现在她的愿望实现了。虽然自己的老妈并不能理解，但是乔佳宁知道这才是她最希望的。乔佳宁幽幽地叹了一口气，继续埋头写着实施方案。

就在这个时候，开锁的声音引起了乔佳宁的注意。

锁开了，门也打开了，乔佳宁看到来人不是别人，却是周楠的老爸，周大山伯伯。

"佳宁，这些天憋坏了吧？"周大山脸上挂着淡淡的笑容，对着曾经是自己的侄女，现在却是自己女儿的乔佳宁乐呵呵地说道，"我和你妈聊了聊，你也知道你妈的思想不是一下子就能够转过弯来的。不过你这孩子，以后要是再遇到事的时候最好提前和家里人商量一下，尤其是要注意你妈的情绪。佳宁，你妈在你身上倾注了太多的心血，她其实一直都希望你能更好的。你可别让你妈失望了啊！"

周大山的话让乔佳宁很感动，她有些激动地说道："放心吧，周伯伯，我一定会的。其实我也知道我老妈，我拒绝省城的工作机会的事情要是真的提前让她知道了的话，以她的性格，我就真的回不来了。"

"嗯，你放心地去干吧，你妈这里有我呢，我会替你多说好话的，也会劝你妈把这事想开的，毕竟这事发生在谁身上一时半会儿都不好接受。"周大山劝道。然后拿起钥匙递到了乔佳宁的手心里，"这段时间你先让你妈消消气，我也好好地跟她聊一聊，这件事啊，咱们争取把它给圆满地解决掉。哦，对了，这钥匙就先放在你这里，你该忙你的就忙你的去吧，周伯伯支持你！"

这是乔佳宁这几天以来听到的最让她感动的话。她点点头，认真地说道："谢谢周伯伯了！"

周大山却是摆了摆手："一家人，客气什么！"

乔佳宁的好心情却因为周大山的这一句话给打破了。没办法，这就是无法回转的事实，原本想的是自己能够和周楠成为一家人的，没想到自己的老妈先和周楠的老爸成了一家人，自己再和周楠成为一家人的可能性几乎为零了。

"好的，周伯伯。"乔佳宁离开了，心情不是太好。

周大山看着乔佳宁的身影，无奈地叹了一口气。乔佳宁的那些小心思他这个过来人怎么可能不清楚？但是有些事情还得看缘分。

回到了工作岗位的乔佳宁精神焕发。很快地，溪山村的两个旅游项目就要迎来最为重要的一次检查，通过了这次检查，溪山风景区和溪山旅游度假村也就具备正式运营的条件了。

这一天，孟小敏正在给学生们上课。虽然她是溪山小学的校长，但是现在学校的师资力量还不算充沛。县教育局的局长耿南杰也答应了要补充溪山小学师资力量的申请，虽然人员紧张，但还是能派出一到两名老师来溪山教学。

下课的铃声响了起来，孟小敏刚刚从教室里面走出来，却碰到了一个意想不到的人。林强此时正站在远处看着自己，脸上带着一丝让人捉摸不透的笑容。看到孟小敏，他直接迎着孟小敏走了过来。

"孟校长，你好，我们又见面了！怎么样，意不意外？惊不惊喜？"林强说话还是那般轻浮不着调。

孟小敏对这样跳脱的家伙并不太感冒，不客气地回道："意外倒是挺意外的，惊喜就没有了，有的倒是惊吓。林副总工今天怎么有兴趣跑我们这里来了啊？如果你找周楠的话，他现在在旅游公司那边呢。"

林强摇了摇头，眼神中满是灼灼之光地说道："不不不，我不是来找他的，而是来找你的。"

四

稀奇。

此时的孟小敏只觉得心里面满满的都是问号，找自己？孟小敏和林强之间并没有太多的交集，这个家伙来找自己，只怕不是过来聊上两句的。

"找我做什么？我们之间很熟吗？"孟小敏淡淡地说道。

林强听完之后，心里根本就不觉得生气，而是笑呵呵地说道："其实吧，这也是我的一个小心思。我知道劝周楠那块榆木疙瘩的话肯定是没啥用的，所以我觉得你作为他的女朋友，就算是为他的将来着想，为你们以后的幸福生活着想，你也应该帮我一起说服他。周楠是个有才华的人，我真的不愿意看到他的才华被困在这个小小的地方，这真的是一种浪费，而浪费是很可耻的。"

林强说到这里，很明显地多了一丝激动。

孟小敏摇了摇头："其实吧，我觉得这样挺好的。幸福可不仅仅指的是生活水平，还有生活质量呢，我和周楠在一起，不图他什么，只图我们两个人高兴。林副总工，我觉得你倒是打错算盘了，既然你想要说服他，你就应该凭借你自己的'三寸不烂之舌'，而不是在我这里做我的工作。无论周楠做出什么样的决定，我永远都只会支持他的。但是我不会影响他的判断。"

孟小敏的这一番话说得林强连连摇头，他那张一直都挂着灿烂笑容的脸，渐渐地把笑容给收敛了起来，转而带着一丝丝的苦涩，然后说道："我要是能说服他的话，也就不会特意来寻求你的帮助了。"

"其实你也不用太过于气馁，周楠心里面其实还是想要做大事的，只不过现在溪山村的发展也已经到了一个发力的阶段。我相信只要你多邀请他几次，应该还是可以的。"孟小敏的态度也柔和了许多，毕竟，周楠心里面的想法她其实是知道的。孟小敏从来不会强迫一个人怎么样，更不会强迫自己怎么样，就像周楠一样，她能够尊重周楠的每一个决定，而这也是他们之间相处融洽的最主要的原因。

"真的？"林强听到了孟小敏的话之后，眼睛里再次泛起了光。

孟小敏点了点头，认真地说道："没错，我是他的女朋友，对他还是了解的，周楠虽然嘴上不说，但是他的心里还是很希望能够有一番大成就的。"

"明白了，谢谢你！"林强的笑容又回到了脸上，"好了，既然这样的话，那我就不耽误你的时间了，我这就去找周楠。"

孟小敏看着林强离开的背影，并没有说什么。

这几天周楠一直都待在旅游公司，刚刚成立的旅游公司设立在一座二层小楼里面，这是当初修建溪山风景区的时候特意修起来的，那个时候周楠就有了成立旅游公司统一管理的打算。周楠此时正在会议室里面，和乔佳宁一起在开会。

乔佳宁回了一趟学校，找到了自己的老师，与学校、三家国企用人单位商定了人才培养协议。三年的时间，以旅游公司作为学校的校外实践课堂，对于大四、毕业两年之内的学生进行人才定向校外实践培养计划，这也让溪山旅游公司彻底地充实了起来。

"此次的景区评审工作呢，将由省里的专家统一进行，食宿由办公室统一来进行安排，其他部门通力配合。一般的景区评审工作将从三个方面进行评分，一是服务质量与环境质量，二是景观质量，三是游客意见。但是由于我们未开始营业，所以这第三个方面不开展评审。希望大家能够注意的是，这次的评分对于溪山风景区和溪山旅游度假村都有很重要的影响，希望大家一定要协作好，争取完成这次的任务。"乔佳宁此时已经收起了那副小女孩的神情，换上了一副干练的女强人形象，就算是天天和乔佳宁在一起的周楠，看到乔佳宁的这个样子，也在心里面忍不住地感叹，小女孩长大了。

"关于服务质量与环境质量的评分呢，从八个大项开展。一是旅游交通方面的可进入性、自备停车场和内部交通三个考核点。二是浏览方面的门票、游客中心、引导标识、宣教资料、导游服务、游客公共休息设施和观景设施、公共信息图形符号、特殊人群服务项目八个考核点。三是旅游安全方面的安全保护机构的制度和人员、安全处置……"

乔佳宁看来是做了不少的功课，而且功课做得很扎实，这让周楠的心里面对乔佳宁是越来越放心了。

花了两个多小时，乔佳宁终于把所有的事情都安排了下去，到了最后，她对着会议室的所有人说道："现在，请咱们溪山村的周楠周支书来给大家讲话，周支书同时也是旅游公司的筹建人之一，大家欢迎！"

周楠站了起来，然后来到了会议室的中间，看着眼前这一张张稚嫩的脸，周楠的心里面更是感慨万千。他轻轻地吸了一口气，缓缓地说道："溪山旅游公司能够请来各位，是我的荣幸。我想要告诉大家的是，溪山旅游公司虽然现在还很小，但是它有着光明的前景和未来。为什么这么说呢？那是因为，其一，我们从事的行业是绿色的、环保的、长久的；其二呢，就是大家这群年轻人身上所具有的活力和朝气。我想大家一定能够在这里得到自己想要的提升。"

掌声响了起来，周楠压了压掌声，继续说道："溪山风景区和溪山旅游度假村对于你们来说，或许是一项工作，但是在我的眼里，那是我们溪山村农民经济建设的一大动力。所以你们现在做的，可不仅仅是一份工作，而是一项具有深远意义的伟大事业！"

掌声雷动。周楠结束了自己的讲话，等他走出来的时候，正好碰到了站在走廊不远处的林强，此时的林强看到周楠之后更是忍不住地鼓起了掌，对着周楠笑呵呵地说道："没想到你居然这么会蛊惑年轻人，你这口才练得可是真不错啊！"

五

看到林强，周楠心里还是挺开心的。但是听到林强的话之后，周楠直接对着他就翻了一个白眼，没好气地说道："怎么说话呢！这哪里是蛊惑，分明就是鼓舞嘛。你这大忙人，无事不登三宝殿，说说吧，这次来又是为了什么？"

"就喜欢你这种开门见山的说话方式，痛快得很啊！"林强对着周楠竖了个大拇指，然后神色平静地说道，"第一件事是老生常谈了，还是想要邀请你参加省里的这个高速公路的项目实施。"

"第一件事情暂时就不用考虑了。"周楠直接打断了林强的话，斩钉截铁地说道，"说说第二件事吧，我觉得第二件事应该是我比较感兴趣的。"

"第二件事就是我们遇到麻烦了。"林强苦涩地说道，"按照图纸的要求，你在大青山那里建议走隧道，我们想了很多的办法。不过大青山的工程地质条件实在是太复杂了，实施起来不太好操作啊！"

林强的话让周楠陷入了深思。紧接着，周楠把林强引到了一间屋子里面，直接就把门给反锁上了，然后缓缓地说道："规划图你拿了没有？"

林强一拍自己的电脑包："东西都在这里面了，包括所有的数据资料，只是我们在隧道的施工方法上遇到了难题，大家都不太好进行抉择，所以我想问问你的意见，毕竟这种设计方案是你想出来的。"

周楠点了点头，然后一本正经地说道："大青山的地质条件复杂我是知道的，就这一块区域内就有侵入型、喷发型、喷发—沉积型岩石分布，而且还具有各种岩脉，地表第四纪沉积岩分布比较广泛。"

这些知识对于周楠来说，都已经是牢记于心的了。林强抬起头，忍不住看了周楠一眼，然后才缓缓地说道："你说得没错。大青山我们划分了三个区域，第一区域为斑岩花岗岩、花岗闪长岩、石英正长岩、花岗正长岩、斑岩正长岩、斑岩微正长岩和侵入岩。第二区域与东琴山岩层的侵入岩类似，东琴山的岩层还有印象吧？为石英斑岩和花岗斑岩。第三个区域为石炭纪及彼尔姆纪火山岩、变质岩及沉积岩、类假的侵入岩，以及彼尔姆纪岩脉。"

周楠点了点头，确实是有些难以处理。根据林强所述，现在大青山面临的地质条件更为复杂，地层发育情况由崩积层、坡残积层、冲洪积层三层构成，想要通过隧洞的方式过大青山，就比较复杂了。但是如果不采用这种方式，一来肯定会给大青山带来更加严重的生态破坏，二来是又要绕行十五公里，增加修造成本。

大青山隧道要穿越四个巨大断裂，穿过的五组节理最为发育，倾角大，与隧道走向平行或小角相交，不利于隧道边墙的稳定。

大致浏览了一遍的周楠忍不住地摇了摇头，脸上露出了一丝凝重的神色，对着林强说道："嗯，看来确实是遇到了一个不小的难题。但也不是没有解决的办法，只不过需要有个大胆的思路。"

林强知道周楠在专业方面比自己更具有创造力，他迫不及待地说道："说一说，如果是你，你准备怎么做？"

周楠想了想，伸出一根手指头，一本正经地说道："在那些狭小空间，采用盾构机机头与机身分离的工作模式，机身放置在地面，机身通过软性连接并支持机头进行挖掘，直到隧道有足够的空间后再将机身从地面移至地下与机头直接相连，继续施工。"

然后周楠又伸出了第二根手指头，接着说道："始发井狭小、盾构机掘进时带出的泥土难以快速从井底送到地面。如果我们采用垂直皮带出渣技术呢？"

林强摇摇头："这种方式以前也进行过研究和测试，工作太不稳定了。"

"事在人为，我相信以现在的技术完全能够支撑。"周楠一本正经地说道，"听说了国家在甘姆奇克隧道上运用的垂直皮带出渣技术了吗？"

林强眼前一亮，周楠这个家伙的想法确实是挺有前瞻性的，而且也不是没有实施的空间。周楠微微地点了点头，然后笑着说道："可以先试一试。"

周楠的第三根手指头伸了出来："至于始发井狭窄，致使两个隧道中间的距离十分有限的问题，在始发井下如同眼镜状的双隧道入口处，盾构机刀盘开凿直径为八米，这就要求两隧道孔之间最短距离只有五十厘米。如此短的距离就必须要做到精确！要保障隧道中作为永久衬砌结构的盾构管片的供应能满足整个工程施工的进度，就必须要运用最先进的出管片钢筋网自动加工设备。"

周楠的话让林强瞬间有种茅塞顿开的感觉。他一直都觉得周楠比自己强太多，对自己来说是个难题，但是拿到周楠这里，什么样的难题都能够给出解题思路。此时的林强更是忍不住地感叹了起来："周楠，你真的应该跟我去的。"

这一次的周楠并没有急着拒绝，其实他的心里面也是犹豫和挣扎过的，奈何理智还是战胜了冲动："我说过的，在溪山村这里的事情没有结束之前，我是绝对不会离开的。这是我的责任，更是我应尽的义务！"

林强这个时候继续说道："再过半年的时间，我们就要在安顺县境内正式进行施工了。周楠，你最好考虑考虑，我是真的希望你能够来的，要是有了你的加盟，咱们省城的这条高速公路绝对是首屈一指的。"

周楠点了点头，然后笑着说道："我会考虑的。"

周楠抬起头，此时的他忍不住深思了起来。半年的时间，其实也差不多了，到时候溪山村的一切都彻底走上了正轨，那么他的使命也就算是完成了，到了那会儿，自己这个村支书也就该"下岗"了。而能够做自己喜欢做的事情，这是周楠心里面一直以来的梦想。

第十七章　溪山村的魂

一

周楠的态度有所松动，这是林强所欣喜的地方。半年的时间，林强能够等，毕竟半年时间，对于修一条贯穿全省的高速公路来说，只不过是很短的一部分时间。

林强将自己在工程施工中遇到的问题和周楠一一地进行探讨和分析。时间总是过得很快，到了晚上的时候，两人就只是简单地吃了一点儿，然后又开始了工作，直到次日天蒙蒙亮的时候，所有的问题才有了初步的解决方案。

"我说周第一名，溪山这个小地方，确实埋没了你的才能。我现在真的希望半年赶快过去，到时候我们就又能够并肩战斗了。"林强这个时候站了起来，忍不住伸了个懒腰，对着周楠说道，"这次真的谢谢你了。不过我跟你说好了啊，你可不能在我这里玩什么'一女嫁二夫'。"

周楠不解。

林强笑呵呵地说道："叶洪局长也已经盯上你了，他可是费尽心机地想要把你从溪山村挖到县交通局的。你可是我的人，千万不能被叶局长的甜言蜜语所蛊惑而失去了方向，反正你要是卸任了，只能跟着我去修路。人嘛，不可言而无信！"

周楠明白了，林强这是给自己套"金箍"了，不过对于周楠而言，他也倾向于和林强一起去修路，而不是坐在交通局的办公室里面。年轻人，就必须要去拼搏一番，没有那股子闯劲儿和韧劲儿，还是年轻人吗？

周楠没有丝毫犹豫地说道："你就放一百个心吧！我要是想去叶局长那里，早就去了，还有你什么事儿？"

林强想了想，也确实是这个道理，便对周楠放心了。

等林强拖着疲惫的身体离开的时候，周楠也忍不住地打了一个哈欠。昨天晚上自己可是辛苦了整整一晚，今天必须得把觉给补回来，这样才能以更饱满的精神状态去迎接溪山村两个旅游项目的评审工作。

三天后，周楠、乔佳宁和孟小敏三人在溪山的挂壁公路终点等候着评审团成员的到来。而当远处出现了几辆黑色的帕萨特轿车的时候，周楠和乔佳宁、孟小敏对视一眼，然后快步迎了上去。

车子稳稳地停了下来，从车上依次下来几个人，有周楠他们认识的，也有不认识的。走在最前面的便是祁东平，祁东平是溪山村的老朋友了，这一晃三年也快要过去了。这一次祁东平听说了溪山双旅游项目要进行评审，便作为陪同人员特意前来助阵，祁东平很是关注溪山村经济的发展。

"小周支书！"祁东平看见周楠，脸上的笑容绽放得更加灿烂了，对着周楠直接伸出了手，然后紧紧地握住了周楠的手，乐呵呵地说道，"听说你的旅游项目搞得不错，乡村振兴战略也是搞得风生水起的，我今天可得好好地看一看。"

周楠这两年来也是成长了不少，见了领导更是能够从容应对，他笑呵呵地回道："祁书记，我们盼星星盼月亮，终于把您给盼来了，您能来实在是太好了！感谢您对我们溪山村经济发展的支持。"

"嗯，你小子成长得很快嘛！哦，对了，我还记得某些人说过三年之内要把欠村民的钱都还了呢，我给你算了算时间，这可只剩下半年的时间了啊，到时候你要是兑现不了承诺，不用我亲自来撸你的这个支书，只怕村民们也不会让你占着位置的。"

祁东平很难得地和周楠开着玩笑。周楠在溪山村搞的溪山风景区和溪山旅游度假村这两个项目，他是有所了解的，要是能够顺利通过评审，别说是半年了，只怕是一个月就能够把欠村民的钱全部都还清了。旅游产业是绿色产业，而且收益也不低，祁东平这些话，其实是说给那些专家听的，他是在帮周楠他们溪山村说好话。

周楠又怎么能够不明白祁东平的良苦用心，他笑了笑："祁书记，您批评我可以，但是可别把这些评审的专家老师们给吓跑了，到时候我可就真的还不了村民的钱了。"

所有专家老师都笑了起来，这两人一唱一和地表演着"双簧"，目的只有一个，那就是通过评审。

"祁书记、周支书，你们好，我是专家组的钟月明。这次评审也是例行工作，而且我们的评审标准也已经提前下发了，只要对照评审标准打分就可以了。只要咱们溪山村的两个旅游项目前期的准备工作做得好，那么我相信一定能够通过评审的。"一位满头银发的老人脸上一直挂着和蔼可亲的笑容，缓缓地说道。

这位钟老师说话很平和，但是话里面的分量却很重，他们只尊重实际，绝对会做到不偏不倚。

"钟老师说得对。周楠，能不能成就看你们溪山村自己的实力了。"祁东平微笑着点了点头，对着周楠说道。

周楠从眼神到神情甚至到语气中都夹杂着一种极度的自信，他对着祁东平认真地说道："祁书记、各位专家老师，请放心查，如果有不足的地方我们会立刻改进的。"

一行人直接朝着溪山村走去。而作为惯例，每次客人来到溪山村都会让他们先在挂壁公路上下车，然后穿过那堪称奇迹的挂壁公路，这一次周楠的安排也是如此，这样也可以让这些评审的专家老师们看到溪山村所有村民的决心和信心。有了这么一个能够在绝壁上开凿公路的村庄，无论做什么事情都将会是无往而不利的，无论什么样的困难摆在溪山村人的面前，那都只有被解决和攻克的份儿。这就是溪山村的一种精气神，是溪山村的魂。

二

周楠的目的达到了。

一群人浩浩荡荡地从挂壁公路上穿过，感受着那种惊为天人的壮举。即便是那位名叫钟月明的专家，在看到这宏伟的"天路"的时候，也忍不住地发出了深深的感叹，这条路实在是太伟大了。

周楠一边走，一边给所有人介绍着这条路，介绍着这条路从开凿到修成的辛酸历程。配合着周楠生动的解说，所有人都被眼前这种伟大的精神感动着，为了一条能够通往外面的路，挥洒了多少的汗水和泪水，奉献了多少的生命和鲜血，这种震撼是完全能够想象得到的。从挂壁公路出来，所有人都感觉到了一种莫名的伟大。

"这条路，真是一条伟大的路！"钟月明望着这条公路，忍不住地感慨了起来，"周支书，虽然我现在还没有开始工作，但是我已经被溪山村人民的这种不畏天地、不惧险阻的精神深深地折服了，而且我完全有理由相信，溪山的两个旅游项目一定能够通过这次评审。"

周楠点了点头："这是前辈们留给我们溪山村人最为宝贵的财富，而我们作为继承人，无论什么都可以丢，但是就这种精神，万万不能丢，也万万不敢丢。"

"请允许我给你们溪山村提一个建议，溪山村完全可以把这条挂壁公路作为一个单项的旅游景点来吸引游客参观。而且如果是我，我会向评审组提出免评审，只需要在里面切身地感受那种艰辛，我想它的教育意义会让来参观的游客感受无比深刻。这种不屈不挠的精神，也一定会感染前来参观的游客。"

钟月明声音略微地带着颤抖和激动，在和自己的同事商量之后，便直截了当地对着祁东平和周楠说道。

很显然，这出乎了所有人的意料。

周楠无比激动地说道："这真的可以吗？如果让修这条路的前辈们知道了，一定会很高兴的。钟老师，我代表溪山村谢谢您！"

周楠没想到自己的这个小小的举动竟然能够有如此大的收获，他和祁东平的目光接触到了一起，周楠能够看到祁东平的眼中同样充满了兴奋。

钟月明笑了笑，一本正经地说道："这算是我们给溪山村这种顽强的精神的一点儿微不足道的回馈吧！"

有了这么一出，接下来的事情就顺畅了许多，而此时乔佳宁和孟小敏已经把人接到了旅游公司，周楠则陪着祁东平在村子里面四处转悠着。祁东平想要看一看周楠把溪山村建设成什么样子了，还让周楠把周大山叫上一同陪着他视察。

周楠带着祁东平从村口的广场转到了村里面的街巷，甚至还进入几家的院子、屋子里面转了转，然后又从屋舍转到了河边的公园、健步道，穿过架在清澈见底的河流上的廊桥，面对着一望无垠的田野，祁东平停下了脚步。

久久地驻足于田间地头，祁东平扭过头来，语气有些感叹地说道："久有凌云志，重上井冈山。千里来寻故地，旧貌变新颜。到处莺歌燕舞，更有潺潺流水，高路入云端。过了黄洋界，险处不须看。"

周楠知道，这是伟人的诗词，虽然用在这里不能算非常贴切，但是却代表着此时此刻祁东平的心境和感慨。

"周楠，这两年多你做得不错。"祁东平淡淡地说道。传入周楠的耳朵里确实非常受用，这是对周楠这两年拼搏努力最好的总结和评语。"你给了我一个大大的惊喜，让我看到了农村经济发展的一条新道路，甚至可以说是一条能够走通的道路。你用你的青春活力和无限的热忱，让溪山村焕发了新的活力，你做得非常好！"

然后，祁东平又扭过头对着周大山说道："老周啊，你生了一个好儿子，我要谢谢你啊！"

周大山笑着说道："这是他应该做的。作为溪山村的娃，他就得这么做，做人做事不能忘根、不能忘本。"

祁东平点点头，无比认真地说道："你说得对，我们都是从农村走出来的娃娃，就连我们党也是从农村一路走过来的，人确实不能忘根，更不能忘本。如果从我们这里出去的娃娃们还有像周楠这样的，我们乡村振兴战略实施起来就会无比顺利，也会焕发出无限的活力。"

"农村的发展需要有朝气的年轻人！"祁东平站在田间地头，望着眼前葱葱郁郁的青绿，无比凝重地说道，"我们想要发展农村经济，就必须有像周楠这样活力四射的年轻血液注入才行。通过今天，我也更加坚定了一个信念，那就是无论如何也要把这种'村官'制度建立起来，我们要遴选出那些真正以改善农民生活水平、发展农村特色经济水平和提高农业生产水平为己任的年轻大学生，投入基层中去，只有这样，我们才能把农村经济发展好，才能够最终不断满足人民日益增长的美好生活的需要。"

看到溪山村的发展，祁东平的感叹也多了起来："农民经济发展了，才能够带动城市化水平的提升，从而带动整个国家经济水平的发展。革命尚未成功，同志仍需努力啊！"

周大山和周楠相互对视了一眼，然后微微地点了点头。

一行人回到了村子里，而此时的祁东平提出来要到溪山去转一转，看一看溪山在周楠的建设下变成了什么样。周楠和周大山自然是陪同前往，站在溪山半山腰的那个凉亭里，整个溪山村都映入了眼帘。

这个时候，祁东平突然间想到了什么，对着周楠说道："听说你干完这一届就不准备继续干了？"

周楠愣了愣，然后点了点头，有些不好意思地说道："确实。溪山村的基础建设我已经都做得差不多了，今后的发展我觉得应该是在依托农业经济发展的同时，搞好旅游业和度假村的经济增长，这个嘛就不是我的专长了，有一个人比我要更加合适。"

祁东平顿时来了兴致，周楠的想法确实有点儿出乎他的意料，但是经过他的一番解释之后又显得那么合情合理。

三

祁东平被周楠的这一席话勾起了兴致，他笑着说道："没想到你居然有如此的魄力啊。不过也是，你们安顺县交通局的叶洪局长可是很欣赏你呢。哦，对了，就连市交通局的秦汉文局长都对你很感兴趣呢。周楠，我想听一听你的打算。"

周楠没有任何犹豫地说道："其实，我是准备参与到省里高速公路的修建工程中去。我的同学，也就是路桥集团的林强副总工程师希望我能够和他一起修路，造福全省的百姓。"

祁东平笑着说道："这个倒是可行，年轻人嘛，总想着要征服世界，也总希望能够做一些大事。其实吧，我倒是挺支持你参与到省里高速公路的项目中去的，总比待在办公室里面要强许多。年轻人就得时刻保持着这种活力和精神头儿，不能丢啊！"

"我会慎重考虑的。"周楠一本正经地回答。

祁东平点点头，然后想到了什么，对着周楠问道："那么你要推荐的人选是谁呢？"

"乔佳宁。"

"说说你的理由。"祁东平好像对这个名字并没有感到任何的意外，他倒是对周楠提名的缘由很感兴趣，"如果我没猜错的话，这个乔佳宁应该是你的妹妹吧？你们虽然没有任何的血缘关系，但是好像还是挺亲近的。"

周楠瞪大了眼睛，有些不可思议地看着祁东平这位市里的副书记，他居然连自己这点儿家事都一清二楚。

祁东平看着周楠，笑呵呵地说道："怎么，我就不能'八卦'一下了吗？"

此时的周楠则是笑了笑："没有。既然祁书记这么说了，那么我就来说说为什么是乔佳宁吧。一是乔佳宁是省农业大学毕业的，虽然现在从事的是管理工作，但是对于农业，她应该也算是行家里手了；二是溪山旅游公司是乔佳宁一手操办的，她要是上手的话，那肯定是轻车熟路的；三是乔佳宁个人的原因，她回来的目的是想要为了建设自己的家乡出一份力，这个出发点是绝对没有问题的。就凭着这三点，我自认为乔佳宁是不二人选。"

周楠说完，还偷偷地看了一眼祁东平，他发现祁东平的脸上根本就看不出来什么，他好像是在思考什么。过了一会儿，祁东平才点头说道："嗯，你说的也不无道理。这样也好，溪山村的发展现在靠的就是两头，一头是农业，一头是旅游业，乔佳宁确实很合适。"

周大山一直都陪在两人身边，却是一句话都没有说，但他心里面对自己儿子的想法也是挺支持的。

"大山同志，你的想法呢？"祁东平征询着周大山的意见。而此时的周大山则是摇了摇头，缓缓地说道："我没有任何的意见，不过我倒是挺支持周楠的观点的。"

祁东平的脸上立刻露出了一抹淡淡的笑容，周家父子的做法让他心里面确实挺佩服的，不以个人利益为目的，而是为了整个溪山村的经济发展，这种大公无私的举动让祁东平感叹不已。

祁东平在溪山上转悠着，感叹着现在溪山风景区和溪山村的变化之大，对周家父子更是由衷地叹服。

评审工作持续了一个星期，其间周楠和乔佳宁两人把所有的精力都放在了两个旅游项目的评审工作上，而最终的结果令两人非常满意，溪山风景区和溪山旅游度假村都已经达到了AAAA级景区的标准。一个月之后，正式取得牌照，溪山村的经济马上就能够飞速地发展了。

周楠的工作更好开展了，而他此时也在为自己的离任做准备了。

溪山风景区和旅游度假村在"五一"的时候客流量达到了一个小小的高峰，而前期的宣传和广告投放，也让溪山村这个安静的小村庄变得热闹非凡起来。此时此刻，每位村民的脸上都洋溢着幸福的笑容。

村民空闲的房屋作为民宿，供周围旅游度假的人来进行放松。游客可以到河边钓钓鱼，也可以到田间采摘，甚至有想要忆苦思甜的还能到田地里面耕作，并且还可以到溪山风景区逛一逛，到挂壁公路去感受一番。经过培训，村民们的服务意识也大大地提高，溪山村的经济一下子被带动了起来，仅仅"五一"假期，溪山村的整体收入就已经达到了二百七十多万元，极其可观。

当周楠、孟小敏和乔佳宁三人看到财务报过来的数字的时候，都被震惊到了，二百七十多万，那就相当于一天接近一百万的营业额，这已经是非常可观的数字了。

"这不会是财务做错了吧？"周楠也不敢相信，仅仅三天，收入就这么高。虽然大部分的人是因为尝鲜体验，抱着试一试的心态来的，后面的收入肯定会有所下滑，但即便是再下滑，那收入也比以前要高一大截。

"这下欠村民的钱能还了。"此时的周楠忍不住感叹道。

"这下欠旅游公司员工的钱能发了。"跟在周楠后面，乔佳宁也乐呵呵地感叹着。

"这下可以购置一些图书和体育器械了。"最终，孟小敏实在是忍不住想要配合这兄妹俩一下了。

溪山村的收入非常可观，而接下来他们要做的那就更加容易了，因为他们有了钱，腰板就挺起来了，无论做什么都不用畏首畏尾了。此时的周楠笑呵呵地说道："看来我们成功了。"

没错，他们做得非常成功，这种长久、绿色环保的经济模式照此发展下去，对于溪山村的村民来说，无疑是造福整个村子甚至能够辐射周边村子的"聚宝盆"。也就意味着，从今往后，溪山村人民的生活水平将大幅度地提高，而溪山村人民的生活质量也将会变得越来越好。

现在，离周楠完成自己的任务只剩下了最后的一项，那就是来兑现自己的诺言，三年之内把欠村民的钱连本带利地还了。

四

今天的村委会有点儿吵闹，但是每个人的脸上都露出了灿烂的笑容。这三天下来，他们的收入那是极其可观的，一家接待三五拨的游客，光是吃住就是一笔可观的收入。周楠很开心，放在以往几年才能够攒齐的钱，这三天的时间就已经赚回来了。

而今天，所有的人都听说，周楠还要还钱，而且是连本带利地还钱。

村里人听到这里就更开心了，心里更是忍不住地感叹着周楠确实是个好支书。这两年多的时间带着大家不停地修，有工钱拿，现在弄的这景区，直接让溪山村的村民生活质量大幅度地提升了许多。

眼前人头攒动，看着脸上都洋溢着灿烂笑容的父老乡亲，周楠乐呵呵地说道："各位村民，今天把大家叫来呢，有两件事要说。第一件事情呢，是我在三年前翻修溪山小学的时候向大家借了一笔钱，我在这里感谢大家的倾囊相助，正是因为大家的齐心协力，溪山小学才能够焕然一新，在接下来的验收过程中保留了下来，这真的要感谢大家的鼎力配合。"

周楠说完第一件事之后，底下的人群中爆发出了一阵阵掌声。

　　而这个时候，村里的一位德高望重的老人颤巍巍地走了出来，对着周楠说道：“小山，要我说，这钱不用你还了。你给大家搞的这个旅游度假村的项目让大家赚得盆满钵满的，现在大家手里面有钱了，一是看不上那点儿钱了，二是不愿让你还钱了，要不是你，我们到现在也赚不到这么多钱啊！”

　　“就是就是，小山让大家赚了这么多钱，俺们还不知道怎么谢小山呢，再收他还回来的钱，不合适，确实不合适啊！”

　　“小山啊，依我看，现在大家手里面也不差那点儿钱，而且大家都明白你的意思，这钱你早就已经还给我们了。‘五一’这三天大家伙赚的钱完全超出了我们当初借的那点儿钱，你可以还，但是我们可没脸收啊！”

　　“要不，搞个基金，就算是咱们投给溪山小学的教育基金，怎么样？”

　　……

　　人群之中的声音越来越杂。而就在这个时候，周楠笑容灿烂地说道：“好了，我明白大家的心意了。不过这钱呢，我是必须还给大家的，我周楠在咱们村里的名声可是好着呢，大家要是不收，那可是在坏我周楠的名声了——这小山，借钱不还！”

　　“哈哈哈哈……”

　　人群直接哄笑了起来。“不可能！”“谁敢？”“不会的。”大家否认的声音此起彼伏。周楠双手压了压，然后认真地说道：“欠债还钱，天经地义，这钱我会发到大家手里面的，至于这钱大家要怎么花，那就随意。”

　　“好！”

　　人群里直接爆发出了喝彩声，然后响起了鼓掌的声音。周楠脸上绽开了笑容，这是对他的工作的肯定。“好了，大家安静一下，下面我来说第二件事。”

　　此时所有人都把目光再一次地集聚到了周楠的身上。周楠的眼中露出了感慨的神色：“我这村支书干了马上就满三年了，这三年来，我周楠一刻都不敢懈怠，终于能够完成自己的使命了。接下来，我周楠会退出选举。”

什么？！

此时周楠的话，无异于在人群之中扔下了一个大炸弹，整个村委会的院子里面瞬间就变得安静了起来，所有人的脸上都露出了一副不敢相信的神色。太不可思议了，周楠这家伙要做什么，不干了吗？

"小山，你刚才说你不干了？"这个时候，那位德高望重的老者急急地问道。

周楠深吸了一口气，点了点头，然后一本正经地说道："没错。但是呢，接下来我倒是想给乔佳宁拉拉选票。如今，那种大兴土木的时代已经过去了，而现在溪山村的发展，要靠发展农业经济和旅游经济来实现全村的小康。农业并不是我的专长，旅游管理呢我也不会。但是乔佳宁呢，是在咱们省农业大学上的学，有一定的基础，学的还是管理专业，现在也是咱们溪山旅游公司的总经理，我相信大家在她的带领下，日子一定能够过得越来越好。"

乔佳宁？许秀琴家的女儿？

此时所有人都愣了愣神，就连乔佳宁和许秀琴也傻眼了，周楠事先没有透露过哪怕是一丁点的风声给乔佳宁，乔佳宁的脸上除了震惊还是震惊。

不过周楠的话音刚落，底下已经有人开始附和了起来，有人对着周楠说道："那周支书你呢？"

周楠笑了笑："我自然是有其他的工作安排。"

所有人并不相信，但是周楠说的其实不无道理。溪山村想要进一步地发展，确实要不停地调整方向，周楠一心为了溪山村的发展，而他的这种无私忘我的精神也让所有人都敬佩不已。

很快地，村民们乐呵呵地把钱领走了，但是大部分的村民并没有急着把这钱存到银行里面去，而是直接拐到了溪山小学，然后把钱放了一脸错愕的孟小敏面前，并告诉她这些钱是他们村民给溪山小学的教育基金。这种行为完全是自发的，并没有人为的干预和指挥，这让孟小敏的心里面同样也暖烘烘的。

仓廪实而知礼节，衣食足而知荣辱。村民们的举动感动了孟小敏，这才是中国最普通、最纯朴而且也最可爱的农民吧！

周楠要卸任了，这个消息更是如同长了翅膀一样在溪山村传开了。其实对于周楠来说，他心里面早已做出了这个决定，毕竟溪山村不是他一个人的溪山村，而他在溪山村的任务和使命已经完成了，再留在溪山村，不但不会促进溪山村的发展，甚至有些时候还会形成阻碍。所以周楠选择在这个时候退出，这也是他早就已经考虑好的。

周大山听到儿子准备卸任的消息之后，只是微微地叹了一口气，脸上露出了满意的笑容："这小子，没想到看问题居然如此犀利。嗯，不错，他做得确实是不错。溪山村想要发展，必须多样化啊！"

五

换届选举很快就到来了，没有任何的意外，乔佳宁以高票当选。

卸任了村支书的周楠，此时正在溪山小学孟小敏的校舍。看到周楠那一副无所事事的样子，孟小敏忍不住地对着他翻了一个白眼，然后没好气地说道："你现在是不是闲下来了，无事可做？"

周楠重重地点了点头，然后一脸苦闷地说道："没错，你怎么这么了解我呢？"

孟小敏笑呵呵地说道："当然了解你了。你说你这是何苦呢？干得好好的，为什么要把村支书的位置给让出去？你看你现在闲得没事做了吧？没错，这确实成就了你周楠大公无私、一心为公的好名声啊！"

"那是必须的啊！"对于孟小敏带着一丝丝嘲讽的话语，周楠根本就没有放在心上，而是笑嘻嘻地说道，"在其位就要谋其政，任其职就要尽其责，论发展农村和农业经济，我这个半吊子确实不行。"

扑哧！突然间，孟小敏直接笑出了声。

周楠有些好奇地问道："怎么，难道我说错了吗？这有什么好笑的啊？"

"没有，就是发现你这个'半吊子'其实做得也挺不错的。你看看，'半吊子'的溪山小学校长翻修了学校，并保住了溪山小学；'半吊子'的村支书，却给溪山村留下了这么大的一个发展空间。现在想想，你这'半吊子'确实是厉害呀！"孟小敏乐得越发直不起腰来，而周楠听完之后同样也笑个不停。

确实，自己凭借着"半吊子"的本事还真的是干成了不少大事啊！周楠一想到这里，就忍不住感慨万千："现在，我终于要干回我的老本行了，而这一次，我绝对不可能会是'半吊子'了！"

"怎么，接下来你已经有打算了？"孟小敏好奇地问道。

周楠点了点头："我打算跟着林强他们去修路，修高速公路。那可是一件利国利民的大事，而我同样也不想错过这样千载难逢的机会。"

孟小敏笑了笑，乐呵呵地说道："最终，还是你老爸输了，既没有留住你的人，也没有留住你的心。不过这是好事，我觉得挺好的，人这一辈子，有一段能够向别人吹嘘的经历，那就足够了。你看看你老爸，那条挂壁公路就是他这一辈子的功绩。你呢，把溪山村建设成现在这个样子，开发了溪山风景区，给了溪山村人幸福美满的生活。而现在呢，一村一隅已经满足不了你了。"

"是啊，我准备用我的知识，造福更多的人。"周楠的心里还是非常感动的，因为他感觉到了孟小敏确实是那个最懂自己的人。

"那就祝你成功吧！"孟小敏拍了拍周楠的肩膀，认真地鼓励道。

周楠平静地说道："嗯，过两天我就要去工地报到了。不过有一件事我还没有办，这需要你的帮助。"

"我？"孟小敏一脸的诧异。

周楠点了点头，一本正经地说道："这也是我之前的一个遗憾吧，临走之前我想要把这个遗憾给补上，到时候你来给我参谋参谋。"

"是关于村子的吗？"

"是的。"周楠沉吟了片刻，然后认真地说道，"不仅仅是关于村子的大事。"

"那还等什么呢？走吧！"孟小敏此时有些焦急地说道，说着，就和周楠一起走了出去，而此时周楠的嘴角扬起了一抹神秘的微笑。

出了村，整个村子却是一片漆黑，就连路灯都没有。孟小敏有些奇怪，周楠却是一拍脑袋，对着孟小敏说道："呀，对了，我忘了一件很重要的东西，你要不先到河边等着我吧，就在那个廊桥上，我一会儿过去。"

"你咋做事还这么不靠谱呢？"孟小敏埋怨道。只不过她已经习惯了周楠总在这种关键时刻"掉链子"。天空中落日的余晖还没有完全收敛，而此时孟小敏一个人来到廊桥，她心里一直在猜着周楠到底要和自己说什么，什么才是周楠未完成的遗憾呢？孟小敏想了半天也想不出来。

当孟小敏的身影出现在廊桥，并踏上廊桥的时候，廊桥的线灯突然间一点一点地亮了起来，从她所站的位置，一点一点地朝着廊桥的另一端蔓延过去，等线灯照亮了廊桥的另一端的时候，一道身影突然出现了。孟小敏定睛一看，却看到了穿着西装、手捧一束鲜花的周楠，那鲜花是田地旁的小野花。孟小敏看到这里的时候，她的心好像突然间被狠狠地撞击了一下。瞬间，孟小敏知道周楠想要做什么了，而想到这里，她的心更是忍不住地扑通扑通跳了起来。

整座廊桥的灯全部都点亮了，而此时那河道两旁、村庄道路两旁的路灯也全部都亮了起来，瞬间就把整个村庄都点亮了。周楠则是缓缓地朝着孟小敏走了过来，而村里所有的音响里面则响起了一首很柔情的歌，是孟小敏最喜欢的那首《远走高飞》。

孟小敏瞬间惊讶地捂住了嘴，这是每个女孩子都梦寐以求的场景。她也曾幻想过这样的场景，但是当这个时刻真正到来的时候，她的大脑一片空白。

周楠此时已经来到了孟小敏的面前，然后将手中的花递到了孟小敏的手中。孟小敏下意识地接了过来，然后怔怔地望着手中的花和眼前的男人，她还处在失魂的状态之中。

　　周楠缓缓地说道："三年前，你从'天上'掉下来，是我接住的你；从那之后，我们就开始了互相吵闹、拌嘴的时光，而现在回想起来，那也是一段很美妙的回忆；到后来，你为了你向往的生活再一次地回到了这里，让我开始了一段美妙的缘分。这一路走来，我们互相鼓励、互相扶持，那么，今天，就在我的家乡，在这巍峨高耸的溪山、诞生奇迹的挂壁公路、清澈见底的河流，还有广袤丰饶的田园的见证之下，孟小敏，我请求你嫁给我好吗？"说完，周楠直接单膝跪在了孟小敏的面前，他的手中变戏法似的出现了一枚戒指。

第十八章　桥梁的意义

一

突如其来的惊喜，让孟小敏愣在了原地，她的大脑此时已经是一片空白。面对着单膝跪在自己面前的周楠，孟小敏的脸上写满了不可思议，而这个时候，几声尖叫更是把孟小敏从大脑"当机"的状态中拉了回来。

孟小敏扭过头，看到了挥舞着荧光棒的闺密，黄玲和董林苒正激动地尖叫着。周楠笑了笑："怎么样，愿意嫁给我吗？"

此时孟小敏觉得自己的眼泪忍不住地要涌出来了，强忍着这种冲动，她的心也渐渐地被甜蜜占满。她赶紧点了点头，并伸出了自己的左手，对着周楠说道："我愿意！"

周楠将戒指戴到了孟小敏的中指上，这代表着她已经订婚了。

周楠站了起来，然后对着孟小敏的闺密说道："她同意了！"

黄玲和董林苒直接朝着孟小敏扑了过来，然后将孟小敏抱住，惊喜万分地对着孟小敏说道："小敏，恭喜你！"

此时周楠的身边也出现了两个人，一个是嘴噘得老高的乔佳宁，而另外一个则是林强。林强对着周楠摆出了一个OK的手势。没过一会儿，河上面竟然有几缕光点漂了过来，然后光点逐渐地增多。周楠来到孟小敏的身边，直接牵起了孟小敏的手，对着她平静地说道："在我们这里，一般在七夕鹊桥会的节日，我们怕天上的牛郎看不清暗夜的鹊桥，便会在村前的这条河上放一盏又一盏的河灯，让牛郎认清道路尽快地与织女相会。美丽的河灯会穿过田间，穿过石桥，便可以让爱情长驻。"

周楠指着那远处越来越多的河灯，直接搂住了自己未婚妻的纤腰，然后说："这河灯，便是我为你准备的。"

孟小敏这个时候心里更是欢喜无比，忍不住轻轻地吟诵起了起来："锦里开芳宴，兰缸艳早年。缛彩遥分地，繁光远缀天。接汉疑星落，依楼似月悬。别有千金笑，来映九枝前。"

这是唐代的一位诗人所写的《十五夜观灯》，孟小敏非常喜欢这首诗，而周楠费尽心机地弄出这么一幕，倒是让孟小敏分外感动。周楠很是用心，而这一幕孟小敏永生难忘，这将会成为她一辈子最美好的回忆。

所有人的目光都望向了河中央，而黄玲更是忍不住地惊呼了起来："这……这也太美了吧！小敏，你这男朋友对你实在是太用心了，再一次地恭喜你啊！"

"不就是放个河灯吗，这有什么好浪漫的？我百度上刚搜了的，放河灯一般是祭祀才用的呢，要不就是祭孤魂，要么就是送疾病灾祸。谈诗嘛，我也会，而且张口就来，'去年元夜时，花市灯如昼。月上柳梢头，人约黄昏后。今年元夜时，月与灯依旧。不见去年人，泪湿春衫袖'。"这个时候，远处的乔佳宁气哼哼地说道。要说周楠求婚，这里面的人谁最不开心，那一定是乔佳宁了。

而待在乔佳宁身边的林强则是忍不住地扑哧一声笑了出来。乔佳宁狠狠地瞪了他两眼，更是没好气地说道："笑什么笑！这有什么好笑的啊？"

"哎，我怎么闻见一坛子老陈醋的味儿啊？咦？乔佳宁妹妹，你哥马上就要娶媳妇了啊，你怎么好像不太开心的样子啊？"林强这家伙纯属哪壶不开提哪壶，他并没有感觉到来自自己身边的那超级强大的"杀气"！

"关你什么事？孟小敏给你什么好处了，你这么尽心尽力地去帮她？"乔佳宁气哼哼地说道。孟小敏站的那个位置本应该是属于她的呀！

"佳宁小妹妹，我这不是帮孟小敏，而是在帮你哥啊！"林强乐呵呵地说道。

"你这家伙也够讨厌的，对我哥更是死缠烂打的。不过我告诉你，你这是找错方向了，更是找错人了。我哥能不能跟着你去修路，不是他说了算的，而是另有其人。"乔佳宁知道周楠已经决定和林强一样去做一番事业，但是在这个时候她就是见不得林强这傻乐的样子，所以这个时候出言打击一下他，也能让自己的心里稍微地舒畅一些。

林强一听这个来了兴致，忍不住地问道："谁呀？"

乔佳宁白眼一翻，然后淡淡地来了一句："不告诉你！"

"佳宁妹妹，你快说说嘛！你看看我这，光是进庙烧香拜佛呢，关键这头得磕得对才行啊，你就忍心看着我磕得头破血流？"

"磕死你活该！"

看到林强这个样子，乔佳宁心里面的郁结之气总算是出了一大半。不过看着远处周楠和孟小敏那卿卿我我、甜蜜得要死的样子，她心里面还是隐隐地有些不舒服。不过为了自己的老哥，乔佳宁还是透露了："找周伯伯。"

"老支书？"

"当然了！你想想，当初我哥是怎么回来的，还不是因为周伯伯一句话，我哥他就乖乖地回来了？现在我哥想要跟你走，要是周伯伯不同意的话，我哥是走不了的。"

林强笑得更灿烂了，然后一拍脑门，乐呵呵地对着乔佳宁说道："哎呀，佳宁妹妹，你这可是一语点醒我这个梦中人啊！放心吧，佳宁妹妹，你的大恩大德我永生难忘！"

说完，林强就乐呵呵地离开了。

林强走了，只剩下了乔佳宁，此时的她看着远处周楠的身影，两行清泪直接涌了出来，所有的委屈和不甘这个时候全部都涌进了这两行眼泪之中，她知道，自己和周楠这辈子注定无缘了。抹干了眼泪，乔佳宁忍不住地吸了吸鼻子，放下了儿女情长。等待她的事情还有很多，比如说她的上一任，也就是周楠已经给她把溪山村经济发展的底子打牢了，而接下来如何带领着溪山村走向更加繁荣的明天，这是乔佳宁现在需要好好考虑的。

远处，那嬉笑声传来，乔佳宁的心中忍不住地开始畅想了起来：未来，会是谁单膝跪在自己面前，给自己一个浪漫而又终生难忘的婚礼呢？

二

周楠想要去修高速公路的事情周大山是知道的，而且他的心里面也是同意了的，在见到林强那张笑嘻嘻的脸的时候，周大山知道这一天还是来了。儿子确实很优秀，也完成了自己在溪山村的使命，那他还有什么理由去阻止儿子实现自己的梦想和抱负呢？

答案当然是没有。

周大山将手里面的烟吸了两口，然后将烟蒂掐掉，面对着站在自己面前的林强，周大山平静地说道："小子，你来这里干什么我知道得一清二楚，周楠愿不愿意跟你去，他自己来拿主意，我不阻拦他，而且就算是我阻拦也没有用。我的儿子我清楚，他的心里面还是有主意的，而且一旦他拿定了主意，十头牛都拉不回来的。"

林强没想到事情居然能如此顺利："谢谢周伯伯！"

"不用谢我。不过呢，有一点我可是要叮嘱好的，你们出去那也算是造福一方了，只是要注意自己的安全，遇事儿别冲动，一定要沉着冷静。"周大山抬了抬眼皮，看了看林强，仿佛是看到了年轻时的自己，带着满腔的热血和无限的冲劲儿，带领着乡亲们修路的那个样子。他微微地怔了怔，继续说道："要记住我送你们的八个字——披荆斩棘、人定胜天！"

林强点点头。

"小子，不过我还有一个请求。如果有机会的话，我想要看一看你们是如何修路的，我们那辈人修路实在是太艰难了，听说现在修路有很多高科技的机械设备。"周大山说道。

"没问题，周伯伯，到时候让周楠带您去施工现场，我相信您一定会被那种场面震撼到的。不怕您笑话，我第一次见的时候也被吓了一大跳！"说到这里，林强顿时变得兴奋了起来。

周大山满意地点了点头："好，小子，好好修路，好好为人民服务。"

"是！"

林强没想到在周大山这里出奇顺利，和乔佳宁说的完全不一样啊，林强这"三顾茅庐"，这一次总算是得到了自己最想要的收获，那就是得到了周楠这个家伙。有了周楠的加入，他们修路的进度将会加快不少，这也是林强千方百计地非要把周楠给拉进来的最主要的原因。

溪山村的清晨，天刚刚亮，山林间只有鸟啼，而村舍间也仅闻鸡鸣犬吠。

早晨的溪山村，空气中带着一股清新的微凉，丝丝地沁入灵魂。薄雾笼罩着溪山，宛如给溪山披上了一层薄薄的纱巾，而鲜红的日头从山间露出一点点的身影，雾海绕山涧，青翠伴日出。而此时此刻，有几道身影就那样行走在挂壁公路上。周楠凝望着已经旧貌换新颜的溪山村，凝望着这一条代表奇迹和英勇的挂壁公路，凝望着远处那巍峨而又险峻的溪山，他的心里面除了感慨之外，还有一丝丝的不舍。

这里是他的家乡，也是他梦开始的地方，更是他圆梦的地方。望着溪山的秀丽与村落的美丽，周楠不禁停下了脚步。

"好了，就送到这里吧！"周楠整理了一下自己的心情，然后对着前来送行的孟小敏和乔佳宁说道。

乔佳宁有些无奈地叹了一口气："哥，你辛苦了这几年，我却来摘你的桃子，心里面实在有些对不起你呀！而且你把这么大一个摊子都交给我了，我只怕我会弄不好，到时候让你失望，让咱们溪山村的百姓失望。"

周楠抱了抱乔佳宁，而后鼓励地说道："放心吧，相信你自己，况且还有我那老爸、你那老妈帮着你呢。实在不行的话，你未来的嫂子不也还在呢嘛，有什么困难你一定能够解决的，如果解决不了，给我打电话，我也能给你想办法。"

乔佳宁的心里有些失落，更有些酸涩。周楠的这一抱，已经是两人最亲昵的举动了。说句实话，乔佳宁有些不舍，更有些留恋："那谢谢哥了，希望你能够顺利地完成任务，到时候我们在溪山村等着你凯旋。"

周楠笑着点点头，然后来到孟小敏的身边，笑容中都溢出了甜蜜，他对着自己的未婚妻说道："有时间我会回来看你的，你在这儿一定要多注意休息，别太累了。"

孟小敏立刻阻止周楠："行了，我又不是小孩子。可惜了，以后在溪山村就见不到你了。不过没关系，我会去工地上找你的。哦，对了，忘了跟你说了，等我们学校放假了，你得跟我回趟省城，我这稀里糊涂地就答应了你的求婚，我爸爸妈妈那里已经快疯了，他们可是很想见你呢，你到时候就算是再忙，也得抽出点儿时间来，要不然的话，你这费尽心机的求婚可就作废了。"

周楠哈哈大笑了起来，一扫之前的种种低沉："行，见未来的老泰山老泰水，那可是大事一件，我就算是再忙也肯定会抽出时间的。"

"好了，少贫嘴了，走吧！"孟小敏一拍周楠的肩头，对着周楠摆了摆手。

周楠和林强两人笑着走了，孟小敏望着两人的背影出神地站在那里。对于她来说，周楠是她在溪山村故事的开始，而渐渐地这个人也成了自己故事里面的男主角，发生的这一切就真的如同梦一般。

"唉！"乔佳宁叹了一口气，看了看身边的孟小敏露出来的神情，忍不住吐槽道，"走吧，孟校长，咱们接下来的事情还有好多呢。我哥这'甩手掌柜'一当，还真的是走得潇洒，现在只剩下我们两个了，但是咱们溪山村的发展却是不能停啊，想想都觉得头大。"

孟小敏点头应道："你就放一百个心吧，旅游项目已经渐渐地步入正轨了，想想你应该如何发展咱们溪山村的农业经济吧，咱们溪山村可是有不少特色的，只要能弄好，一定会让你哥大吃一惊的。"

"你是不是有什么主意了？"乔佳宁好像嗅到了什么。

孟小敏掏出三个布袋子，一本正经地说道："你哥走的时候，给我留下了三个'锦囊妙计'，说是遇到困难了可以打开。"

"干脆现在就打开吧？"乔佳宁蛊惑道。

孟小敏点了点头。不过看到这三个布袋子里面装的字条的时候，她终于忍不住爆发了。

三

周楠你个浑蛋，居然敢耍我们？！

孟小敏看到手中三张分别写着"加油！""努力！""坚持！"三个词语的字条的时候，真想对着周楠这家伙破口大骂。

乔佳宁接过孟小敏面带杀气、一脸凝重地递过来的字条，看到上面三个词语的时候更是忍不住地扑哧一声笑了出来，然后直接变成了爽朗的大笑声。孟小敏也忍不住地咯咯咯地笑了起来，这欢快的笑声瞬间就将分别时的那种有点儿沉闷的气氛给冲散了。

只用了不到一个小时的时间，周楠便和林强来到了工地。

此时的周楠看着那溪龙沟，脸上忍不住地露出了一丝兴奋的神色，对着林强说道："进度这么快，已经到了溪龙沟了？"

林强此时无奈地把手一摊，对着周楠说道："没错，你惹出来的事，你自己想办法把它给填平了。"

周楠最喜欢做一些有挑战性的工作了，而此时的溪龙沟，对于周楠来说绝对是一个史无前例的挑战。溪龙沟，同样属于溪山山脉群，在这里峰与谷的落差很大，甚至有可能达到四百米，而溪龙沟的落差就高达三百米，垂直高度也近四百米，平行跨度也有近一公里了。

"你别告诉我，你当时是随手一画的，这里修桥的难度可是很高的，而且风险也挺大。周楠，你现在告诉我你准备怎么办。"林强一摊手，有些无奈地摇头说道。他们试过多种方法，但是这溪龙沟可是没法绕开的，他们已经论证加讨论好多次了，但是架桥实在是太难了，也可以说，这根本就是做不到的事情。

林强直接把这个难题甩给了周楠。

周楠深深地吸了一口气，没想到自己刚来到工地，就遇到了这样的难题。周楠看着焦急的林强，笑着说道："其实吧，我早就已经有想法了。这样，我们先进去再说，我住的地方安排得怎么样了？"

"早就已经给你安排好了，而且集团任命的文件已经下了，我来管工程，你来管规划和设计，这样我也能稍微轻松一些。不过周楠你要知道，我们这是企业性质的单位，你要是没两把刷子，或者说是你要是没有拿得出手的东西的话，迟早是会被淘汰的。"林强提醒着周楠。

周楠看了林强一眼，乐呵呵地说道："我看不至于吧，像你不也好好地待在这里吗？现在还是个副总工程师呢！"

林强直接抡起拳头就给了周楠一拳，这家伙是在调侃自己，而自己也听出来了。他苦笑着说道："你的任命是下来了，但是你想要在这里站稳脚跟，那就必须得让他们乖乖地服气，而想要让这些技术男服气，你就得拿出真本事来！"

"这个不用你教，我自然知道。好了，你就放一百个心吧，先把我工作的地方给我收拾好了，一会儿你们开会，我参加。"周楠拎着自己的行李，然后朝着林强指给自己的那排简易组装房走了过去。

林强无奈地摇了摇头，这个家伙无论走到哪里都是这么一副胸有成竹的样子。

很快地，林强便组织了一次会议，同时这也是周楠到来后参加的第一次会议。林强先介绍了整个工程项目："安顺县段线路总长 125.78 公里，其中咱们这个项目团队主要负责修建的溪龙沟大桥是位于安顺县境内难度最高的大桥。咱们设计的大桥要求横跨溪龙沟，也是咱们这一条高速公路线的控制性工程之一。溪龙沟桥主跨为 650 米的单跨钢桁梁悬索桥，主梁要采用板桁结合结构形式，钢桁梁长 36 米，由 30 个梁段组成，标准梁段的长度 11.6 米，重量 200 多吨。"

此时的周楠微微地点了点头，沉吟了片刻，然后接着向林强问道："嗯，上部主缆架设的话建议采用AS法施工工艺，主缆呢，采用预制平行钢丝索股，这样主缆的计算跨度为1030米，垂跨比为1/10，两根主缆之间的中心间距也为36米。这个工程确实是个难题。"

听到周楠的话之后，在场的所有人都愣住了，看着周楠仿佛就像是看着怪物一样。仅仅听了林强的介绍，他就已经有了具体的实施方案，周楠的能力只用了短短的几句话就展现得淋漓尽致。

"等等，你刚才说的是要采用AS法施工工艺？"这个时候，有位技术总监反应了过来，目光中带着一丝疑惑或者是不解，"这种工艺可是国外悬索桥主缆施工的主流技术，国外对这种技术保护得很严密啊！"

周楠点了点头："确实。阳宝山特大桥，我想只要是学建筑的应该都不陌生吧？那可以称为当代的奇迹。而这阳宝山特大桥采用的就是AS法，也就是空中纺丝法，你们要是对此有所关注的话一定是知道的。"

林强眼中的笑意是越来越浓，周楠此时展现出惊人的能力，对于他来说只有好处而并无坏处，自己可是"伯乐"啊，而且也堵住了其他人的嘴。在这里，强与弱只能用能力来判定，而无其他。周楠这一句话，直接就能够奠定自己在工程设计团队里面的地位和实力。果然，这家伙还是一如既往地锋芒毕露啊！

"啥是AS法施工工艺？为什么要叫空中纺丝法？这是一种很难的施工方法吗？我之前怎么没听说过呀？"这个时候，已经有人弱弱地问向了旁边的同事，声音不大，但是众人却都能够听见。这位哥们儿的这句话，让在场的所有人都汗颜不已。

"这个，还是让周楠来给大家解释一下吧。"林强看了几眼自己手底的那位技术员，把那位技术员看得心里面有些发毛。确实是，自己刚才这无知的"小白"样儿，只怕是让整个工程设计团队的脸都丢尽了吧？林强却是没有想这么多，而是把目光望向了周楠，对着所有人说道："既然大家对这种工艺不太熟悉，那么就当是给咱们也普及一下吧。周楠，你来给大家具体地讲一讲，啥是AS法施工工艺。"

四

林强这么做，也是想要让周楠尽快地树立起自己的威信。可以说为了让周楠尽快地融入工程团队中，他也算是煞费苦心了。

周楠心中感激，继续说道："AS法呢，也叫空中纺丝法，是国外悬索桥主缆施工的主流技术，同样也运用在了咱们国内那座闻名遐迩的阳宝山特大桥上面。它的原理呢，是利用牵引系统纺丝轮在空中牵拉钢丝，然后多次反复地拉，当钢丝达到一定数量的时候，对钢丝进行梳理、调整后捆扎，形成平行钢丝索股。讲得通俗一点那就是利用牵引机械往复拽拉平行高强镀锌钢丝，在工地上制作平行钢丝索股的主缆架设。这种工艺对隧道锚、岩锚等要求锚面较小的特殊环境适应性非常强，在山区运输条件差、超大跨径的悬索桥上更是最好的选择方式。"

周楠看了看大家，发现大家听得都极为认真，他便继续说道："我国之前一直没有使用过，也就是在阳宝山特大桥中才首次使用。"

这次会议之后，每个人看向周楠的目光都多了一丝敬佩，当林强告诉大家，周楠对这种先进的工艺了如指掌的时候，所有人望向周楠的目光瞬间就变得崇拜了起来。而这一次林强把周楠请来也是要让周楠"人尽其才"的。

周楠在工地上的工作很快就开展了起来，整个施工的过程非常漫长。

时间过得很快，一个多月过去了，溪龙沟大桥已经有了雏形。林强来到周楠的旁边，周楠拿着望远镜看着施工的工人，然后时不时地在本子上记录着一些数据。这是周楠的习惯，他每天都要在本子上写下要么几个数字，要么几句话，在晚上的时候，给技术员和工人们进行操作的指引。

"这总算是有点儿样了。"林强长长地松了一口气。

周楠没有放下望远镜，而是一边看着远处的工人一边对着林强说道："嗯，一个多月的时间，要是再没有任何成果，不用你来说，我自己就主动辞职了。这里的地质环境我都已经勘查过了，有些地方需要派人加固。"

"现在我有点儿后悔把你这个家伙给弄到这里来了。"

周楠这个时候才放下了望远镜，看了林强两眼："为什么这么说？我现在倒是觉得待在这里其实挺好的。"

"好什么好！你是不是忘了什么了啊？你来这里一个多月了，你倒是挺痛快，可是你答应你未婚妻的事情做到了吗？搞得你那个未过门的媳妇天天地给我打电话抱怨。要不我给你放两天假，你先回去安慰一下你那'深闺中的怨妇'？"林强这个时候几乎是扯着自己的头发对着周楠说道。

周楠不以为意地摇了摇头，一本正经地说道："你这革命意志咋就这么薄弱呢？再说了，过两天我就能回去探亲了，到时候再去见她父母也行啊。现在工地上施工这么紧张，我一个人也不能搞特殊啊！"

"你就饶了我行不行？"林强苦涩地说道，"我现在已经烦死了！一个孟小敏，一个乔佳宁，两个人没个消停的。大哥，我这里不是《金牌调解》栏目组，也不是《第三调解室》的电视节目！"

"不行！"这个时候的周楠又拿起了望远镜，然后突然间皱着眉头说道。

"咋就不行了？"林强无奈地说道，"我说周楠，你这是要把人往死里整啊！"

周楠这个时候突然间急急地说道："你这家伙，我是说现在在猫道上的作业人员，他那样操作是不行的！这样的操作非常容易鼓丝，别看一个小小的质量问题，很有可能会影响到钢丝的均匀受力，会影响主缆的质量！"

林强听到了周楠的话之后，二话不说，直接就抢过了周楠的望远镜，从望远镜里看着作业人员的操作，他的眉头也皱了起来："这些家伙！周楠你说得对，现在不能干了，我现在立刻安排他们下来，必须要重新调试起始基准丝高度，而且调试完成后必须进行连续三天的监测。现在这样，快是快了，但完全就是瞎胡搞！"

周楠想了想，然后跟上了林强的步伐："每一束的索股纺丝完成后，必须要对钢丝进行排序调整紧束打包和线形调整，项目部要提前分别编写主、散索鞍钢丝排列图，还必须得对作业人员进行教育培训。如果可以的话，把排列图弄出来，悬挂在施工现场的显眼地带，以便作业人员查看。"

林强点了点头，完全赞同周楠的说法。

"还有，AS架设纺丝过程中，每个门架配备一名技术人员，当纺丝轮经过后技术人员对钢丝进行排序，钢丝套筒要进行排序标记，为确保AS法纺丝的施工质量，每个钢丝套筒压接完成后，对套筒尺寸进行检测登记，一定要检查直径、长度是否符合要求。严格控制施工质量，而且一定要在各个施工环节都安排专人进行跟踪记录、检查，全过程控制，各索股实际施工质量一定要高于控制标准。"

两人每天的生活都如此平静而枯燥，直到有一天，这种平静被打破了。

周楠看着孟小敏站在自己的面前，立刻像是老鼠见了猫一样躲了起来。但是这偌大的工地实在是太开阔了，五百米外就能够看见，周楠就算是再躲也躲不开孟小敏的眼睛。

"你怎么来了？"周楠讪讪地说道。

孟小敏直接把嘴一撇，极度不开心地说道："我要是再不来，你是不是连我是谁都要忘了？"

周楠呵呵地干笑着："怎么可能！我答应你的事是不会忘的，只不过这段时间真的很忙，大桥的第一根钢桁梁马上就要架设了，这可是最关键的时候，我是绝对不能离开这里的，一定要看着首根钢桁梁下去才能松一口气。"

五

孟小敏气急败坏的样子，周楠看了都觉得害怕。主要还是错在周楠的身上，周楠不比之前，现在他可是已经订过婚的人了，马上就要准备结婚了。

"对不起，等这第一根钢桁梁放下去了，我就老老实实地回去，你说怎么办咱们就怎么办，行不行？"周楠的气势弱到了极致，而孟小敏的目光在周楠的脸上扫了半天，所有的不满瞬间消失殆尽。孟小敏看着周楠那消瘦的脸庞，还有深深的黑眼圈："好吧好吧！不过你要注意休息，你看看林强那家伙红光满面的样子，倒是把你累成了这样子。周楠，咱们可以拼，但是不能把命搭进去。"

周楠笑了笑，然后伸了伸胳膊："我没事，强壮着呢，就是熬了几次夜而已，休息两天就能缓过劲儿来了。现在工程进展到了最为关键的时候，成败也就在此一举了，我必须得加把劲儿才行。"

孟小敏有些心疼，眼下也只能叮嘱起了周楠。她这次来就是想要看一看周楠，说句实话，近两个月没见，她的心里面还是有些想念的，虽然她嘴上不说，但是望向周楠的目光中多了一丝丝的眷恋。孟小敏望着远处那热闹的施工地，大桥的轮廓也已经初见规模，这一个多月耗费了周楠不少的精力。看到那宏伟的桥，孟小敏忍不住地倒吸了一口气，而她的手更是直接握住了周楠的手。

孟小敏的到来让周楠的心情好了许多，而且有了更大的动力，将自己所有的精力全部都投入工作中去。

今天，就是要放第一根钢桁梁的重要日子，此时周楠的心里无比紧张，对于他来说，成败也就在今日了。

钢梁吊装是最关键的时刻，溪龙沟的垂直高度达到了近400米，气候复杂多变，而且最重要的是这里的大风天气有135天，大雾天气有182天，自然环境非常复杂。而今天，他们终于等到了气象窗口。

"林强，这雾散不了不行啊！"此时的周楠焦急地说道。

林强也是一脸的担心："是啊，这起吊重物，包括落位都看不到的。"

"再等等吧！"周楠无奈，也只能叹了一口气。

而此时，在不远处开辟出来的钢桁梁拼装场，30节的钢桁梁正在进行拼装，每节钢桁梁的重量超过了200吨，这可是相当于100多辆小轿车的重量。而从今天开始，这些钢桁梁将通过大型的缆索吊逐个起吊到桥面，在溪龙沟的高空上完成对接。

"我还是担心钢桁梁啊，36米长、200多吨啊，还是存在潜在的危险的。"这个时候周楠更是忍不住地喃喃自语了起来。起重伤害、高处坠落、坍塌等，作为这个项目的副总工程师，周楠必须确保这些潜在的风险只能停留在施工现场的警示牌上面。

林强放下望远镜，对着周楠说道："嗯，现在太阳射进来了，可以开始施工了！"

终于，云开雾散。

此时的周楠和林强两人对视了一眼，然后林强拿着对讲机说道："各点准备！"

从两人各自的对讲机里面传来了声音："三号到位！""到位，后防到位！""八号到位！"……

"都到位了，都到位了！"此时，对讲机里面传来了最后一个声音。

林强和周楠两人此时脸上的神色无比凝重。周楠深吸了一口气："起控室准备，启动！"

看着第一节钢桁梁渐渐地被吊起，此时周楠的心都已经提到了嗓子眼儿，这是最为关键的一节钢桁梁，它的成败决定了太多。钢桁梁的安装，意味着最艰险的高空作业开始。

这个时候，说句实话，周楠的心在发颤，腿在发抖，但是他还是强装着镇定，不能让其他人看出来，因为他可是钢桁梁吊装的总负责人和总指挥，在他发出起吊命令的时候，承担的压力比谁都要大。

两根直径60多厘米、长度有近1000米的主缆，这可是大桥的生命线。由于溪龙沟的另一侧全部都是陡峭悬崖，大桥的钢桁梁只能从周楠他们所在的这一侧进行起吊，200多吨的钢桁梁要悬在主缆上平稳飞行300多米，到时候在中间还要自动旋转90度。而周楠和林强商量了之后，采用了两点起吊的方法，两点起吊是两点受力，它能解决空中的旋转就位问题。另外，在提抬钢桁梁的时候，两点吊的话受力比较明确，而且也能够大大地提高效率。这种方法，是悬索桥钢桁梁吊装的新技术，在国内，这种方法也只应用于阳宝山特大桥的吊装。

"速度可以再往前推一点，现在是几挡？"周楠喃喃地问道。

"二挡。"林强没有犹豫地答道。

"嗯，可以稍微加快一点儿速度，变三挡吧，速度上没有问题。"周楠自信地说道。

过了一会儿之后，钢桁梁在不稳地朝着既定位置移动着，而此时的周楠对着对讲机说道："宏光，你那边正常吧？"

"一切正常！"

大概三个小时之后，第一节钢桁梁已经就位，接下来就是要与吊索连接了。

"走，我们上去吧！"周楠对着林强说道。按照惯例，连接吊索前，负责人要爬上猫道，进行最终的检查确认。干的时间越长，懂的也就越多，担心的东西也会越多。干工程的这些人，要是十天不上猫道的话，上去的话脚有点儿空，也会有一点儿恐高的感觉，但是对于周楠和林强两人来说完全没有这种顾虑，他们每天都要在猫道上走十几个来回。

穿戴好衣服，挂好安全绳，两人在用钢丝和木板搭起来的悬空猫道上走着。悬空猫道，距离沟底200多米，而脚下更是万丈深渊。

"不对，有问题！"此时的周楠在查看了之后，忍不住地倒吸了一口凉气，眉头紧紧地皱到了一起。而一旁的林强更是把心都提到嗓子眼儿了，现在他最不想也最不愿意听到的就是"不对，有问题"这几个字，每一个字眼儿都仿佛是在刺激着林强那脆弱的神经。

第十九章 我们结婚吧

一

"扶着，往孔里面扶！"此时的周楠则是在认真地指挥着作业人员。站在周楠身边的林强能够感觉到周围空气里面散发出来的紧张气息，而这个时候的周楠则显得异常镇定："不要对着径板啊，要对着你那个孔，一定要注意，两边一定要平均起！"

此时，众人在周楠的指挥下开始一点一点地对准着钢桁梁。

"等一下！吴刚，你那边还差多少？"

"正好！"远处传来了声音，此时周楠的心里面才略微地松了一口气，对着这边的人继续说道："好了，对准的话就可以打钉了！"

而此时，一位作业人员直接抡起锤子，将比手臂还粗的钢销子直接钉进了孔中，一锤一锤地不停地砸着，所有人的目光全部都盯在了那个孔槽中间。

"好了好了！"周楠赶紧叫道，钢销子上面的十字白线与孔上面的白色线条完全连在了一起。此时，周楠神色才缓和了一些："林强，让咱们的师傅们继续吧，这下终于安全了，钢桁梁与主缆连接上就没问题了，这钢销子一打就安全了。"

"上来吧，慢慢地松吧，然后以10吨为单位，10吨10吨地卸。"周楠指挥着众人，而那200多吨的钢桁梁应该从吊具向吊索卸载，让吊具不再受力。然后，在连续卸了有30吨之后，周楠判断出吊具没有任何卸力的迹象。

"停了，停了！100多吨后，滑轮组就要受力了。"

而就在这个时候，意外却突然发生了，周楠突然间急得大声吼了起来："你蹲到那儿！站在那儿干吗？赶紧蹲下！全部都蹲下来！"

"怎么了？"就在这个时候，林强紧张地问道。

"有问题，还是有问题！现在先停下来，不敢再卸了，没想清楚之前不敢再动了！"周楠的声音听上去都有些发颤了，"等一会儿吧，滑轮组的等一会儿！"

"大哥，快说怎么了？这样等下去绝对不是办法！"林强急了，而此时，悬吊在空中的庞然大物，多悬一分钟就会多一分钟的风险。

周楠瞄了林强一眼，并没有说什么，而是就那样蹲在猫道上观察了十来分钟。

十来分钟，对于现场所有人来说那都是无比漫长的。这两点起吊方式虽然不是国内悬索桥的第一次使用，但是对于周楠和林强来说，却是他们的第一次，而周楠凭借着自己多年的经验和丰富的知识，迅速判断出了问题所在。周楠长长地松了一口气，然后轻松地说道："哎呀，明白了，我明白了！停一下，停一下！这边高了，后边吊索不受力。林强，拿个棱镜上来，拿着这个银棱杆测一下，测一下那边那两个角低了多少。"

等过了一会儿之后，周楠指着一处对林强说道："林强，你看这边明显高了许多，都已经卸了二三十厘米了，问题就出现在卸载平衡上。钢桁梁从吊具卸载时，千斤顶不断地调整钢桁梁的重心，两点吊需要自始至终保持初始平衡状态，避免吊具的偏心受力。"

林强认真地点了点头，然后缓缓地说道："得想办法解决。"

周楠这个时候亲自上去了，然后经过一番调整之后，走到猫道上说道："行了，两边一定要同时起，均匀受力，起之前一定要把吊索晃一下再起，他那边往下走，你这边应该往上走才对，前面比较低，这没事，滑轮组受一点儿力，起点。"

周楠一边看着那钢桁梁，一边指挥着众人，然后对着对讲机说道："好，停了！"

"又怎么了？"这个时候的林强又紧张了起来。

周楠摇摇头："这下钢桁梁终于安好了，咱们现在可以往回走了。"

接下来的几个月，大桥完成了二十多次的高空架设，而每一次的高空架设，都伴随着未知和挑战，周楠、林强甚至整个施工团队都和溪山一同屏息。而这第一道的钢梁，更是起笔空中，而接下来的三十笔，更是能够完成云端的绘画。

周楠回到了溪山村，他是被林强那个家伙给强制性地赶回来的。溪龙沟的桥已经进入了正常的铺设阶段，林强和周楠的整个团队也就暂时闲了下来。只要哪里有困难，他们就要出现在哪里。

已经有近大半年的时间没有回溪山村了，周楠在工作中总是以一副"拼命三郎"的劲头在工作，就连林强都有些看不下去了，索性给周楠放了一个月的假，让他回溪山村好好地休息休息。

周楠回来已经有四五天了，都没有见到自己的未婚妻，这实在是太不正常了。难道连孟小敏都不关注自己的动态了？

"爸，这几天佳宁她们在忙什么啊？"最终，周楠实在是忍不住了，追着正在院子里面晒太阳的老爸问道。

周大山吧嗒吧嗒地抽着烟，看了周楠两眼，眼神中略微带着一丝丝嫌弃地说道："这一跑就是大半年，连个消息也没有，跑到深山老林里面当野人去了？现在你回来了，还指望着人家一直围着你转啊？"

周楠讪讪地笑着说道："我那不是要修路嘛，也算是建设家乡、造福百姓呢啊，这可是功在当代、利在千秋的一件大好事啊！你知道吗？溪龙沟那里架桥了，是你儿子架的桥，有机会了你一定要去看看，特别雄伟壮观！"

"溪龙沟?"此时的周大山惊讶地望着周楠,"真的假的?那溪龙沟上真能架桥?"

"当然了,没有什么是我们做不到的,就像你组织大家伙修的挂壁公路一样,只要我们敢打敢拼、齐心协力,即便是再不可能的事情我们也能够做到,毕竟'人心齐、泰山移'嘛!"周楠越说心里面越激动。而此时的周大山则是满意地点了点头,儿子现在出息了,自己更从儿子的身上看到了一种溪山村人斗志昂扬的精气神。

二

"佳宁那孩子这两天正在接待贵宾呢,没空搭理你。你小子直接当了一次甩手掌柜,说走就走,把这么大的摊子扔给了两个女娃娃,人家就不能忙一些?等过了这段时间就差不多了吧。"终于,周大山透露了情报。

周楠整日一副无所事事的样子,其实他的心里很是烦闷,毕竟林强那个家伙强制性地停了自己的工作,这让周楠感觉就好像是有什么东西在不停地抓挠着自己的心一样,在工作中周楠才能够找到快乐和开心,毕竟他是把架桥铺路当成一种伟大的事业来做的。这个时候,周楠忍不住地开始埋怨起了林强那个家伙,把他的兴致给完全勾起来了,而现在却限制了他想要继续工作的热情。

"唉!"

此时的周楠忍不住地叹息了起来,他是一刻都不愿意闲下来的。

而这个时候,周楠远远地望见一群人朝着这边走了过来,他还以为是哪个旅行团呢,毕竟现在溪山村的发展势头很强劲。但是当周楠看清楚来人的时候,却是直接给吓了一大跳,来人居然是祁东平,而陪在他身边的正是乔佳宁。

"哟，这不是我们溪山村的大功臣吗？听说你真的去修高速公路了，今天怎么回来了？是不是偷懒了？"祁东平和周楠开着玩笑，打趣地说道。

周楠连连摆手："不敢偷懒！祁书记，您来溪山村了啊？"

周楠的目光朝着乔佳宁望了过去，而乔佳宁对着周楠点了点头，周楠的心就放到了肚子里。

"哈哈，周楠，小乔同志干得有声有色。之前我还担心，你在溪山村的乡村振兴做得有些过头，如果换个人来，还真的有点儿担心溪山村的步子走得太快，根基不稳。而小乔同志也想到了这些，所以她现在做的都是在巩固你之前的那些经济提速措施，这里我是要表扬乔佳宁同志的。"祁东平一本正经地说道。

这个问题，也是周楠当初推荐乔佳宁时考虑到的，毕竟换一任的话，有可能并不会接着前一任的来做，而只是为了自己所谓的亮点工程，另起炉灶，这样的话，受伤的永远都是那些普通的百姓。当然了，这是周楠所不愿意看到的，周楠之所以让乔佳宁来做，那就是看准了乔佳宁绝对会把他的这两项工程落到村民的实惠中去。

"谢谢祁书记！"乔佳宁乐呵呵地朝着周楠扫了扫，"祁书记，我们溪山村的发展势头是绝对不会停止的，这点还要请您放心！"

"嗯，我明白。党的十八大以来，就建设社会主义新农村、建设美丽乡村提出了很多的新理念、新论断和新举措。小康不小康，关键看老乡。不过我们要谨记一点，建设美丽乡村，是要给乡亲们造福，不要把钱花在不必要的事情上。当然了，乡土文化的根是不能断的，农村建设要注意生态环境保护，特别是要注意乡土味道，体现农村特点，保留乡村风貌，坚持传承文化，发展有历史记忆、地域特色、民族特点的美丽城镇。"

"我们市里的专家曾经说过这么一句话，我觉得挺好的：现代化变迁的农村，应该是生产生活有保障的生活乐园，道德之美的心灵家园，生态之美的休憩田园，民族记忆的历史故园。我认为讲得很透彻啊！"

所有人都认真地聆听着祁东平的话，尤其是乔佳宁。

周楠深以为然。而这个时候祁东平笑着说道："走，一起陪我走一走，在你们溪山村好好地看一看。你们溪山村是个振兴农村的典型，做得好。老一辈的那种革命精神你们全部都继承了下来，这很好，我很高兴。有你们这么一帮人在，农村经济的发展一定能够蒸蒸日上的！"

"没问题！"周楠痛快地答应了。曾经，这里是周楠梦想开始的地方，他怀揣着大梦想，首先改变的却是自己的乡亲，周楠做到了。

"现在普通老百姓的经济收入如何？"祁东平随口询问道。

乔佳宁无比自豪地说道："除了农业收入之外，我们在三个旅游项目中的收益都会以分红的形式发放给普通的农户。去年的话，每一家的年收入已经达到了七万块钱，这个收益还是非常可观的。"

周楠对这个数字并不惊讶，祁东平也微微地点了点头："嗯，不错，七万块钱的收入那绝对是可以的，你们溪山村做得不错。"

周楠和祁东平坐在河边的那个小广场的长椅上，望着干净清澈的河流涓涓而过，祁东平的脸上满是欣然之色。祁东平的行程已经结束了，溪山村的经济发展更是给他留下了极其深刻的印象，而他也是一步一步地见证着溪山村的成长，更被溪山村的这种精神所深深地打动。而这一切，要归功于周楠这个年轻人。

"听说，你们在溪龙沟的桥已经差不多了？"祁东平随口问道。

"是的，过上一两个月就能够完全实现合龙。"领导关心自己的工作，周楠的心里面除了惊讶之外，更多的是一种暖意。

祁东平笑着说道："嗯，看来当初你的决定是对的。这溪龙沟我知道，那里可以说是深不见底，能够在那里架桥，确实是给周边的村民带来了极大的便利。你小子是个人才，无论在哪里，无论在哪个岗位上，都是会闪闪发光的，任何人都掩藏不住你的锋芒。省里的领导说了，要让人才留在我们的手中，你小子忙完了高速公路的铺设，要不要考虑到市里上班？"

周楠闻言愣了愣，有些不可思议地看着祁东平。

"发什么呆？这个机会可是千载难逢的啊！市里面正在规划一项大工程，咱们市里山区多、农村多，你这高速公路都修了，那么咱们市里面农村的县道、乡道你是不是也应该贡献你的一份力量啊？现在路路通都实现了，但是村村通还差些，山里面的条件差，主要是路不通畅，有的路甚至还是土路，下雨下雪就变得很难走。这些路修起来难度系数不小，你还是得贡献自己的力量和智慧。"

三

周楠听了之后，嘴角扬起了一丝若有若无的笑意，淡淡地说道："无论在哪里，都是要为人民服务的，我都没有问题。我就是革命的一块'砖'，哪里有需要我就往哪里搬。"

祁东平笑着指了指周楠，乐呵呵地说道："你个臭小子，还是这么油嘴滑舌！当初你可是把我们都给诓了，你这买卖做得不错，这如意算盘打得更是啪啪响啊！这'雨过地皮湿'算是被你给玩明白了。你从我这里、秦局长那里和叶局长手上都刮了点儿钱出来，这种事也只有你这胆大的小子敢干了。"

想到之前，周楠为了给村里修路修房子，硬生生地从他们那里要了不少钱出来。但是那时没办法，想要发展农村经济，那就必须得有钱才行啊，那个时候的周楠是一分钱都能够放在眼里面的主儿，自然是一只会顺竿爬的"猴儿"，只要能弄到钱，做什么都行。

"那不也是被逼得没办法了嘛！"周楠乐着说道。

不过现在好了，苦尽甘来，溪山村的发展在整个安顺县里面更是属于异军突起，就像几十年前一样，现在的溪山村就是一种标杆、一种象征。

"是啊,我们现在的年轻干部,缺少的正是像你这样的一种精神,为了能够造福一方水土和人民,想尽办法。我现在反倒是希望大家能够从我这里弄到钱,而且要让从我手里面出去的每一分钱都能够花在刀刃上,这样的话,我的工作也就做到实处了。"祁东平不无感慨地说道。找他要钱的人确实不少,也有一些想法大胆的,但是只要一问到根处,却都说不出来个一二三,要么就是说得天花乱坠,一点儿落实的举措都没有。这样的人,是不可能从祁东平这里申请到一分钱的资金的。

周楠明白祁东平话里面的意思,他想了想,然后才缓缓地说道:"祁书记,'为人民服务'这可不只是一句口号,而是要切切实实地做到的。这五个字虽然简单,但是分量却不轻,能够真正无愧于民,全心全意为人民服务真的很难。现在的年轻人,缺的就是这个思想境界,而且必须得进行改变。"

"是啊。所以在抓经济建设之前,我们要先抓好思想教育建设,只有心往一处想、劲往一处使,那才能行啊!"祁东平说着,目光眺望到了远处,凝视着远处的溪山、河流、田野,还有那条堪称奇迹的挂壁公路,祁东平好像在寻找着自己的信心,更像是在寻找着未来的希望。

周楠能够明白祁东平这种感受,更像是读懂了祁东平的心思,他平静地说道:"祁书记,人都是会不断成长的,我们能够做的,就是帮助他们尽快地成长。不怕你笑话,乔佳宁刚从学校出来时,也是什么都不会,什么都需要依靠我这个当哥哥的。但是等她登上了属于自己的舞台,她也就拥有了自己的使命和担当,而这些是我们所无法赋予他们的,我们能够做的,也就只有一点一点地向他们传承我们的信念和理想。"

过了一会儿之后,祁东平这才笑着说道:"还是你小子会劝人啊!好了,不说这个了。你和孟校长之间的事情我也听说了,准备什么时候办事啊?我也想要和你们讨一杯喜酒喝呢!"

听到这里,周楠则是尴尬地低了下头,然后无奈地摇摇头,淡淡地说道:"这个嘛,我们还年轻,不是很急。"

"不急怎么能行？孟小敏可是为你付出了很多，你可不能辜负人家女孩子。你们订婚了这是好事，要我说还是赶紧抓紧时间把事情办了吧，做事拖泥带水的，这可不像是你的风格啊！"祁东平劝道。

周楠点点头。

"这就对了。家庭也是你能够全心全意投入工作中的重要动力，你可千万不要忽视了这些。我们在建设农村的同时，也要兼顾着把自己的家庭给搭建好才行啊！"

"是！"

周楠答应了。祁东平视察完，结束了工作之后便起程回到了市里，但是周楠此时此刻却明白了林强的用意，工作和生活必须兼顾好才行。

结婚？

祁东平的建议很正确，而到了眼跟前，周楠的心里却满满的都是胆怯。周楠来到学校，学生们正在上课，老师正是孟小敏。

虽然孟小敏是校长，而且县教育局的耿南杰局长也给溪山小学配置了两名大学生，但是目前来看，溪山小学的师资力量还是很紧张，孟小敏也必须代些课才能够缓解这种师资紧张的情况。周楠的到来很突然，他看着那群孩子们认真地听着孟小敏讲课，站在教室门口也听得入了迷。

下课的铃声刚刚响起的时候，周楠直接拉住了走出教室的孟小敏，孟小敏也被周楠这个突然间的举动弄得吓了一大跳。不等孟小敏说话，周楠直接拉着她来到了一个僻静的地方。面对着孟小敏那疑惑的目光，周楠终于鼓起了勇气，对着孟小敏说道："要不，我们结婚吧！"

"啥？！"被周楠这突如其来的举动弄得有点儿措手不及的孟小敏盯着周楠，"你没事吧？不会是受什么刺激了吧？还是发烧了？"说着，孟小敏伸出手就要朝着周楠的额头摸上去，周楠一把就抓住了孟小敏的手。

"我说，我们结婚吧！"周楠再一次无比郑重地说道。

"真是想起一出是一出，真要结婚啊？"孟小敏毫不客气地说道，"那也行，不过我有个条件。"

"你说。"

"我要十万块钱的彩礼钱！"孟小敏毫不客气地说道，而且说得那叫个斩钉截铁。

周楠挠了挠头，对着孟小敏说道："怎么一下就说到彩礼了？"

"你就说给不给吧？"孟小敏也不客气地说道。

"给可以给，但是你要这钱做什么呀？"周楠忍不住好奇地问道。

孟小敏无奈地叹了一口气："学校的图书室有些太小了，而且还缺一些体育器材，还有多媒体设备。有十万块钱我就能够把这些事给办成了，怎么样？答应了的话我就嫁给你，这样公平吧？"

四

这个时候的周楠则直接笑了起来，然后抱起孟小敏转起了圈，乐呵呵地对她说道："没问题！别说是十万了，就是二十万、三十万都行，以后的钱都由你来管，你想怎么花就怎么花！"

孟小敏被周楠抱起，瞬间就吓得花容失色，催促着周楠赶紧把她给放下来，没想到从不远处的围墙外传来了一阵窃窃私语的声音。

孟小敏指了指不远处，周楠则是心领神会，不用猜就知道那围墙后面躲着的一定是溪山小学的熊孩子们。

"孟校长要嫁给周校长了！妈呀，这绝对是天大的新闻啊！"

"哎，你说孟校长要是嫁人了，那肯定是要生孩子的呀，这万一生了孩子之后，不教我们了怎么办？谁来教我们呀？"

"我听我爸说，女人结婚之后就会性情大变，我爸说我妈在结婚之前那叫一个温柔可人，可是结婚之后呢，就变得不可理喻、蛮不讲理了，动不动就发脾气。要真是这样的话，周校长可就惨了！"

"山下的女人是老虎啊！"

……

周楠绕到了围墙后面，没想到这群小家伙们还点评得头头是道。周楠没好气地轻咳了两声，那群孩子瞬间吓得惊声大叫了起来，看到周楠之后，一个个又变得调皮了许多，对着周楠说道："周校长，我们刚才说的那些话，你是不是听到了？"

周楠故意板起了脸，对着这群小家伙说道："嗯，听到了。不光是我听到了，孟校长也听到了。其实啊，你们的孟校长还是挺好的。"说到了这里，周楠则是笑了起来。

小孩子要是"八卦"起来更厉害。

"确实是挺好的，我们都很喜欢孟校长，人长得又漂亮，而且懂得又多，咱们学校的老师都对孟校长非常敬佩呢！"

小孩子的求生欲很强啊！尤其是当本人出现在这群小孩子身后的时候，口风立刻就转变了，速度比F1的赛车还要快上好几圈。

"好了，别闹了，都回去好好准备下节课去！马上就要考试了，有这闲工夫还不如多看会儿书！"

孟小敏的话直接让那群小朋友立刻作鸟兽散状飞逃而去，只不过却是一边逃一边笑。孟小敏皱了皱眉头，欲言又止，最终把目光盯到了周楠的身上，对着他恶狠狠地瞪了两眼。周楠无奈，自己算是躺着也中枪。

周楠和孟小敏要结婚的消息传开了。

溪山村的人都挺开心的，不开心的也有一个——乔佳宁。虽然她知道这一天迟早是要到来的，但是她并没有想到会来得这么快。当周楠把这个消息告诉乔佳宁的时候，乔佳宁的心里很不是滋味，算是五味杂陈吧。

乔佳宁把自己关在屋子里，一个人生着闷气。能够接受和已经接受是两个概念，虽然乔佳宁能够接受周楠和孟小敏两人的情侣关系，但是现在两人已经到了谈婚论嫁的地步，乔佳宁的心里还是略微地有些不舒服的。周楠是她第一个喜欢的男生，也是从小到大唯一喜欢过的男生，而这种感觉，又涩又苦。

"丫头，我进来了？你一点儿东西都不吃，身体能熬得住？"此时，许秀琴端着一碗粥走了进来，对着自己的女儿无比心疼地说道，"不就是一点儿小挫折吗？这一点点的小困难就让你转不过弯来了？"

乔佳宁无奈地叹了一口气："之前是没机会，现在是没可能，不一样的。你说好好的本来就是青梅竹马，现在怎么变成了兄妹的关系了？老妈，我对周楠哥的心意你是知道的，结果就是，现在我们没可能了。"

许秀琴平静地说道："你知道的，感情这东西其实是很难说明白的。就像是我，自从你爸走了之后，我自认为我只能守着你一个人这样子过这一辈子了，只是没想到后来我能够和你周伯伯走到一起。丫头，老妈想要说的是，你觉得这是你一辈子唯一的希望了，但不是这样的，你的希望其实有很多，并不仅仅是你眼前看到的这一点光芒。"

乔佳宁的鼻子酸了起来。虽然大道理她也懂，但是事情发生在她身上，她还是忍不住地伤心难过。毕竟这是一段感情，并不是那么容易就能过去的，有时候对于人来说，忘记比记住更难。

许秀琴平静地说道："孩子，姻缘这东西都是天注定的，不能强求。你和小山只能是兄妹，即便是没有孟小敏，你和小山也只能是兄妹。我能够看得出来，而且你也应该明白，小山对你的喜欢只是像对妹妹一样的喜欢。"

乔佳宁看着自己的老妈，瞬间感觉到更加委屈了。就连自己的老妈都看出来了，那么他们原本就是不可能的，一段没有意义的感情，就算是自己再怎么伤心也无法改变。乔佳宁呆呆地望着老妈，她突然间觉得自己这么伤心，好像除了会让自己的心里更加难过之外，便没有其他的了。

"丫头，你没事吧？"许秀琴感觉自己的女儿变了。

乔佳宁这个时候直接摇了摇头，一本正经地说道："妈，没事，我现在好多了。你说得对，周楠哥是我的哥哥，从小就很照顾我的哥哥！"

乔佳宁想明白了，更是想通了。以前都是自己的一厢情愿，就像是自己老妈说的，即便是没有孟小敏，或许还有其他人会成为周楠哥的媳妇，但是那个人也绝对不会是自己，因为在周楠的眼里，她永远都是那个长不大的小妹妹。

许秀琴听到女儿这么说，也放心了不少，但是人毕竟都是有感情的，想要在短时间内从感情的旋涡中走出来，并没有那么容易，就算是乔佳宁暂时想通了，但是要彻底地放下还是需要时间的。

看到女儿依旧一副失魂落魄的样子，许秀琴微微地叹了一口气，站了起来，替女儿关上了屋门。乔佳宁是她的女儿，自己女儿心里面想什么，她还是清楚的。女儿还需要时间，时间能抚平一切。许秀琴如是想道。

五

"两位进来看一看？"

此时，省城，周楠和孟小敏两人约了个会。现在溪山小学已经放假了，孟小敏的事情也少了许多，两人很难得地都有了时间。所以周楠就和孟小敏两人来到了省城，见了孟小敏的父母之后，吃了一顿饭。

饭桌上，周楠向两位老人表示想在溪山村举行婚礼，两位老人更是欣然同意。这一顿饭吃得极度融洽，倒是孟小敏这个亲生的女儿，直接被老两口给撇到了一边，这让孟小敏对周楠满是羡慕嫉妒恨。

两人的事情也就此确定了下来，而他们就像其他的小情侣一样，约着一起看了个电影。从电影院出来的时候，孟小敏却是站在一个影楼前面挪不动步子了。

"我们要不要也照一套？"孟小敏楚楚可怜地对着周楠说道。周楠想了想，女孩子嘛，一直以来都把结婚当成是一件特别神圣的事情，而这种神圣的仪式或许能够给女孩带来信心，当然了，这仪式中间最重要的一环就是婚纱照。

那位负责接引的服务生自然是看到了两人，便对着孟小敏和周楠发出了邀请。周楠看着孟小敏确实是动心了，他便也微笑着点了点头："那咱们就进去看看。"

两人进了影楼，很快地就有人过来接待他们了："两人是需要拍一套结婚照吗？我们这里有几种套餐，可以供你们选一下。你们先坐下来休息一会儿，到时候我派我们这边的摄影顾问给你们好好地推荐一下。"

孟小敏则是随手翻着相册，脸上自始至终挂着平静的笑容。马上就要结婚的女人是最漂亮的，在影楼里面进进出出的女孩们都穿着各式各样的婚纱，来来往往穿梭于各个场景之中，然后伴随着闪光灯的闪烁，将自己最美的瞬间和最美的记忆全部都保留下来。

"你好！"这个时候，一个瘦削的男人出现在了两人的面前，"我是你们的顾问，我叫张业。请问两位怎么称呼？"

"孟小敏，这是我未婚夫周楠！"孟小敏介绍道。

"不知道两位想要拍什么类型的结婚照？我们这里所有风格都有，只有你想不到的，没有我们做不到的。"张业脸上的笑容很灿烂，看上去大概也就和孟小敏、周楠差不多大。

孟小敏突然间眼珠子一转，对着张业说道："田园风！"

"什么？！"不仅仅是这个可怜的摄影顾问傻眼了，就连周楠此时此刻也忍不住地苦笑了起来。孟小敏对着这位叫张业的摄影顾问说道："田园风，就是到乡下农村拍的那种婚纱照，你们这里有没有？"

张业从事这一行以来接待过无数形形色色的客人，但是今天遇到的这一对，确实有种与众不同的感觉。人家拍婚纱照都是怎么高大上怎么来，这两位倒好，直接就要拍到田间地头了，这拍出来的效果那能好吗？

"这个……"张业顿了顿，任何一个客户，他都不想失去，他几乎是咬着后槽牙说道，"这个不好意思，我们好像还没有推出这种类型的项目。不过，对于我们来说，顾客就是上帝，既然您已经提出来了，我们一定会想方设法地满足您的需求。"

孟小敏点了点头，然后扭过头来对着周楠说道："你说我们在溪山村拍自己的婚纱照是不是很美？咱们那里的风景可比他们合作的这些外景更加漂亮，想想都觉得挺幸福的，田间地头的田园风，既真实又简单。"

周楠也被孟小敏的这个主意给打动了，他微笑着点点头，赞同地说道："我看行！"

"两位真的确定要拍这种田园风的婚纱照？"张业忍不住再一次问道。

"没错！"这个时候，两个人更是异口同声地说道。

张业只觉得自己一脑门子的汗。不过他明白既然是顾客的要求，他们都是要满足的，这就是他们的服务理念。"这个……也不是不可以，只不过我们暂时还没有田园风格的外景，真的要拍的话，只怕是……"

孟小敏已经下定了决心要拍田园风的婚纱照，她笑呵呵地打断了张业的话："这个嘛，你不用管，你只要有摄影师就可以了。我们准备在我们村子里面拍婚纱照，这样一切不就都解决了吗？"

"啊？！"张业傻眼了，干了这么多年了，顾客提出来这种要求还真的是第一次，张业只觉得自己现在就是再多一个脑子都不够伸，"村了里面拍啊？那能拍出好的效果来吗？我劝两位还是再稍微地斟酌一下……"

"不斟酌了，就这么定了，就在溪山村拍。费用什么的都听你们的，但是我们只要一点，那就是必须得把我们拍得好看一些。"周楠无比笃定地说道。确实是，对自己来说，溪山村的一切都是自己的杰作，更是生养自己的故乡，哪一处外景能够比自己的家乡更有纪念意义呢？当然没有。

看着两人这坚定的眼神，张业此时此刻欲哭无泪，这两个家伙一唱一和地就把结婚照的风格给定了。但是，在农村拍结婚照，张业从来都没有考虑过，更不敢相信有一天，他也终于要拿农村题材下手了，万一搞砸了，自己这碗饭只怕要端不稳喽！

"两位，不再考虑一下？我们这里还有其他的风格，比如说……"张业还想要再挣扎一下，可是周楠和孟小敏却是压根一点机会都没有给他。

"不用推荐了，我们已经决定了。现在我们可以谈一谈价码了。"周楠一锤定音。

张业苦着一张脸，无奈而又绝望。突然间他想到了什么，对啊，可以拿价钱把这两人给逼走啊，这样的话自己也就不用担心了。张业突然间伸出了手指，弱弱地说道："五千！"

"啥？！你这是在抢钱啊？"这个时候周楠更是吃了一惊。

第二十章　一起向未来

一

"其实这个已经是良心价了！"张业心中窃喜，要是能被他忽悠到隔壁的影楼那就太好了。

"你们这就是在明抢嘛！"周楠怒了，这家伙分明就是来骗钱的。

孟小敏眼珠子一转，然后在桌子下面握住了周楠的手，笑呵呵地说道："好，五千就五千，我们就这么说定了！那么，现在可以签合同了吧？"

见这两人都同意了，这一次张业是真的感觉到了苦涩。拿价格吓退顾客这招对这两人都没有用啊，看来这个苦果只能由自己来吞下了。

看着一脸无奈的张业离开，周楠忍不住地皱起了眉头，对着孟小敏说道："五千块钱啊，而且还不用他们的外景，这家伙赚钱了怎么还一副垂头丧气的样子？"

孟小敏这个时候可能是因为自己的"恶作剧"得逞，脸上笑得如同一朵灿烂绽放的花朵一般，咯咯地说道："拍田园风的婚纱照，估计也是他们的第一遭，这家伙现在只怕是已经后悔得连肠子都青了。"

"你还笑？只不过是拍婚纱照而已，完全不值五千块钱啊！小敏，这是不是有点儿太贵了啊？"周楠忍不住地吐槽道。至于埋怨，周楠的心里面还是不敢的。

"贵吗？我倒是一点儿都不觉得，反而还觉得十分便宜呢。不过我的这五千块钱可是没那么好赚的，你说如果咱们的照片能够给咱们溪山村打造一个爆火的婚纱外景拍摄地，这五千块钱花得值不值？"孟小敏此时故作神秘地说道，脸上扬起来的笑容，满满的都是狡黠。

"嗯，照这么看来的话，那确实是不亏。"周楠立刻露出了恍然大悟的表情，这个他倒是没有想到，要是能够成功的话，这五千块钱还真的是不亏。

和张业约好了时间，签了合同、付了订金之后，两人便高兴地离开了。而此时的张业则是被同事们给围了起来，听说张业接了一个田园风格的单子，所有人都忍不住笑着打趣张业。

"真的假的？拍什么，村花系列吗？老张，你可真的是很有勇气啊！别到时候被骗到荒郊野岭上啊，到时候多带点儿人去。"

"哈哈哈哈，农村我可是去过的，那里呀确实是没啥可拍的。为了五千块钱，不值啊！"

"你脑子是不是坏掉了啊，这种合同怎么能签呢？现在好了，想要反悔都不可能了。五千块钱去一个小农村拍婚纱照，张业，这买卖无论怎么看都是赔本的啊！"

所有人都在数落张业的不是，张业的心里也是无比懊恼。没办法，原本还以为是一个美差呢，现在倒好，只能算是赔本赚吆喝吧。

三天后。

周楠和孟小敏再一次来到了影楼，他们约的是今天，今天的天气还算不错。孟小敏看见张业之后，脸上露出了笑容："张老师，我们是不是可以走了？"

张业耷拉着脑袋，有气无力地附和了一声："走吧。"

"咦？你的团队呢？"周楠此时看到张业大包小包地拎着，脸上没有丝毫的笑容，一副兴致缺缺的样子，忍不住地说道，"大哥，这可是我们的结婚照啊，你们影楼就是这样对待客户的？"

"影楼的人一听说是要去拍田园风，没几个人愿意跟着我去，只剩跟着我学的那几个小学徒工了，他们住的地方离这里还有一段距离，所以我就先准备好，到时候接上他们就可以了。"张业那张帅气的脸上看不到一丝丝的笑容，就像是被霜打蔫了的茄子一般。

孟小敏看着张业的样子就忍不住地偷笑。不过这个时候她才不会点破，而是笑呵呵地说道："那我们就出发吧！"

发动了车子，周楠和孟小敏带路，后面跟着的车子里便是张业。

"这家伙怎么看上去好像不太开心呀？"周楠一边开着车，一边和孟小敏聊着天。此时的他脸上闪过了一丝丝狡黠的笑容，明知故问地说道。

孟小敏摇摇头："这个家伙，他不知道他的运气有多么好。咱们溪山村的风景，无论从哪里拍都要比他们选的那些个外景地好上数百倍，只怕到时候会吓他一跳的。"

"唉，可怜的家伙，身在福中不知福啊！"

两人开着车，两个小时的时间确实是有点儿长，但是张业带着他的几个小学徒下了车后，彻底被眼前的一幕给惊住了。此时他们仿佛置身在画中一样，青山与绿水，小桥与人家，炊烟袅袅而起，一条从绝壁上蜿蜒而下的公路，还有时隐时现的那种优美的田园风光。张业看到这一切的时候，整个人都已经麻了，不得不承认，他觉得自己的眼睛都有些不够用了。

"张老师，我们到了！"仿佛已经习惯了来人的这种惊讶的神情，此时的周楠则拍了拍张业的肩头，笑呵呵地对张业说道，"这里就是我们的溪山村，怎么样，风景还算不错吧？走吧！"

"好好好！"张业学摄影这么多年了，干摄影也有很长一段时间了，对于他来说，他自认为人间最美丽的风景他都已经见识过了，这辈子应该不会再被惊艳。但是没想到的是，到了这里，他还是被惊艳到了。

"师父，这里确实比咱们的那些外景强多了，人家才是最有眼光的，我这辈子要是还有机会的话，一定要在这里拍套结婚照！"这个时候，一个二十多岁刚刚结婚的小女孩对着张业说道。这个女孩是张业好说歹说才叫来的一个化妆师，顺带着跟妆和补妆。

而这个时候，又从旁边蹿出来一个大小伙子对着张业说道："张老师，你可得好好拍，好好地气气那些说风凉话的家伙，一定要让他们闭上嘴！"

二

张业瞅了这个家伙一眼，然后点了点头。这家伙说得没错，这里的风景这么漂亮，再加上自己从业数十年的经验，想要拍出完美的婚纱照那绝对不是什么难事儿，一定能够把所有嘲讽自己的家伙的嘴给狠狠地堵住。不争馒头也要争口气！此时的张业在心里面暗暗地发誓。

张业已经完全改变了当初的观念，而跟着张业的那些小学徒们更像是打了鸡血一般斗志昂扬。

"你们这里还有河？""你们这里还有稻田？""你们这里的廊桥实在是太美了！""哎呀，这是啥，还有旅游风景区？""这是老乡的院子吗？这也太美了！要是能拍的话咱们每个院子都拍一组！""嗯，河滨公园的选景也是不错的！"……

一路走来，张业就像是"刘姥姥"进了"大观园"一样。周楠和孟小敏两个人打的算盘终于有了着落，孟小敏此时更是乐呵呵地对着张业说道："张老师，我们这里还算可以吧？"

"美！确实是太美了！您二位的田园风选择实在是太正确了！放心，今天咱们就敞开了拍，只要我这玩意拍不坏，咱们就一直拍，走哪儿拍哪儿！"张业也是憋着一口气，更重要的是这里的景色确实激发了他沉寂已久的灵感。自从张业当了婚纱摄影师以来，每日都拍着几乎相同的画面，他那作为艺术家的心已经有些枯竭了。而就在刚才，他居然有了一种一闪而过的灵感，这才是让张业心里面最激动不已的。

"您二位要是有什么想法，也尽管说，只要是我们能够做到的，就一定会尽量地满足你们！"张业来了兴致，他仿佛能够在这里找到自己灵魂的归宿，要是能够在这里待着，自己的灵感说不定就不是像刚才那样一闪而过了，而是才思泉涌啊！

张业在溪山村待了三天，这三天，是张业过得最充实的三天，而且他渐渐地找到了灵感。周楠和孟小敏的这组婚纱照，或许就是他最重要的作品。三天下来，倒是把孟小敏和周楠这俩人累得不轻。

废话，当两个不仅一分钱不要，而且还要送五千块钱的模特，让摆什么样的姿势就摆什么样的姿势，张业要是不好好利用的话，那么他也就别想着"艺术家"的事儿了。

"周老弟，孟老妹！"张业的脸上露出了谄媚的笑容，这三天被张业无数个姿势要求着，三人已经混得非常熟了，"这次实在是太感谢你们了，能够在这里给你们拍婚纱照，是我的荣幸。这是三千块钱，算是我们这三天叨扰的赔罪吧！"

张业此时拿出了三千块，直接交到了周楠的手中："其实吧，这五千块钱我都不好意思收你们的了。但是呢，我倒是无所谓，也不差这么一点儿辛苦费，可跟在我手底下的孩子们也不容易。所以呢，这三千块钱算是我还你们的，这钱我收得惭愧啊！"

孟小敏笑着将钱推了回去，对着张业说道："张老师，这钱你该收还得收，你这三天的时间都陪我们花在这里了。怎么样，我没有骗你吧？我们溪山村的风景是不是比你们影楼的外景地要美上许多？而且只有两个小时车程，这里还有休闲度假区，想住也能住下来，连吃带住，还能捎带着逛逛我们这里的溪山风景区，这一趟你也算是不虚此行吧？"

看到孟小敏眼中的诚意，张业还是把这三千块钱收了回去，无比感叹地说道："之前我还有些犹豫呢，现在我只能说，二位的田园风选得是真好，说不定到时候能带起一股风潮呢！"

"嗯，你看我们这里的风景怎么样？"孟小敏笑笑地说。

张业很显然没有太多的防备，人很实在地就上了钩："嗯，不错，那绿油油的稻田，有种别样的清新；还有陡崖上的挂壁公路，雄壮而又伟大；廊桥流水，滨河草坪，别有一番风韵；溪山景区，更像是一次亲近自然的呼吸之旅。哦，对了，还有咱们这里的村舍院子，那都是一幅幅美丽的画卷，就连路和白墙上的涂鸦都是那么美，绝对是绝美的画卷。这里堪称一座人世间最真实的'影楼'了！"

张业的激动不无道理，如果是他，要是在接下来的三天时间不带任何重样地拍着照片，而且一个地方从不同的角度去拍，都会极具艺术感和美感。

"这就对了！"这个时候孟小敏更是无比兴奋地说道，"你说，如果我们的田园风要是火了，我们这里是不是能够作为一个婚纱照的外景地啊？这么美的风景要是不利用起来的话，那实在太可惜了！"

"嗯嗯，没错！孟老妹，你说得确实不错，我这就给我老板打电话。"张业兴奋地掏出了电话，直接就向自己的老板汇报了起来。

周楠压低声音对着孟小敏说道："我说，你这么坑这位老哥，好像有点儿太过分了吧，你这不是强买强卖呢吗？"

"我啥时候要强买强卖了？这溪山村又不是我说了算，我只不过是牵个线、搭个桥而已，是他们自己感兴趣，正好我们也需要向外宣传一下我们溪山村的整体形象。这一来呢，能给咱们溪山村创收；二来呢，也可以给咱们溪山村做一个免费的宣传。更何况他们也不是没有收获的啊，这么好的地方，他们交点钱就能打造一波热度，这哪里叫坑人呢？怎么叫强买强卖呢？用现在很时髦的话来说，这叫共赢！"孟小敏给了周楠一个白眼，没好气地说道。

周楠摇了摇头，自己这未婚妻的嘴，确实是说不过啊。以前他还能嚣张，只怕是从今往后，都嚣张不起来了。

三

"好了，没问题，价钱的话我们老板明天亲自过来谈。这个地方是个宝地啊，刚才我直接给我们老板传了几张照片，我们老板看完之后非常满意。"此时的张业无比兴奋，因为老板刚才狠狠地夸了他两句，回去之后张业在影楼的地位那肯定水涨船高了。而之所以能够有这一切，都要感谢眼前这马上就要结婚的小两口。

孟小敏对溪山村还是有足够的自信的，这里的景色分外美丽，人见人爱，当初自己之所以能够留下来，就是被这溪山的景色深深地吸引住的。

"至于你们小两口，结婚的时候一定要叫我，我带着人来给你们拍照、摄像，这工作我门儿清，一定给你们把喜事办得热热闹闹的！"张业很开心，本来没抱多大的希望，现在越整越圆满了，不说别人，自己这升职加薪只怕是不远喽！

"好嘞，那就谢谢张老师了！"孟小敏眼睛已经笑得弯成月牙儿了。

周楠无奈地摇了摇头，自己这小媳妇还真的是可以啊。不过从他的心里腾起来的那是一种深深的自豪，溪山村能够有现在的光景，自己是直接的参与者和见证者，这是一种永远都无法抹掉的光荣。

"不谢，不谢！倒是我要谢谢你们啊，如果我这次不来的话，那铁定是后悔死了。你们二位放心，你们的婚纱照我一定给你们好好地弄，出去拿个奖都没有问题的那种，我要让我的照片带火一次田园风格婚纱照风潮！"张业信誓旦旦地说道，脸上露出了自信和热情。三天之前，谁也想不到这样的表情会出现在张业的脸上。

婚纱照很快地就送到了周楠和孟小敏的手中，看着那精美的相册，孟小敏爱不释手。果真如张业所说，每一张都是他精挑细选的，就这还挑选了厚厚的一本，别人就算是误会为风景相册都不为过，溪山的大小景色全部都包含了进去。

"这张照得真不错！"

这个时候，黄玲翻着照片，看到其中的景色之后更是羡慕得不得了，而一旁的董林苒更是眼睛都看直了。她俩不约而同地抬起头望向了孟小敏，有些抑制不住自己心中的激动，忍不住地问道："这些照片，你确定你只花了五千块钱？看看这布景，看看这光打的，就连色彩色调都是那般出众，这绝对请的是一位艺术家啊！小敏，老实说，你照这么一厚本的婚纱照只花了五千块钱，打死我都不信。"

"爱信不信，反正就是只花了五千块钱。怎么样，是不是羡慕死了？"孟小敏调侃地说道。

而这个时候，坐在一旁的乔佳宁也忍不住偷偷地打量了起来。如果从摄影的专业角度来说，拍得确实不错，而且这还完全没有后期加工，可以说是实景拍摄，能够从角度、主体、陪体、色温和反差上达到如此平衡和协调，普通的摄影师是根本不会花这么多心思去好好拍的，一看就是用了心了。

乔佳宁心里面很气，又让孟小敏占了风头。

"喂，你这是假公济私！"乔佳宁这个时候更是忍不住地泛着酸水，前几天有一家省城里来的影楼的老板要和自己协商签订专用外景协议，乔佳宁就猜到孟小敏不会这么好心替自己拉业务，没承想主要还是为了拍结婚照。只要一想到这里，乔佳宁的心里就忍不住地有些郁闷，这样的好点子她怎么就没想到？自己又被孟小敏给比下去一头。

孟小敏这个时候也想要逗逗这个小姑子，便乐呵呵地说道："嘿嘿，那可说错了，我可是花了五千块钱呢。这笔钱可是我亲自花的，有发票的哦！"

"废话，五千块钱，陪你和我哥两人照了三天，从早上照到晚上。你说出去，鬼信你啊！"乔佳宁没好气地说道。

乔佳宁和孟小敏这两人自然是合不到一起去，尤其是在孟小敏再一次地搬回周家的时候，这两人天天见了面好像就只剩下了拌嘴。孟小敏在前段时间就已经搬回了周家院子里原本就属于自己的屋子，毕竟现在她可是周楠的未婚妻，就算是许秀琴再不乐意，那她也得住回来呀。

所以周家天天上演着"火星撞地球"的戏码，要不就是"海底火山爆发"，演奏着一出"冰与火之歌"的剧集。反正就是周楠现在只想找个没人的地方"静静"。

不过再过几天，两人就要结婚了。

孟小敏的闺密也来到了溪山村，一边是准备两人的婚礼，而另外一边则是要好好地在溪山村游览一番，毕竟现在这里可是个非常火的网红打卡地。两人还注册了一个抖音号，小视频的关注人数已经达到了十万，也算是两个"半红不红"的小网红了吧。

而她们在溪山村的直播更是吸引了数万的粉丝，乔佳宁试过通过网络直播来宣传溪山村，可惜的是效果好像不是太明显。而这两人的效果截然不同，溪山村在省里面更是大火了起来，现在每个月的客流量随随便便都要突破二百万，这在之前那绝对是不敢想的。所以说，溪山村能够大火，黄玲和董林苒这两个小网红那绝对是出过力气的。

"我说乔支书，你还孟小敏地叫呢，再过两天只怕你得改口叫'嫂子'了！"黄玲忍不住嘻嘻哈哈地说道。

"就是就是，快叫一个'嫂子'我们听一听！"董林苒也一副要瞧"好戏"的样子，很明显这两人是专门捉弄"乔支书"呢。

乔佳宁对着这两个没安好心的家伙翻了一个白眼，没好气地对着孟小敏阴阳怪气地叫了一声"嫂子"，惹得黄玲和董林苒更是不顾形象地哈哈大笑了起来："哎呀，这一声叫得那叫一个不情不愿啊！"

"喂，你们够了啊！"此时的乔佳宁更是气不打一处来，立刻摆出了一张凶巴巴的脸，对着这两个家伙说道。

四

周楠和孟小敏的婚礼开始了。

这个最美丽的村庄，拥有着奇迹般的挂壁公路，拥有着巍峨苍翠的溪山，拥有着清澈的河流，拥有着极具特色的村中屋舍。婚礼是简单的西式婚礼，周楠和孟小敏都选择了这种最为简单的婚礼模式。

"周楠，你们这是在搞什么啊？给你们随礼你们还挑三拣四的，礼钱一分钱都不收，只收图书和体育器材，你们这婚礼办得有意思啊！"这个时候，林强来到了周楠这里，乐呵呵地说道，"工地上的弟兄们都想要来看一看的，但是呢被我给劝住了，他们手头上还有那么多的活要干，怎么可能让他们来偷懒呢！不过他们的心意我还是得带到啊，这不，装了整整一车。你不知道，那卖体育器材的店老板别提有多开心了！我们这算是大客户啊！"

周楠看着从车上搬下来的足球、篮球和羽毛球拍等各种各样的体育器材，笑呵呵地说道："嘿嘿，替我谢谢弟兄们了！这些啊都是给咱们溪山小学的小朋友的。这招儿可不是我想出来的，而是小敏想出来的，不过我倒是十万分支持。"

"嗯，等你结完婚，恐怕又得回到工地上了。咱们的路修得很是顺畅，而接下来便要攻克另外一个难题了。我知道你小子肯定早就已经谋划好了，咱们已经修到了林鹿县，按照你的规划，那一片应该是要穿隧道的，但是那里的地形很是复杂，隧道与隧道之间并不相连，就必须通过架桥来实现，看来咱们又得好好地开始工作了。"林强此时略带着一丝丝歉意对着周楠说道。

周楠笑了笑，眼神中已经露出了兴奋的光芒："你是说林鹿县的百独峰？你们的进度挺快的嘛，没想到居然都已经修到那里了！"

林强点点头，此时他感觉到无比庆幸："看来我猜得果然没错，你这个家伙其实心里面早就已经有谱了。果然，把你拉到我这里来无比正确啊！"

"没问题，结完婚咱们就回工地！"周楠兴冲冲地说道。在他这里，没有什么能够阻挡自己架桥、打洞、铺路，即便是自己现在在结婚，也挡不住他对于工作的无限热情和喜爱，而这就是周楠。

林强赶紧劝道："别别别！你要是刚结完婚就走，孟小敏那个女人绝对会杀了我的，我可惹不起。至少你要待三天再说嘛，哪有新郎刚结完婚就跑去工作的啊？我还想要多活两年呢，早知道你是这样的态度就不提前告诉你了！周楠，你别耍什么心思了，好好地结完婚，然后陪孟小敏待上几天，再回项目部！"林强直接被周楠这家伙给吓了一大跳，出了一脑门子的汗。

"哈哈，明白了！"

就在这个时候，乔佳宁走了过来。她的脸色平常，只不过隐隐地能够感觉到一种淡淡的无奈一直围绕在她的身边。"哥，时间马上就要到了，开始举行仪式了。"

"好，我这就过去。"周楠无奈，乔佳宁短时间之内想要走出来确实很难，而这个时候周楠的目光则是直接扫到了林强的身上，突然间脑海之中灵光就那么乍现了，周楠越想越觉得这种可能性很大，要是能够把这两个人给撮合到一起的话，那说不定也能算是一段佳话呢。

周楠有了主意，面色一松，然后眼珠子一转，对着林强说道："你来当我的伴郎吧，和佳宁一样。"

林强惊讶地看着乔佳宁："你是伴郎？"

"怎么了，不行啊？我和我哥从小一起长大，除了我是女的之外，其他的比你更合适，我就想当个伴郎，这没毛病吧？"乔佳宁杏眼一瞪，对着林强不客气地说道。

林强惊讶地看着周楠，周楠无奈地点了点头。自己的妹妹这段时间心情不太好，因为什么心情不太好他自然也是知道的，当乔佳宁提出来要当自己的伴郎的时候，周楠其实比林强更加惊讶，但是他却什么都没说，只要能够让乔佳宁心里开心一点儿就好，她愿意怎么玩就怎么玩吧。

"我和你给你哥当伴郎啊？这好像有点儿不太合适吧？你说你好好地当伴娘不好吗？跑这里来凑什么数？"林强说完这句话立刻就后悔了，他差点儿都想要抽自己了。

乔佳宁直接狠狠地瞪了林强一眼，没有理会这个家伙，而是跟着周楠走了。

结婚的现场是露天的，就在河边的那个小广场上面。晴空万里，四周都弥漫着花朵的清香。此时的张业也作为专业人士来到了现场，上一次给周楠和孟小敏两人拍婚纱照，收获最大的无疑是他了，现在的他在省城摄影这一行里可以说是名声大噪了。给周楠和孟小敏拍的婚纱照无疑带火了田园风格的拍摄，尤其是那些从小就在农村长大的孩子，都想通过这种方式来纪念一下自己逝去的青春，这也直接带火了影楼和溪山村的婚纱照外景取材地，也带动了溪山村的经济发展。就像是孟小敏说的，这是共赢的大好事，没有人能够拒绝的。

当孟小敏穿着洁白的婚纱出现在所有人面前的时候，就连周楠也忍不住地心跳骤停了一拍。穿上婚纱的孟小敏分外漂亮，在这青山绿水、林荫环绕的地方更显得无比妩媚动人，周楠整个人都看傻了。

今天的主持人是祁东平，这位平日里很忙的领导，在百忙之中却是抽出了时间来主持两人的婚礼，这是周楠和孟小敏他们都没有想到的。而祁东平笑着说道："其他的那些流程咱们就不走了，直接跳过那些烦琐的环节。今天在这里，我们见证了一对新人步入婚姻的殿堂，希望他们在之后的生活里面能够做到相扶相持，一生幸福美满！"

"好！"这个时候，台下坐着的人全部都鼓起了掌，每个人的脸上都露出了开心的笑容。而在这中间，就数周大山脸上的笑容是最灿烂的，而此时的他忍不住地朝天上望去，眼角也多了一层湿润，他相信在那里有个人也在看着自己的儿子结婚。

五

周楠和孟小敏彼此相望，从今往后，对面的这位将会是他们一辈子的伴侣。此时两人回顾着他们在一起的点点滴滴，仿佛只要通过眼神就能够进行交流，这种眼神互相交织着，仿佛能够让人感觉到一种幸福在两人之间不停地蔓延着、扩散着。

"好了，交换戒指。"

周楠和孟小敏相互交换了戒指，然后祁东平面带笑意地对着两人说道："现在，我宣布你们两人成为合法夫妻！"

顿时，台下再一次响起了掌声。

两人的婚礼很简单，没有任何形式的铺张浪费，这也算是响应号召，节俭办婚礼。接下来就只剩下了一个简单的扔捧花的环节。面对着大家期待的眼神，孟小敏则是直接带着捧花来到了乔佳宁的身边，笑呵呵地对着乔佳宁说道："佳宁，祝你能够早日找到自己心中的那个人。"

乔佳宁微微一怔，然后下意识地接过了捧花。而此时的她身体微微地颤抖了起来，从这一刻开始，她终于放下了自己的执念，脸上的惊讶渐渐地变成了笑意，这是一种释怀的笑："谢谢你！"

"要叫嫂子！"

"好，谢谢嫂子！"乔佳宁笑着说。

既然有开场，那么就会有散场。

乔佳宁的手里面一直都紧紧地攥着孟小敏给自己的那束捧花，她脸上挂着笑容，眼眶里面却溢满了泪花，此时的她呆呆地坐在原地。而这个时候，一道身影顺势坐在了乔佳宁的身边，乔佳宁扭头一看，便看到了林强。

"你还待在这里干什么？"乔佳宁有些不快地说道。现在她只想要一个人独自地安静地坐着，她是一个要强的女孩，她从省农业大学毕业后就回到了溪山村，一半是因为自己从小就有的梦想，而另一半则是因为周楠。她甚至还听从了周楠的建议，当上了旅游公司的负责人，甚至到后来接替周楠成为溪山村的村支书。乔佳宁有些遗憾，但是从未后悔。

"没什么，就是闲得无聊，看你在这里坐着。怎么，心里还过不去那个坎啊？其实无所谓，人生嘛，哪里可能事事顺心顺意的啊，只要你想开了就可以了。你看看我，现在这个样子不是挺好的嘛，无牵无挂、无忧无虑！而且我们还年轻，这个世界还需要我们去征服。佳宁妹妹，把眼光放得长远一点儿，你看到的就不是眼前的困难和失望了，而是诗与远方的憧憬和美丽！"

乔佳宁吸了吸鼻子，看了一眼这个家伙，然后摇了摇头，无奈地将自己手中的捧花甩到了林强的手中，对着他说道："嗯，这话说得倒是挺有道理的，但是你这点儿道行就别在我这里晃荡了，没有用。况且，我也没有你想象中的那么脆弱，我还有事情要去做，伤心一会儿就可以了。"

林强笑了，将乔佳宁甩给自己的捧花拿在了手上，笑嘻嘻地说道："当然了，你就不是那样的人。佳宁小妹妹，希望你能够尽快地振作起来吧，毕竟我们的时间不多。还记得先辈的那一首词吗？"

"小小寰球，有几个苍蝇碰壁。嗡嗡叫，几声凄厉，几声抽泣。蚂蚁缘槐夸大国，蚍蜉撼树谈何易。正西风落叶下长安，飞鸣镝。多少事，从来急；天地转，光阴迫。一万年太久，只争朝夕。四海翻腾云水怒，五洲震荡风雷激。要扫除一切害人虫，全无敌！"

这首《满江红》，从里面能够感受到那种惊天动地的豪迈。乔佳宁吸了吸鼻子："确实是，眼下就有一只苍蝇碰壁，又嗡嗡叫的，要多凄厉就有多凄厉。"

此时的林强一脸的黑线："喂，我说的重点不在这里，而是'多少事，从来急；天地转，光阴迫。一万年太久，只争朝夕'！我说佳宁小妹妹，别老是抬杠好不好？我只不过是好心好意地想要开导你！"

乔佳宁看了林强一眼，没好气地说道："我谢谢你啊！"

……

三年后。

今天又是一场婚礼，同样是在溪山村，同样是简单的婚礼，只不过这次的男女主角换成了林强和乔佳宁。

周楠和孟小敏此时带着一个小娃娃，小娃娃长得很讨人喜爱，而且也不认生，那如同葡萄一般大的眼睛好奇地盯着人看。"小山，这是你家娃娃啊？叫啥名字？长得也太漂亮了吧，和咱们家小敏一样美！"

"周溪！"周楠乐呵呵地抱着自己的女儿，笑嘻嘻地说道。

"这名是她爷爷取的，挺好听的。"一旁的孟小敏更是不停地逗着自己的女儿。

"小山，你现在跑哪里去了？"此时，村里有人忍不住问道。

周楠笑着说道："我呀，就是一块砖，哪里需要我，我就往哪里搬。现在正在修村村通呢，到时候咱们的路要是通畅了，开车到市里面一个小时不到，到省城也才一个小时，咱们这里的交通就更加方便了。"

年前市里换届，祁东平和秦汉文都得到了晋升，而叶洪和耿南杰这两位县里的领导也升职了。周楠也从路桥集团离职，到市交通局上班了。当然了，他可不坐班，而是天天在山沟沟里，他要修路，要让更多的人能够走上发家致富的道路。

"快看，新娘出来了，简直太飒了！"此时，乔佳宁穿着一身干练的婚纱出现在了众人的面前。乔佳宁这些年做事是越来越得心应手了，而且在她的带领下，溪山村的村民们算是彻底地走上了小康的道路。

周楠笑了笑，台上的乔佳宁一脸傲娇的笑容，而再反观那位新郎——林强则是一脸的苦涩和无奈，毕竟不是谁都能够驾驭得了这位干练的"女强人"的，林强这个家伙，以后只怕是要迎来自己的苦日子了……

后记

溪上行吟山里应，山边闲步溪间影。

每应人语识山声，却向溪光见人性。

溪流自漱溪不喧，山鸟相呼山愈静。

野鸡伏卵似养丹，睡鸭栖芦如入定。

人生何必学臞仙，我行自乐如散圣。

无人独赋溪山谣，山能远和溪能听。

——林希逸《溪上谣》